Kerstin Lange, Ulrich Wellhöfer (Hrsg.)

SCHORLEBLUES

25 Krimis & Rezepte aus der Pfalz

Wellhöfer Verlag
Ulrich Wellhöfer
Weinbergstraße 26
68259 Mannheim
Tel. 0621/7188167
info@wellhoefer-verlag.de
www.wellhoefer-verlag.de

Titelgestaltung & Satz: Uwe Schnieders, Fa. Pixelhall, Malsch

Die Erzählungen sind frei erfunden. Ähnlichkeiten mit wirklichen Personen oder tatsächlichen Ereignissen sind nicht beabsichtigt und somit rein zufällig.

ISBN 978-3-95428-278-4

Kerstin Lange, Ulrich Wellhöfer (Hrsg.)

SCHORLEBLUES

25 Krimis & Rezepte aus der Pfalz

wellhöfer Verlag

Inhalt

Marcus Imbsweiler

Outwanderers

Freitag früh. Ich war auf dem Weg zur Arbeit, als mein Handy klingelte.

»Sie können wieder umdrehen, Chef. Ein Toter in Kallstadt.«

»Totgesoffen?«

»Nee, da war jemand schneller. Klang eher unappetitlich. Ich hoffe, Sie haben schon gefrühstückt.«

Mit dem Handy am Ohr legte ich einen U-Turn auf der Landstraße hin. Gingen zwei Aspirin als Frühstück durch? Ich ließ mir die Adresse geben und fuhr die paar Kilometer nach Kallstadt.

Vor Ort empfing mich ein adipöser junger Mann, dessen rotblondes Haar sich bereits merklich lichtete. Blass und nervös wartete er vor einem Gebäude, das den Charme einer Mehrzweckhalle aus den Achtzigern verströmte. »P. Weinreich« stand auf einem Plastikschild an seinem Revers. Ich suchte nach meinem Dienstausweis, fand ihn aber nicht.

»Sind Sie …?«, begann Weinreich.

»Bin ich. Was haben Sie Schönes für mich?«

»Schönes?« Er starrte mich an. »Eher das Gegenteil. Ein Desaster.«

Gemeinsam betraten wir das Gebäude. Zwei Kollegen von der Streife kamen auf uns zu, die sofort Bericht erstatten wollten; ich wimmelte sie ab. Drinnen herrschte ein unglaubliches Chaos. Stühle und Tische lagen auf dem Boden, dazwischen Arbeitsgerät wie Hacken und Spaten, hin und wieder eine Schusswaffe, zerbrochenes Geschirr, umgestürzte Statuen, Bücher, Essensreste, Weinflaschen, Plakate. Auf einer Bühne ganz am Ende des Saals waren einige Kriminaltechniker zu Gange. Über ihnen hing eine Fahne mit der Aufschrift »The Outwanderers«.

»Dort hinten«, sagte der Dicke und wies zur Bühne.

Mühsam bahnten wir uns einen Weg durch das Gerümpel. Die beiden Polizisten folgten uns wie Dackel, verstimmt, weil sie keinen Rapport geben durften. Als uns die Kriminaltechniker bemerkten, wichen sie zur Seite, einer nach dem anderen, und gaben den Blick auf einen zu ihren Füßen liegenden Körper frei. Es war ein Mann, der da lag. Ein Mann in anthrazitfarbenem Anzug mit einer roten, viel zu langen Krawatte. Er war kräftig, nicht mehr jung, und seine Haare leuchteten orange.

Schweigend stand ich vor der Bühne und schaute auf die Leiche des 45. Präsidenten der Vereinigten Staaten von Amerika.

»Donald Trump«, sagte ich schließlich mit feierlicher Stimme. »So musste er also enden.«

Es war sehr still in dem Raum. Niemand sprach. Bis sich Weinreich vorsichtig räusperte.

»Ja«, sagte er und grinste schief. »Fast.«

»Schön wär's«, brummte der eine Polizist, was ihm einen Ellbogencheck seines Kollegen einbrachte.

Ich schloss die Augen und stellte mir die Schlagzeilen vor: »Trumps Ende in der Pfalz« – »Warum musste der Ex-Präsident sterben?« – »Kallstadt bringt die USA zum Weinen«. Diplomatische Verwicklungen. Vorwürfe, Untersuchungen, Schuldzuweisungen. Eine weltumspannende Krise, ausgelöst durch uns Pfälzer. Wahnsinn.

»Sie denken jetzt aber nicht …«, hörte ich neben mir sagen.

Ich öffnete die Augen. »Was?«

»Dass das hier … dass das der echte Präsident ist?«

»Der echte heißt Biden und hat Besseres zu tun, als bei euch in Kallstadt einen zu bechern. Wer ist das?«

»Rüdiger Rebland. Der Rüdiger Rebland! Unternehmer, Künstler, Trump-Darsteller. Nun sagen Sie nicht, Sie hätten nie von ihm gehört?«

»Was ist passiert?«, wollte ich von den Kriminaltechnikern wissen.

»Mehrere Stiche in die Magengegend. Er ist verblutet.«

Unter der Leiche hatte sich eine respektable Pfütze gebildet. Sie war eher schwarz als rot, jedenfalls längst nicht so rot wie Reblands Krawatte.

»Und wann?«

»Später Abend vermutlich.«

»Grässlich«, flüsterte Weinreich. »Was für ein Verlust! Wie sollen wir denn jetzt …?«

»Darf ich?«, erkundigte ich mich bei den Kollegen in ihren Ganzkörperschutzfolien, und als genickt wurde, erstieg ich die Bühne, um mir den Toten aus der Nähe anzuschauen. Dem ehemaligen Präsidenten war er wirklich wie aus dem Gesicht geschnitten, genauso unnatürlich gebräunt, genauso raubtierartig. Lediglich die orangefarbene Perücke war ein wenig verrutscht, darunter trug der Tote offenbar Glatze.

»Und was ist das hier?« Ich zeigte auf eine Handvoll Gegenstände, die um die Leiche herumlagen und an Miniatur-Burger erinnerten. Burger in hellgrün.

»Schnäges«, erklärte einer der Kriminaltechniker. »War wohl eine Naschkatze, unser Mann.«

»Von wegen Naschkatze«, kam gleich der Protest von unten. »Eine Legende!«

Ich richtete mich auf. »Und was war so legendär an dem Herrn?«

»Alles!«, rief Weinreich. »Alles. Sein Leben, seine Ideen, seine Kraft. Schauen Sie sich doch um! Die Festspiele, das ganze Kulturprogramm – sein Baby. Ohne ihn hätte sich nichts getan in Kallstadt, nichts!«

»Festspiele?«

»Das wissen Sie nicht?« Der ältere Polizist schaute mich entgeistert an. »Sind Sie nicht von hier?«

»Aus Freinsheim.«

Weinreichs Miene verfinsterte sich. »Das erklärt einiges.«

»Na eben«, rief der Polizist. »Dann müssen Sie doch unsere Auswanderer-Festspiele kennen. Die ganze Region redet darüber!«

»Freinsheim nicht«, sagten der Dicke und ich wie aus einem Mund. Daraufhin meinten die Kriminaltechniker, wir sollten unsere Privatscharmützel gefälligst anderswo austragen, sie hätten schließlich zu arbeiten und würden nicht fürs Rumstehen bezahlt. Ich warf noch einen letzten Blick auf den Trump-Darsteller und seine hellgrünen Süßigkeiten, dann verließ ich die Bühne. Unten packte ich den jungen Mann am Arm und bugsierte ihn durch die Halle zu einem der wenigen aufrecht stehenden Tische. Ich hob zwei Stühle vom Boden auf und drückte den Dicken auf einen von beiden. Die beiden Polizisten wies ich an, den Tatort unter Einsatz ihres Lebens zu sichern. Dann zückte ich Notizblock und Kugelschreiber und nahm ebenfalls Platz.

»So, Herr Weinreich, Sie erzählen mir jetzt, was es mit dem Toten und den Festspielen auf sich hat. Und in welcher Funktion Sie hier sind.«

Bevor er antworten konnte, meldete sich einer der Kriminaltechniker zu Wort.

»Linkshänder!«, rief der Mann in unsere Richtung. »Die Stichwunden lassen auf einen linkshändigen Täter schließen.«

»Oder eine Täterin«, brüllte ich zurück. »Immer schön gendern da oben, ja?«

»Wird gemacht, Frau Kommissarin!«

»So viel Humor am frühen Morgen«, seufzte ich und schob Weinreich den Notizblock hin. »Hier, schreiben Sie mir Ihren vollen Namen und Ihre Handynummer auf, das ist am einfachsten. Und dann legen Sie los.«

»Ich bin Pressesprecher«, erklärte er, noch während er schrieb. »Pressesprecher der Festspiele.« Ob das mit dem Schreiben so langsam ging, weil er gleichzeitig sprach oder weil er die ungewohnte rechte Hand benutzte, war schwer zu beurteilen. »Der Bereich Öffentlichkeitsarbeit ist ja enorm wichtig, fast das Wichtigste bei so einem Projekt. Zumal, wenn es ganz neu ist. Jedenfalls habe ich seit Monaten einen 18-Stunden-Tag, und deshalb war ich heute auch als erster hier.«

»Fast«, sagte ich und imitierte sein schiefes Grinsen von vorhin.

Er schaute irritiert. »Wie?«

»Fast als erster. Rebland war schon da.«

»Ach so, ja. Die Tür stand offen, das fiel mir gleich auf. Und als ich rein bin, habe ich sofort gesehen, dass etwas nicht stimmt.«

Ich nickte. »Das Chaos.«

»Welches Chaos?«

»Na, das Durcheinander hier. Das Zeug, das überall rumliegt, sogar Waffen!«

»Ach, das!«, lachte er. »Nein, das gehört so.«

»Gehört so?«

»Aber ja. Hier wurde gestern der Sturm auf das Rathaus geprobt. Gehört zum Programm. Wir schreiben das Jahr 1881: Donald Trump senior verliert die Bürgermeisterwahl von Kallstadt, fühlt sich betrogen, daraufhin verwüsten seine Anhänger das Rathaus. Super Spektakel, wirklich. Einer der Höhepunkte der Aufführung, müssen Sie sich anschauen!«

Ich kratzte mich am Kopf. »Donald Trump senior?«

»Eine fiktive Gestalt. Aber sehr eindrucksvoll. Kallstadt als Keimzelle der Geschichte! Alles schon mal dagewesen, hier in der Pfalz.«

»Und Sie meinen, mit Ihren Trump-Festspielen ...«

»Falsch!«, unterbrach er mich unerwartet heftig. »Nicht Trump-Festspiele, Herr Kommissar, auf keinen Fall. Es sind Auswanderer-Festspiele. Mit dem zwielichtigen Politiker dieses Namens hat unsere Aufführung nur am Rande zu tun. Der Blickwinkel ist viel weiter gefasst, es geht um die Auswanderungswelle im späten 19. Jahrhundert insgesamt. Schließlich kam auch der Vorfahr von Henry John Heinz von hier. Und der«, er langte zum Ende des Tischs, griff nach einer Ketchup-Flasche und stellte sie mit Schwung vor mich hin, »spielt ebenfalls eine Rolle bei The Outwanderers.«

Misstrauisch beäugte ich die Flasche. Sie war knallrot, ihr Deckel fehlte. »Der Ketchup-Heinz stammt aus Kallstadt?«

»Allerdings.« Sein Blick triefte vor Stolz.

Vielleicht lag es an seinem Blick, vielleicht war es aber auch bloß ein ganz normaler Reflex; jedenfalls griff ich die Flasche mit beiden Händen und drückte sie. Luft entwich und ein paar feuchte Spritzer. Weinreich zuckte zurück.

»Vorsicht«, murmelte er. »Macht böse Flecken.«

Ich stellte die Flasche wieder zurück. »Gut. Trump und Heinz. Beide made in Kallstadt. Und das schlachten Sie hier touristisch aus.«

»Kulturell«, verbesserte er. »Kulturell, wenn ich bitten darf. Über Touristen freuen wir uns natürlich auch. Es ist ein Gesamtpaket, bei dem ...«

»Bei dem Herr Rebland eine zentrale Rolle gespielt hat«, ergänzte ich.

»Richtig. Die zentrale Rolle. Es war seine Idee, er hat die Ortsgemeinde überzeugt, er hat die Sponsoren zusammengetrommelt, das Organisationskomitee, die Autoren und Schauspieler.«

»Und die Hauptrolle hat er gleich selbst übernommen.«

»Sicher. Er gibt den Trump ja schon seit Jahren. Seine Paraderolle, ein echtes Zugpferd.«

»Aber wenn es Ihnen gar nicht um den Ex-Präsidenten geht, sondern um einen erfundenen Pfälzer Urahn namens Trump, warum dann die Klamotte mit Perücke, Solariumsbräune und lächerlichen Krawatten? Ihr Donald Trump senior könnte doch ganz anders aussehen.«

»Könnte, ja. Aber für das Publikum ist es einfacher. Man erkennt dann gleich die Familienzugehörigkeit.«

»Ganz zu schweigen von den hübschen Bildern und Schlagzeilen, die man so erzielt. Aber«, ich schnappte mir die Ketchup-Flasche und zielte damit auf ihn, »aber, lieber Herr Weinreich, ist Ihnen klar, was dieser Mummenschanz für unsere Ermittlungen bedeutet?«

Er wich zurück. »Wie gesagt, total blöde Flecken.«

»Es bedeutet, dass wir es hier möglicherweise mit einem politischen Fall zu tun haben. Einem Fall von globaler Tragweite. Was, wenn der Mörder dachte, er hätte den echten US-Präsidenten vor sich und könnte die Welt ein für alle Mal von ihm befreien?«

»Was?«, machte Weinreich und starrte mich an. »Wieso ...? Aber ...« Jetzt kapierte er. »Ein politischer ... ein Attentat? Das wäre ja ...« Seine Augen wurden groß und rund. »Das wäre ja entsetzlich. Ganz furchtbar wäre das.«

»Hören Sie auf. Es wäre die beste Reklame, die Sie haben könnten.«

»Reklame?« Seine Stimme troff vor Empörung, aber es war Empörung aus dem Pressesprecher-Baukasten. Weinreich gab einen verdammt schlechten Schauspieler ab, wahrscheinlich sogar zu schlecht für seine eigenen Festspiele. Während er wortreich die Moral, die Verantwortung, den transatlantischen Blickwinkel und die Pfälzer Seele beschwor, überlegte er bestimmt, wie sich die Sitzplätze im Saal verdreifachen ließen.

Als er endlich fertig war mit seinem Sermon, donnerte ich die Flasche auf den Tisch und schnauzte ihn an: »Wo waren Sie gestern Abend?«

»Zu Hause. Mails schreiben, Unterlagen durchgehen. Warum fragen Sie?«

»Wann haben Sie Rebland zum letzten Mal gesehen?«

»Gegen fünf. Sie glauben doch nicht ...« Auf seiner Stirn glänzte Schweiß. »Rüdigers Tod ist eine Katastrophe für die Festspiele! Der Worst Case, der Super-Gau, vielleicht müssen wir die gesamte Chose abblasen.«

»Können Sie sich vorstellen, was er hier abends noch gemacht hat?«

»Nicht direkt. Er hat ja ständig überall nach dem Rechten geschaut. Wobei ...« Weinreich lächelte verlegen. »Ein Leckermaul war er schon, da hat Ihr Kollege recht.«

Bevor ich nachfragen konnte, was er damit meinte, ließ uns ein gellender Schrei zusammenfahren. Wir schauten zur Tür. Jemand stürmte in den Saal, gefolgt von einem der Polizisten.

»Rüdiger!«, schrie der Jemand. Eine Frau. Sie war mittelgroß und schlank, eine beeindruckende blonde Mähne wehte hinter ihr her. Der Polizist versuchte sie zu packen, geriet ins Stolpern und verschwand kopfüber zwischen den herumliegenden Stühlen.

»Wenn man vom Teufel spricht«, seufzte Weinreich.

Im Gegensatz zu ihrem Verfolger bewegte sich die Frau rasch und geschmeidig durch das Chaos. Schon hatte sie die Bühne erreicht und schickte sich an, sie zu betreten. Zwei Kriminaltechniker versperrten ihr den Weg.

»Rüdiger«, schluchzte sie. »Lassen Sie mich zu ihm!«

Ratlos schauten die beiden zu mir herüber. »Ist das jetzt Ivana«, fragte ich Weinreich, »oder Melania?«

»Weder noch. Karina Brankovic. Unsere Catering-Beauftragte.«

Ein Appetithappen für Rebland, hieß das wohl in Übersetzung. Würdevoll erhob ich mich und schlenderte zur Bühne hinüber, den Pressesprecher im Schlepptau.

»Immer mit der Ruhe, meine Dame«, dröhnte ich durch den Saal. »Lassen Sie die Herren bitte ihre Arbeit machen. Darf ich fragen, warum Sie polizeiliche Anweisungen missachten und ...«

»Rüdiger ist tot«, schnaubte sie mich an, »und Sie kommen mir mit Anweisungen, Sie Beamter!«

»Karina«, wollte Weinreich besänftigen, doch ein Blick von mir ließ ihn verstummen.

»Wenn die Dame mir nicht sofort erklärt, in welcher Beziehung sie zu dem Opfer stand, lasse ich sie in Handschellen abführen.« Der gestürzte Polizist, der sich mittlerweile wieder aufgerappelt hatte, nickte grimmig.

»Beziehung?« Der Blonden fiel die Kinnlade hinunter. Dann füllten sich ihre Augen mit Tränen – ein bisschen zu schnell, wie ich fand. »Beziehung? Wie würden Sie das nennen, wenn Ihnen ein Mann sein Leben widmet, wenn er Sie heiraten will, wenn er Sie … liebt?« Sie schluchzte auf.

»Wenn er mich liebt?« Es dauerte eine Sekunde, bis ich die Geschlechterverhältnisse geordnet hatte. »Sie und Rebland waren also ein Paar, Frau Brankovic?« Heftiges Nicken. »Waren Sie gestern Abend mit ihm zusammen?«

Sie schüttelte den Kopf. »Keine Zeit. Ich habe bis spät in die Nacht an den Macarons gesessen. Auf seinen Wunsch. Er liebt sie doch so …« Jetzt gab es kein Halten mehr. Die Brankovic brach in Tränen aus und sackte an Weinreichs Schulter zusammen, der sie hilflos tätschelte.

»Was für Zeugs?«, knurrte ich.

»Ihre Macarons sind berühmt«, flüsterte der Pressesprecher. »Ein Gedicht. Für die Festspiele hat sie eine Sonderkreation gefertigt. Mit einem Schuss Pfälzer Riesling. Hinter der Bühne stehen immer ein paar kühl.«

Ich verstand kein Wort. Wovon sprachen die? Erst als ich sah, wie einer der Kriminaltechniker verstohlen auf die Leiche deutete, ging mir ein Licht auf.

»Sie meinen die grünen Ufos dort drüben? Maccaronis heißen die?«

»Unsere Premierenbesucher bekommen jeder ein Tütchen davon geschenkt.« Weinreich flüsterte und tätschelte immer noch. »Sie müssen unbedingt welche probieren.«

»Aber nicht von denen neben der Leiche. Frau Brankovic! Können Sie sich vorstellen, wer Ihren … wer Herrn Rebland ermordet hat?«

»Nein«, schniefte sie und hob den Kopf. »Ja! Er hatte so viele Neider. So viele, die nicht … Aber er war herzensgut. Der liebste Mensch auf der ganzen …« Wieder brach sie in Tränen aus. Weinreich nahm sie in die Arme und zerstrubbelte fürsorglich ihre Löwenmähne. Ich nutzte die Unterbrechung und ließ mir eins der grünen Dinger von der Bühne reichen. Lust hineinzubeißen machte die Farbe nicht unbedingt.

»Meine Frau ist verrückt nach dem Zeug«, sagte der Kriminaltechniker.

»Deine Frau hat ja auch jemanden wie dich geheiratet«, brummte ich.

Endlich waren die Tränenfluten der Karina Brankovic versiegt. Sie bat um die Erlaubnis, ihrem Rüdiger noch einmal ins Antlitz zu blicken, was ich ihr großzügig gewährte. Während sie die Bühne erklomm, nahm ich Weinreich zur Seite.

»Hat sie auch eine Rolle in dem Stück?«

»Eine kleine. Empfangsdame drüben im Trump-Hotel.«

»Drüben? Wird noch woanders gespielt?«

»Sicher. Wir haben das Ganze als Stationentheater angelegt, und eine der Stationen ist das Hotel, das Donald Trump senior in Kallstadt betreibt.«

»Die Besucher müssen also rumlaufen.«

Weinreich grinste stolz. »Das ist unser Konzept. Die Leute werden auch den großen Weinkeller kennenlernen, in dem Bürgermeister Trump sein Amtsenthebungsverfahren übersteht. Wir führen sie zur Telegrafenstation, von der aus der Bürgermeister seine Kurznachrichten in die Welt verschickt, und Trumps Mauer steht natürlich auch auf dem Programm.«

»Mauer?«

»Eine Art Schutzwall gegen illegale Einwanderer aus Freinsheim.« Der Pressesprecher zuckte mit den Achseln. »Nehmen Sie's nicht persönlich.«

»Garantiert nicht. So eine Mauer funktioniert ja in beide Richtungen.« Ich senkte meine Stimme. »Aber zurück zu Frau Brankovic. Ich halte sie für verdächtig.«

»Verdächtig? Karina? Sie war Rüdigers Freundin! Wo ist da das Motiv?«

»Das heißt nichts. Die echte Ivana Trump wurde von ihrem Ehemann vergewaltigt. Da haben Sie Ihr Motiv.«

»Eine Behauptung, die sie später zurückziehen musste«, sagte Weinreich mit einem triumphierenden Leuchten in den Augen. »Von wegen Motiv!«

»Einer Schauspielerin traue ich alles zu.«

»Aber doch nicht Karina. Fragen Sie die da!«

Er zeigte auf eine Frau, die eben durch eine seitliche Tür in den Saal trat. Offenbar gab es noch andere Zugänge zu dem Gebäude. Die Frau hatte ebenfalls lange blonde Haare, war allerdings ein Stück älter als Karina, und von Tränen konnte keine Rede sein. Als sie mich sah, zog sie eine Braue in die Höhe. Doch das war nichts im Vergleich zu der Reaktion, die ihr Erscheinen bei Reblands Geliebter hervorrief.

»Du Miststück!«, brüllte Karina von der Bühne herunter. »Eifersüchtige Schlampe! Du hast ihn umgebracht! Dafür wirst du büßen!«

Dieser Ankündigung folgte ein dreiminütiger Ringkampf, der jeder Art von Festspielen Ehre gemacht hätte. Der Polizist und zwei Kriminaltechniker versuchten, die Brankovic davon abzuhalten, sich auf ihre Konkurrentin zu stürzen und ihr wer weiß was anzutun. Weinreich, der sich friedensstiftend einmischte, bekam einen Schwinger gegen das Kinn. Endlich gelang es der Staatsgewalt, die zeternde Frau aus dem Saal zu geleiten. Ihr Wutgeheul war noch lange zu vernehmen.

»Entschuldigen Sie«, keuchte der Pressesprecher, sich das Kinn haltend. »Sie ist ... Das müssen Sie verstehen.« Hilfesuchend schaute er von mir zu der neu Eingetroffenen, und als er merkte, dass wir wortlos Blicke wechselten, verstummte er ebenfalls.

»Hallo, Frieder«, sagte die Frau.

»Hallo, Frieda«, sagte ich.

Weinreich sperrte Mund und Augen auf. Vielleicht lag es an dem Kinnhaken, dass er so begriffsstutzig war. »Sie«, stotterte er, »Sie sind ... Sie kennen sich?«

Ich nickte.

»Wie man sich so kennt, wenn man acht Jahre miteinander verheiratet war«, bestätigte meine Exfrau.

»Verhei-?« Das war zu viel für den armen Kerl.

»Du hast schon wieder zugenommen«, stellte Frieda mit Blick auf meine Körpermitte fest. »Außerdem hast du Ketchupflecken auf dem Hemd.«

Ich schielte an mir hinunter. Tatsächlich, zwei dunkle Spritzer! Ich befeuchtete einen Daumen und versuchte sie wegzuwischen, aber sie waren schon ganz eingetrocknet.

»Also so was«, freute sich der Pressesprecher. »Dann brauche ich Sie einander gar nicht vorzustellen.«

»Was machst du hier?«, herrschte ich meine Ex an. »Sag bloß, du spielst auch in dem Stück mit!«

»Nur ein bisschen«, erwiderte sie trocken. »Nur Hauptdarstellerin.«

»Sie ist Donald Trumps Gattin«, strahlte Weinreich. »Frieda Trump.«

»Die Gattin«, ich zeigte auf den Toten, »von dem da?«

Sie schaute zur Bühne. »War es Mord? Wenn du kommst, muss man das ja annehmen.«

»Die Brankovic sprach von Eifersucht. Wie war dein Verhältnis zu Rebland?«

Meine Ex zuckte mit den Achseln. »Professionell.«

»Professionell?«, fuhr ich auf. »Was heißt das? Was lief da zwischen euch?«

»Nichts«, beeilte sich Weinreich einzuwerfen. »Gar nichts! Ein rein künstlerisches Zusammenwirken, zum Wohl der Festspiele. Außerdem war Rebland mit Karina liiert.«

»Mit dem Flittchen?«, höhnte meine Ex. »Die war doch bloß Ablenkung für den. Ein Pausensnack! Da hätte ich ja mehr Chancen gehabt …«

»Das stimmt«, platzte ich heraus.

»... wenn ich gewollt hätte«, beendete sie ihren Satz. Sie sah mir in die Augen. »Aber das wollte ich nicht.«

Bevor ich etwas entgegnen konnte, kam ein Kriminaltechniker auf mich zu; er schwenkte ein Plastikkärtchen. »Hier, Chef«, sagte er, »haben Sie verloren.«

»Verloren, ich?«

»Ihren Dienstausweis. Lag unter der Leiche.« Er war schon wieder am Gehen. »Hat leider ein bisschen was abbekommen.«

Das Ding war zu stark mit Blut verschmiert, um es einzustecken. Notgedrungen behielt ich es in der Hand. »Gut, wo waren wir?« Ich zeigte mit dem Ausweis auf meine Exfrau. »Du wolltest mir sagen, wo du gestern Abend warst.«

»Wollte ich das?«

»Wo, mit wem und warum?«

Sie lächelte. »Lassen Sie mich nachdenken, Herr Kommissar. Ja, richtig, jetzt fällt es mir wieder ein: Ich hatte Besuch. Von Rüdiger Rebland. Er war bei mir.«

»Und wozu?«

»Wir haben geprobt. Einige Szenen waren noch nicht so, wie wir es wünschten.«

»Geprobt?«, schnaubte ich. »Nennt man das jetzt so?«

»Ich bitte Sie«, mischte sich Weinreich ein. »Die beiden sind Mann und Frau. Im Stück natürlich nur. Da muss man doch …«

»Was muss man da? Ihr die Hand auf den Hintern legen? Sie knutschen, bis sie keine Luft mehr bekommt? Tatschen und fummeln?«

Meine Ex schüttelte den Kopf. »Das klingt ja, als seist du dabei gewesen!«

»Im 19. Jahrhundert kam man halt gleich zur Sache«, erklärte der Pressesprecher. »Erst recht im Hause Trump.«

»Das ist es ja«, knirschte ich. »Trump! Dieser Grapscher. Wenn so ein Lustmolch sich über deine Frau hermacht, kann man doch nicht ruhig bleiben. Da muss man etwas tun!«

»Tun?« Weinreich starrte mich an. Dann fiel sein Blick auf meinen Dienstausweis, mit dem ich immer noch drohend herumfuchtelte. »Sagen Sie ... sind Sie Linkshänder?«

»Du warst da?«, stieß meine Ex hervor. »Du hast uns bei der Probe beobachtet?«

»Nein!«, rief ich. »Also ja, ich war in Kallstadt. Wollte dich endlich mal wieder sehen. Stattdessen sehe ich diesen ... diesen Typen mit seinen orangenen Haaren, wie er an dir rumfuhrwerkt ... Ekelhaft!«

Sie schluckte. »Dann stammen die Flecken auf deinem Hemd gar nicht vom Ketchup?«

»Sie«, stammelte Weinreich, »Sie haben Rüdiger ...«

»Nein!« Jetzt brüllte ich. Kapierten die denn gar nichts? »Nicht Rebland! Was interessiert mich diese Kallstädter Luftnummer? Um Trump ging es, immer nur um Trump. Den habe ich mir vorgeknöpft. Einer musste dem mal das Handwerk legen.«

»Sie haben ihn hierher verfolgt«, begann Weinreich.

»Und die Erde von einem Monster befreit«, ergänzte ich. »Er war so mit seinen Maccaronis beschäftigt, dass er mich gar nicht bemerkte. Ich rief: Make Palatia great again – und tat es. Sie brauchen mir nicht zu danken, es war ja meine Pflicht.«

Das Letzte, was ich sah, war der Spatenstiel in den Händen meiner Exgattin, mit dem sie ausholte, um kräftig zuzuschlagen.

Macarons mit Weincreme-Füllung

Zutaten
für den Teig:

90 g gemahlene Mandeln
150 g Puderzucker
72 g Eiweiß (ca. 2 Eier)
20 g Zucker
Lebensmittelfarbe nach Bedarf

für die Füllung:

200 g geraspelte weiße Schokolade
80 g Weißwein
20 g Sahne
1 EL Mascarpone
geriebene Zitronenschale

Zubereitung:
Mandeln und Puderzucker sehr fein sieben. Das Eiweiß steif schlagen, Zucker einrieseln lassen, Lebensmittelfarbe hinzugeben. Dann die Mandel-Puderzucker-Mischung so lange unterheben, bis eine flüssige, glänzende Masse entsteht. Diesen Teig in einen Spritzbeutel mit großer Tülle füllen und Kreise von der Größe eines Zweieurostücks auf ein Blech drücken. Das Blech ein paar Mal auf den Tisch klopfen, damit sich die Oberfläche der Macarons glatt zieht. 45 Minuten stehen lassen, bis sich eine dünne Haut auf den Macarons gebildet hat.

In der Zwischenzeit Weißwein und Sahne erwärmen, Schokolade einrühren und schmelzen lassen. Mascarpone und Zitronenschale hinzu, alles glatt rühren. Sobald die Masse etwas abgekühlt ist, schaumig schlagen.

Ofen auf 150° Ober-/Unterhitze vorheizen. Sobald das Blech im Ofen ist, auf 145° regulieren. 14 Minuten backen, abkühlen lassen, in Pärchen sortieren. Die Ganache in einen Spritzbeutel füllen, auf die flache Seite eines Plätzchens spritzen und mit einem zweiten vorsichtig zudrücken. Ergibt ca. 24 Stück.

Hilde Artmeier

Rotweinkuchen für Adele

Ich wusste von Anfang an, was für ein Typ er war.

Fünfundzwanzig Jahre jünger als ich, die Haare viel zu lang, ein Lächeln, mit dem er jede halbwegs attraktive Frau bedachte. Und natürlich immer zu wenig Geld in der Tasche. Die Sorte Männer kannte ich. Aber es war mir egal. Seine blitzenden Gigolo-Augen gefielen mir einfach zu gut.

An Tag zwei führte ich ihn aus. Zum Abendessen in den Winzerhof, ein exquisites Restaurant in Sankt Martin, einem der schönsten Dörfer Deutschlands im Pfälzer Weinland mit Fachwerkflair, vielen Erinnerungen und günstiger Lage. Nämlich weit weg von Landau, wo mich jeder kennt.

Nach dem Essen schlenderten wir durch den mittelalterlichen Ortskern bis zur Kirche, die dem heiligen Bischof Martin von Tours geweiht ist, dem Schutzpatron des Dorfes. Ich zeigte meinem Süßen die historischen Fachwerkhäuser, das ehemalige Kelterhaus, in dem früher die Untertanen ihren Weinzehnt an die hiesigen Barone ablieferten, und den idyllischen Blick auf den ›Malerwinkel‹. Sogar zur Kropsburg, den ehemaligen Adelssitz der Dalberger am Rande der Pfälzer Berge, spazierten wir hinauf.

Für Mitte März war es ungewöhnlich warm. Die ersten Mandelbäume blühten, in verträumtem Weiß und duftigem Rosa, und es roch schon jetzt nach Sommer. Mein Herzensbrecher drückte mich immer enger an sich.

Seine Ausdauer imponierte mir. Ganz gleich, ob es um die Anzahl seiner Komplimente ging, die unserer zusammen geleerten Riesling-Gläser in einem der unzähligen Weingüter mit ruhigen Ecken oder die unserer erotischen Stunden in einem verschwiegenen Hotel. Ich beglückwünschte mich. Nicht jeder Liebhaber hält, was er im Schein von zwanzig Kerzen verspricht.

Irgendwann geschah das, was keine einigermaßen vernünftige Frau glaubt, auch wenn sie ein Leben lang davon träumt. Er schwor mir ewige Liebe und bedingungslose Treue. Ich lachte ihn aus. Ich bin dreiundvierzig Jahre alt und habe viel erlebt.

Aber er wurde nicht müde, den letzten aufrechten Vertreter der Gattung Mann zu mimen, und bald fand ich Gefallen an seinen Geschichten. Schließlich braucht jeder Mensch ein paar Illusionen. Ich wurde auch nicht stutzig, als mein Märchenprinz immer weniger Zeit hatte. Würden Sie etwa nicht verstehen, dass ein zielorientierter Architekturstudent für die nächste Prüfung büffeln muss?

Es passte mir sowieso gut in den Kram. Irgendwann musste auch ich mich um andere Dinge kümmern. Der achtzehnte Geburtstag meiner Tochter rückte näher, und ich hatte noch nichts vorbereitet. Sie wünschte sich von mir ein bodenständiges Drei-Gänge-Menü, eine Reise in die Karibik und einen Fiat Cinquecento in knalligem Rot. Adele tritt in meine Fußstapfen. Sie weiß die angenehmen Seiten des Lebens zu schätzen.

Also stöberte ich in meinen Kochbüchern und forschte im Internet nach einer interessanten Speisenfolge. Schließlich entschied ich mich für eine deftige Kartoffelsuppe und Pfälzer Saumagen mit Bauernbrot als Vorspeise und Rumpsteak mit hausgemachten Spätzle an Pfefferrahmsauce als Hauptgang. Nur beim Dessert wurden wir uns nicht gleich einig. Crème Brûlée, Melonenkaltschale, Apfel-Tarte – was auch immer ich Adele vorschlug, hartnäckig bestand sie auf meinen berühmten Rotweinkuchen.

Manch einer unserer Gäste hat beim Anblick dieser Nachspeise schon das Gesicht verzogen. Stinknormaler Rotweinkuchen – wie einfallslos, war in ihren Mienen zu lesen. Aber beim ersten Bissen glätteten sich die Züge, und ich musste früher immer aufpassen, dass für meine Kleine genug übrigblieb. Feinste Zartbitterschokolade, frisch gelegte Eier von glücklichen Hühnern, ein trockener, edler Spätburgunder vom besten Winzergut der südlichen Weinstraße – bei dieser Mischung kann kaum jemand widerstehen.

Drei Tage vor der Feier, als ich den Einkaufszettel schrieb, vertraute Adele mir ihr Geheimnis an. Dieses Mal würde sie zum Geburtstagsessen nicht nur den Reitklub und ihre altbewährten Busenfreundinnen einladen, sondern auch einen Freund. Wir dürften gespannt sein: Mr. Right alias das achte Weltwunder.

Also gab ich mir am großen Abend besondere Mühe mit der Dekoration. Herzen überall: auf der Tischdecke, an der Wand, auf Kerzen und Servietten sowieso.

Richard führte das Geburtstagskind in den festlich gedeckten Speisesaal. Der Traumprinz hielt lächelnd die Hand meines großen Mädchens, und sie blinzelte ihn verliebt an. Meine Adele und ihr Dreamboy ...

Diese miese, kleine Ratte! Am liebsten hätte ich den Kerl gevierteilt, in der Luft zerrissen, im Rhein versenkt. Ich hatte schon immer viel Phantasie. Nicht nur im Bett oder beim Kochen.

Natürlich ließ ich mir nichts anmerken und begrüßte das neue Familienmitglied mit strahlendem Lächeln. Schließlich hatte ich in meinem früheren Beruf gelernt, meine Emotionen zu kontrollieren. Aber nach der Wut spürte ich die Traurigkeit. Wem sollte ich jetzt die Sehenswürdigkeiten von Sankt Martin zeigen? Mit wem im malerischsten Weindorf Deutschlands schlemmen? Und wie sehr würde ich das Bett in jenem versteckten Romantik-Hotel in Zukunft vermissen?

Andrerseits, wer ist schon unersetzbar?

Der Abend war ein voller Erfolg. Alle lobten das gelungene Menü, und nach dem Dessert erfuhren wir ganz nebenbei, dass wir nicht nur ein Geburtstagsfest feierten, sondern auch eine Verlobung. Nach vier Monaten sei es an der Zeit, an den Bund fürs Leben zu denken, teilte Adeles Strahlemann uns unverblümt mit. Keine Spur von Verlegenheit.

Richard bemerkte natürlich nichts. Wenn er nicht mit einer von Adeles Freundinnen das Tanzbein schwang, führte er mit seinem zukünftigen Schwiegersohn Fachgespräche über Architektur und Landschaftspflege. Ansonsten lächelte mein Göttergatte zufrieden vor sich hin, weil er seine Tochter in guten Händen wähnte.

Was ich für mich behielt: Es gab noch einen dritten Grund zum Feiern. An diesem Abend beschloss ich, mich wieder meiner früheren Arbeit zu widmen. Achtzehn Jahre lang hatte ich mich bei Tennis und Golf gelangweilt. Achtzehn Jahre lang hatte ich Gläser aus geschliffenem Kristall gesammelt und Grillabende für Richards Parteifreunde im Landauer Stadtrat organisiert. Achtzehn Jahre lang hatte ich mir beim wöchentlichen Kaffeeklatsch der aktuellen Gattinnen die ewig gleichen Geschichten über die Erfolge von Männern und Kindern anhören müssen. An diesem Abend wehte der Wind der Veränderung so stark, dass er fast das gute Rosenthal-Geschirr in Scherben fegte.

Gleich am nächsten Tag schritt ich zur Tat. Ich organisierte die besten Handwerker und gab endlich den Ausbau des lange geplanten Hobbyraums in Auftrag. Im hintersten Kellerwinkel, wohin sich niemand verirrte außer mir. Auch meine alten Kontakte funktionierten noch, und dort, wo sie nicht mehr existierten, tat ich neue auf. Ambrosius, mein früherer Chef, versuchte sofort, mich trotz der langen Pause für einen kniffeligen Auftrag anzuwerben. Immer schon hatte er meine Fähigkeiten zu schätzen gewusst. Mich hingegen faszinierte der Gedanke, mich selbstständig zu machen. Allerdings nur mit Kompagnon. Als Einzelkämpfer hat man's überall schwer, nicht nur in meiner Branche.

Als im Garten die ersten Sonnenblumen blühten, hatte ich alles beisammen, was ich brauchte. Wie in jedem Beruf, den man lange nicht mehr ausgeübt hat, hatte sich auch in meinem vieles verändert. Aber wer einmal gelernt hat, einen Sprengsatz zu bauen, verlernt es nie.

Das Schwierigste war die exakte Planung, wann und wo die Detonation erfolgen sollte. Sie musste absolut tödlich sein, durfte aber keine Unbeteiligten verletzen. Das hatten sie uns beim MAD, dem Militärischen Abschirmdienst, eingetrichtert. Natürlich gab es auch Betriebsunfälle, Kollateralschäden waren oft unvermeidbar, auch unter der Zivilbevölkerung. Aber bei diesem Einsatz würde alles glattgehen. Mein Süßer würde keine Herzen mehr brechen.

Wie immer konnte ich auf Richard zählen. Wenn er nicht gerade mit einer seiner häufig wechselnden Assistentinnen, die allesamt wie Models aussahen, eine unaufschiebbare Geschäftsreise unternehmen musste, spielte er mit Leidenschaft Golf. Schon auf Adeles Geburtstagsfeier hatte er angekündigt, ihren Sonnyboy in diesen wichtigen Sport einzuführen. Auf dem Golfplatz wurden schließlich weit mehr Verträge ausgehandelt als in jedem Architekturbüro dieser Welt. Und wenn Richard seinen Schwiegersohn in spe regelmäßig in den Golfclub Landgut Dreihof in Essingen mitnahm, würde ich zwei Fliegen mit einer Klappe schlagen. Nach reiflicher Überlegung setzte ich deshalb auch meinen Ehemann als Zielobjekt mit auf die Liste.

Seit Richard die Schwelle zur Midlife-Crisis überschritten hatte, hatte sich auch in meinem Leben viel verändert. Zuvor waren wir beide noch ein richtiges Liebespaar gewesen. Adele, unser Wunschkind, war gerade zehn Jahre alt geworden. Mein Beruf als MAD-Agentin fehlte mir nicht. Schließlich wollte ich ein ganz normales Leben führen. Was gibt man nicht alles auf für die Familie und den Mann, den man liebt.

Wenn Richard Zeit hatte, machten wir Ausflüge zu dritt. Auf dem Blätterberg bei Roth erkundeten wir die Ruine Rietburg, in den Wäldern bei Edenkoben sammelten wir Esskastanien und im Landauer Zoo bestaunten wir die Pinguine. In Annweiler am Trifels spazierten wir jedes Mal durch die Wassergasse und schleckten Eis am Keyser'schen Eck auf dem Rathausplatz. Zwei Kugeln für jeden. Noch heute sehe ich meine kleine Adele vor uns herlaufen, mit wehendem Röckchen und über das Kopfsteinpflaster klappernden Sandalen.

Einmal, an einem sonnigen Julitag, verschwand sie einfach. Es verging über eine Stunde, bevor wir sie in dem Gewühl von Einheimischen und Touristen auf dem mittelalterlichen Richard-Löwenherz-Fest endlich wiederfanden. Seelenruhig saß sie vor der protestantischen Stadtkirche und sah mit großen Augen zwei kleinen Jungs zu, die inmitten all der bunten Gaukler und Ritter mit Holzschwertern gegen imaginäre Drachen und böse Zauberer kämpften. Wie gekonnt die beiden parierten, wie sie tobten und lachten. Vor Erleichterung spendierte ich jedem der drei eine Eistüte. Fünf Kugeln. Pistazie, Walnuss, Kirsch, was immer sie wollten.

Nach diesem Erlebnis sprach mein Mädchen nur noch von einem: Sie musste einfach Fechtunterricht nehmen. Ich war einverstanden, aber Richard fand, das sei nichts für Mädchen. Also überredete ich beide zu Karate. Eine geeignete Selbstverteidigungstechnik kann schließlich niemandem schaden.

Bald darauf stellte Richard mir seine neue Assistentin vor. An ihren Namen erinnere ich mich nicht mehr, aber sie war so gertenschlank, wie ich nie werden würde, blutjung und voller sprühender Ideen. Die frisch diplomierte Architektin krempelte alles um. Aus Richards mehr schlecht als recht laufendem Architekturbüro machte sie die Topadresse in Landau. Natürlich mussten Köpfe rollen. Wer die Zeichen der Zeit nicht erkennt, darf nirgendwo auf Milde hoffen, weder langjährige Mitarbeiter noch Alleinverdiener mit fünfköpfigen Familien. Nur einer der Punkte, in denen sich der Chef und seine neue rechte Hand einig waren.

Richards Stellvertreterin blieb nicht lange. Doch sie bildete nur den Anfang eines endlosen Reigens an häufig wechselnden und immer bildschönen jungen Architektinnen, mit denen mein Gatte weit mehr Zeit verbrachte als mit mir. Bei jeder Neuen zankten wir uns noch ein kleines bisschen böser als zuvor. Natürlich verstand ich, dass Stararchitekten mehr arbeiten müssen als Finanzbeamte. Aber wenigstens für unsere Sonntagsausflüge hätte er sich noch hin und wieder Zeit nehmen können.

Adeles Hochzeit sollte Ende September stattfinden. Wie zu erwarten, brauchte sie Unterstützung. Wer einmal eine Trauung organisiert hat, weiß, an wie vieles man zu denken hat. Unterlagen fürs Standesamt, Brautkleid, Eheringe, Geschenke für den Hochzeitstisch, ein angemessenes Lokal ausfindig machen. Dann die Menüauswahl, Gästeliste, Einladungen, Blumenschmuck und zu guter Letzt die Flitterwochen.

Mich plagte mein schlechtes Gewissen. War das, was ich vorhatte, wirklich richtig? Warum investierte ich so viel Zeit und Geld in dieses Hochzeitsprojekt, das von Anfang an zum Scheitern verurteilt war?

Wollte ich nicht wie alle Mütter, dass meine Tochter glücklich wurde? Wie lange würde sie darunter leiden, wenn sie nicht nur ihren Verlobten zu betrauern hatte, sondern auch ihren Vater? Und außerdem – tat ich Richard vielleicht doch Unrecht? Wer so viel Geld verdiente wie er, durfte sich doch auch mal eine harmlose kleine Abwechslung leisten, oder etwa nicht?

Doch meine Gefühlsduseleien verflogen so schnell, wie sie gekommen waren, und bald kümmerte ich mich wieder um die Vorbereitungen für die große Feier und meine kleine Bastelei. Die ersten Experimente liefen ein wenig aus dem Ruder. Der Nachbarshund, der Adele vor Jahren gebissen hatte, war nach meiner Probesprengung nicht wiederzuerkennen, und die Gartenlaube seines Herrchens ging in Flammen auf. Aber wenigstens mussten wir uns das nervige Gejaule und die feucht-fröhlichen Skatrunden nicht länger anhören.

Endlich war es so weit. An einem strahlend schönen Freitagnachmittag hatten Richard und unser Märchenprinz sich wieder einmal im Golfclub in Essingen verabredet. Ich schob einen wichtigen Termin mit Adele vor und lud sie in unser Stammcafé in Landau ein. Andernfalls wäre sie noch auf den Gedanken gekommen, ihren Süßen zu begleiten. Seit er sich mehr fürs Golfen und Richards Geschäftskontakte interessierte, schien meine Kleine sich vernachlässigt zu fühlen. Immer öfter sah ich sie unruhig auf ihr Mobiltelefon starren, bis das Summen einer WhatsApp sie endlich erlöste.

Den Schläger in der Golftasche hatte ich bestens präpariert: Der Final Countdown der Zeitschaltuhr würde bei Loch Nummer dreizehn zu Ende sein. Ich wusste genau, wie lange mein Gatte und unser Märchenprinz bis zu dieser direkt am Waldrand gelegenen Stelle brauchen würden. Oft genug hatte ich auf der Terrasse des Golfrestaurants gewartet, um die Zeit zu stoppen. Die Explosion würde einen unschönen Krater in den gepflegten Rasen sprengen.

Während Adele und ich den Rotweinkuchen auf der Terrasse des Cafés kosteten, der natürlich nicht mit dem von mir gebackenen zu vergleichen war, blickte ich immer wieder auf die Armbanduhr. Um halb drei hatten die beiden Lady's Men sich am Golfplatz verabredet. Wenn alles nach Plan verlief, waren sie genau jetzt auf dem Weg zum dreizehnten Loch.

Zum zwanzigsten Mal zog ich das Handy aus der Tasche und überprüfte, ob es Empfang hatte. Am Ende überhörte ich noch den Anruf aus dem Golfclub. Natürlich würde man mich informieren, sobald Notarzt und Polizei verständigt waren. Wenn einer von Richards Schlägern in die Luft ging, dann musste jeder einen Anschlag auf das Leben des politisch aktivsten Architekten der Region vermuten, der – ohne mit der Wimper zu zucken – jedes Naturschutzgebiet dem nächsten Gewerbepark opferte.

Adeles Teller war noch kaum berührt. Etwas beschäftigte mein Mädchen, das sah ich ihr an. Verstohlen schaute ich wieder auf die Uhr. In dieser Minute waren die beiden vermutlich schon beim Waldrand angelangt.

Meine Kleine seufzte erbärmlich.

»Was ist los?«, fragte ich und bemerkte aus den Augenwinkeln, wie mir ein vorübergehender Mann mit grau melierten Schläfen einen interessierten Blick zuwarf.

»Du wirst nicht begeistert sein.«

Ich lächelte abwesend und schielte auf die Zeiger auf dem Display.

»Was würdest du sagen, wenn wir die dreihundert Hochzeitseinladungen neu drucken müssten?«, hauchte mein Töchterchen, während eine Träne über ihre Wange kullerte.

Ich riss die Augen auf.

»Die Namensschilder, Tischkarten und Menükarten nicht zu vergessen.« Die Träne plumpste auf die weiße Tischdecke.

Ich reichte ihr ein Taschentuch. »Was ist denn los?«

»Ich habe jemanden kennengelernt.« Adele schnäuzte sich umständlich. »Aber heiraten werden wir nicht. Mein Neuer hält nichts von diesem altmodischen Firlefanz.«

»Dein Neuer?«

»Er ist sooooo süß.« Ein Ruck ging durch ihren zarten Körper, und auf einmal strahlte sie. »Du wirst ihn lieben, Mama!«

Das hoffte ich ganz und gar nicht. Ich wollte nicht noch einen zukünftigen Schwiegersohn in die Luft sprengen müssen.

»Außerdem hat Leonardo einen tollen Job«, schwärmte sie weiter. »Er ist selbstständig und gerade auf der Suche nach einem Geschäftspartner. Jemand mit Erfahrung soll es sein.«

»Dann will er also nicht die Firma deines Vaters übernehmen?«, fragte ich. Den Zusatz wie dein Verflossener schluckte ich selbstverständlich hinunter.

»Natürlich nicht. Er arbeitet mit irgendeinem Ausländischen Amt in Berlin und Brüssel zusammen. Aber wohl auch mit Privatkunden.« Sie senkte die Stimme. »Ich habe nicht so genau verstanden, was Leonardo macht. Er muss viel reisen, spricht fließend Englisch, Französisch, Spanisch. Außerdem Russisch und irgendwas Arabisches. Wie du, Mama!«

Ich lächelte.

»Ständig kriegt er Anrufe, Mails, was weiß ich«, fuhr meine Kleine fort. »In seinem Loft in Mannheim, in einem von diesen genial schönen Jugendstilhäusern beim Wasserturm, gibt's nur das Neueste vom Neuen. Der hat es nicht nötig, eine Frau wegen Papis Firma zu heiraten.«

Ich verkniff mir meinen Kommentar.

»Megageile Möbel, überall Gemälde und alles echt. Drei Notebooks und zwei iPads hat er und mindestens fünf iPhones. Und eine Waffensammlung – einfach irre!«

»Ach?«

»Ja, zuerst war er sauer, als er mich in dem Zimmer erwischt hat. Da darf nämlich niemand rein. Nicht mal die Putzfrau. Aber dann war er platt, weil ich in Karate besser bin als er, und jetzt will er mir sogar das Fechten beibringen, echt krass. Weißt du, Mama ...« Ihre wasserblauen Augen fingen an zu leuchten. »Wenn du mich fragst, dann macht er so was wie diese Typen in den Kinofilmen.«

Ich hob die Augenbrauen.

»Na, James Bond, Codename U.N.C.L.E und so!«

Ihre Augen wurden noch größer. Mit einem Mal sah ich, wie darin Funken sprühten.

»Vielleicht sollte ich doch nicht Jura studieren, wie Papa immer meint.« Nachdenklich kaute sie auf einer ihrer langen, kohlrabenschwarzen Haarsträhnen, die sie wie die Augenfarbe von mir geerbt hatte. »Es gibt doch wirklich spannendere Jobs als Anwältin, oder?«

Auch ich kam ins Grübeln, ließ die Jahre Revue passieren, dachte an die Zukunft. Immer nur reiche Witwe zu spielen, erschien mir nun doch zu langweilig. Vielleicht war ich in meinem alten Beruf besser aufgehoben als immer nur zu Hause. Und vielleicht war Leonardo genau der Kompagnon, den ich suchte. Sicher könnten mein Geschäftspartner in spe und ich auch eine Azubine gut gebrauchen, der ich zum Einstand meinen Rotweinkuchen backen würde und die mit ihrer vielen Arbeit keine Zeit für Trübsalblasen hätte. Außerdem eine Zentrale mit unverfänglicher Adresse. Vielleicht in einem der noblen Jugendstilhäuser beim Mannheimer Wasserturm?

Als das Handy zu trillern anfing, musste ich lächeln. Meine Adele war mir doch um einiges ähnlicher, als ich es je für möglich gehalten hätte.

Rotweinkuchen

Zutaten:

200 g Margarine
250 g Mehl
200 g Zucker
1 Päckchen Vanillezucker
4 Eier
1/2 Päckchen Backpulver
2 EL Kakao
1 TL Zimt
100 g Schokostreusel (zartbitter)
200 ml Rotwein (trocken)

Zubereitung:

Die Margarine, den Zucker, den Vanillezucker und die Eier schlagen. Die restlichen Zutaten mischen und unterheben. In eine Kastenform oder Kranzform geben und bei 180 Grad/Ober-Unter-Hitze (Ofen vorheizen) 45 bis 60 Minuten lang backen, mit der Stäbchenprobe testen, ob der Kuchen durchgebacken ist; mit Puderzucker bestreuen.

Lilo Beil

TRÄUMEREI oder Eine wahre Dystopie

Sie ging zum Fenster, denn ein Höllenlärm war plötzlich losgebrochen. Ungewöhnlich in dieser ruhigen Wohngegend, wo sich friedliche Pensionäre, junge Familien, fleißige Singles und überhaupt unauffällige Zeitgenossen etabliert hatten.

Stella nahm hastig einen letzten Schluck ihres Frühstückskaffees aus ihrem Lieblingsbecher, den sie in der kleinen Töpferei um die Ecke gekauft hatte.

Als sie zur Straße hinunterblickte, wäre ihr der Henkel, an dessen oberem Ende ein Vögelchen platziert war, fast aus der Hand geglitten.

Ein Zug von seltsamen Gestalten wie aus einem utopischen Film oder wie aus einem Fantasyroman, dicht an dicht gedrängt, wälzte sich unter ihrem Fenster vorbei. Ein Lindwurm von hunderten von Menschen. War denn schon wieder Karneval? Fasching? Fasenacht?

Wie immer man diese Veranstaltung auch nennen mochte, die Akteure dieses Umzugs erweckten den Eindruck, als seien sie sehr wütend. Eine Demo? Wofür oder eher wogegen?

Kriegerisch anmutende, martialische Kerle in schwarzen Hemden mit seltsamen runenartigen Symbolen, aber auch jüngere und ältere Frauen in hexenartigen Gewändern, wallend und in buntschillernden Farben, zum Teil mit Blüten in den pechschwarzen, hennaroten, schlohweißen oder blonden Haaren, und alle riefen: Freiheit, gebt uns unsere Freiheit wieder. Einige trugen Schilder mit der Aufschrift:

»Ich habe ein gutes Immunsystem«. Oder: »Was kümmert mich die Oma im Koma? Ich will meinen Urlaub in Roma«.

Auf einem Riesenschild prangte die Aufschrift: »Lache! Lebe! Liebe!«

Ein hünenhaft großer Mensch trug ein Plakat, auf dem zu lesen war: »Was geht mich denn ein Virus an? Ich bin ein echter deutscher Mann«.

Der Hüne trug eine Art Pelzmütze auf dem Kopf, an der große Hörner angebracht waren. Er glich einem Schamanen oder einer Fantasygestalt. Sein Gesicht war bunt bemalt. Neben ihm trippelte, bewundernd zu ihm aufblickend, ein Kerlchen, dessen Gesicht dem einer Ratte glich, mit borstigen Stoppeln, die abstanden und zitterten. Der Zwerg schwenkte eine schwarz-weiß-rote Fahne. Der Hüne mit den Hörnern schaute

für einen Augenblick hoch zu Stella. Sie erstarrte vor Furcht. Einzelne Menschen in diesem grotesken Umzug trugen weiße, schwarze, gemusterte Masken vor Mund und Nase, doch sie wurden angepöbelt, an den Rand gedrängt, beschimpft.

»Spaßverderber«, schallte es von irgendwoher. Stella war sich plötzlich bewusst, dass sie all dies träumte. Es musste ein Traum sein. Ein grässlicher Albtraum. Sie zwickte sich in den Arm. Es tat ein wenig weh, sie zuckte zusammen, besah den lila Fleck. Träum ich oder wach ich, fragte sie sich. Der Fleck ist real, ich bilde ihn mir nicht ein, auch der Schmerz ist nicht imaginär. Oder kann man sich Schmerzen einbilden?

Während sie all dies tat, um sich zu vergewissern, dass sie träumte, sagte etwas in ihr: es kann nur ein Traum sein. Wir leben doch in einer zivilisierten Gesellschaft. Wir sind frei.

Welche Freiheit meinen die da unten: der Rattengesichtige, der Hörnermann, die Hexensabbatweiber in ihren wallenden Gewändern und den Blumen im Haar?

Ein Gemälde von Goya, dem spanischen Maler, kam ihr plötzlich in den Sinn. Eine Karnevalsszene mit Fratzengesichtern in einer bedrohlichen Menge.

Eine der Frauen winkte zu Stella hoch, lockend und höhnisch zugleich. Ein grell geschminkter Mund im weißen Gesicht einer älteren Frau. Ob ich mit ihnen marschieren soll für diese Freiheit, nach der sie immerzu rufen? Diese Freiheit, die ich allerdings nicht verstehe?

Neben der Älteren und Lachenden ging eine ganz junge Frau, hellblond, mit blauen Augen, und sie trug eine geblümte Maske vor Mund und Nase, versuchte, Abstand zu halten von den anderen, sich zu schützen vor der vorwärtsdrängenden, wogenden Masse. In den zarten Händen trug die junge Frau ein Transparent mit nur zwei Worten: »Seid vernünftig!«

Auch diese Demonstrantin schaute zu ihr empor, aber nicht bedrohlich, sondern als wolle sie um Hilfe bitten.

Nun hielt es Stella nicht länger in ihrem Zimmer.

Sie schwebte die Treppe hinunter, die Haustür schien sich von selbst zu öffnen, ein eisiger Wind blies ihr ins Gesicht. Das kann nicht sein, dachte sie.

Es ist Frühherbst, woher der eisige Wind?

Ich träume. Ich träume. Sie suchte die junge Frau mit dem Vernunftstransparent. Eine kleine Gruppe von schwarzgekleideten Kerlen und einigen Kräuterhexen in bunten Gewändern stand um eine Gestalt herum und redete auf die junge Frau ein, brüllend und keifend. Das Transparent mit der Aufschrift »Seid vernünftig!« schwankte und fiel krachend zu Boden. Der Hüne mit der Hörner-Pelzmütze trampelte auf dem Plakat herum, bis es splitternd entzwei ging. Der Rattengesichtige packte die buntgeblümte Maske und riss sie mit einem Ruck der jungen Frau vom Gesicht.

Eine der Frauen zischte böse: »Du bist nicht Eine von uns!«

Und eine andere rief schrill: »Verdirb uns nicht den Spaß!«

Sie fasste die langen blonden Haare des Mädchens und zerrte es zu Boden.

»Lache, lebe, liebe«, skandierte sie, und die anderen Frauen stimmten in die Litanei ein.

Es ist ein Traum. Zwar ein Albtraum, aber immerhin nur ein Traum, dachte Stella. Ich muss dem Mädchen helfen.

Sie rannte zu der Gruppe hin und sah gerade noch, wie ein muskulöser, mit einer germanischen Rune tätowierter Männerarm das Mädchen festhielt, das halb am Boden lag und versuchte, zu entfliehen. Ein Messer blitzte auf, sauste nach unten. Seltsamerweise hörte man keinen Schrei. Die kleine Menschengruppe stieb johlend auseinander. Es sah aus, als würden Späne durch einen unsichtbaren Magneten

von außerhalb angezogen.

Am Boden lag eine Gestalt, zusammengekauert, und unter ihrem Rücken bildete sich in Windeseile eine große Blutlache.

Der gespenstische Umzug wollte nicht enden, die Menschenmasse wälzte sich an dem toten Mädchen vorbei, ohne es zu beachten, und weiter skandierten sie: »Freiheit. Freiheit. Gebt uns unsere Freiheit wieder!«

Plötzlich kamen der Hüne mit den Hörnern und sein rattengesichtiger Begleiter aus dem Dunkel auf Stella zugeeilt.

Waren sie nicht eben verschwunden? Sie wollten Stella packen. Sie schrie und erwachte von ihrem Schreien, das eher einem heiseren Röcheln glich.

Sie war in ihrem Zimmer, im gemütlichen Bett. Draußen begann es hell zu werden. Ein sonniger Herbsttag wartete auf Stella. Sie würde sich ihren Lieblingssalat zubereiten. Später.

Den pfälzischen Thunfischsalat. Oder sollte sie ihn den teuflischen Thunfischsalat nennen, in Erinnerung an ihren Albtraum?

Wie sollte sie den Salat würzen? Mit dem feinfruchtigen, samtenen und lieblichen Saint Laurent? Oder vielleicht mit dem Blauen Portugieser Rotwein, trocken, kräftig und ausdrucksvoll? Oder doch lieber mit dem herrlichen, vollfruchtigen Cabernet Dorsa, vollmundig und dunkelrot?

Bei dem Wort dunkelrot fiel ihr der Albtraum ein, der sie gequält hatte. Der teuflische Thunfischsalat passte doch vorzüglich zu ihrem Albtraum.

Dunkelroter Cabernet Dorsa. Sie schauderte zusammen, als sie an die Tote in der Blutlache dachte.

Nur ein Traum. Ein böser Traum.

Sie lachte erleichtert auf, rieb sich die Augen, setzte die Füße auf den Bettvorleger, der weich und kuschelig war und von der frühherbstlichen Morgensonne beschienen war.

Schlaftrunken schlurfte sie zum Fenster.

In der Ferne die kleine Kalmit, die weiße Kapelle der Mater Dolorosa.

Stella schaute hinunter zur Straße. Auf der gegenüberliegenden Seite, auf dem Trottoir, lag eine weibliche Gestalt mit seltsam verrenkten Gliedern in einer dunkelroten Blutlache. In der rechten Hand hielt sie eine geblümte Maske für Mund und Nase. Ein geborstenes Plakat lag neben der Toten. Stella konnte die beiden Worte »Seid vernüftig!« entziffern.

Stella überlegte, ob sie bei der Gendarmerie anrufen solle, aber da vernahm sie das laute Heulen von Polizeisirenen, die sich ihrer Straße näherten, und sie ging in die Küche, um sich ihren teuflischen Salat zuzubereiten.

Unüblich zum Frühstück. Egal.

Es passte zu dieser verrückten Zeit, in der Traum und Wirklichkeit ineinander übergingen.

Sie zögerte, ob sie hinunter gehen sollte zu den Polizisten, sie war doch eine Augenzeugin.

Aber nein! Wer würde ihr schon glauben? Sie hatte doch alles nur geträumt.

Pfälzischer / teuflischer Thunfischsalat

Tipp: Bestens geeignet als originelle Beilage zu Pfälzer Spargel und Gequellte (Pellkartoffeln)

Zutaten:

150 g Thunfisch
1 kleine Dose Gemüsemais
1 rote Zwiebel, gewürfelt
ca. 150 g Blattsalat (Eisberg/ Radicchio/Chicoré)
100 g Gouda, gewürfelt

Marinade:

3 EL Rotweinessig
3 EL Rotwein
3 EL Öl
1 TL Honig
Salz, Pfeffer, gehackte Kräuter (z.B. Schnittlauch, Petersilie)

Zubereitung:
Den abgetropften, zerpflückten Thunfisch mit den restlichen Zutaten und der Marinade mischen.

Kerstin Lange

Tödliche Langeweile

Ich bin eine Süße, schon immer gewesen. Geht es um Essen und Trinken, greife ich stets zu Kuchen, Gebäck und Saft. Mein Lieblingswein ist der Eiswein, ich bevorzuge den aus der Pfalz. Heimat ist wichtig, die Verbundenheit mit dem Ort, an dem man lebt und wie in meinem Fall, geboren wurde, zählt mehr als alles andere auf der Welt. Sehnsüchtig schaue ich auf die Flasche Wein und den Birnenkuchen, die auf der Anrichte stehen. Während Verlangen meine Gedanken beherrscht, sehe ich Entsetzen und Fassungslosigkeit in den Gesichtern um mich herum.

Die weiße Tischdecke, die bunten Tulpen und das Meißen-Service bilden einen krassen Gegensatz zu den roten Spritzern und Flecken. Wären sie symmetrisch angeordnet, hätte man sie für Dekoration gehalten. Doch die unordentliche Abfolge der Blutspritzer und der auf dem Tisch liegende Oberkörper erzählen eine andere Geschichte. Und die will der Kommissar wissen. Verständlich. Aber schwierig. Wo soll ich beginnen? Meinen Kopf halte ich gesengt, die Spritzer und Tropfen üben eine nahezu hypnotische Anziehungskraft auf mich aus. Den richtigen Einstieg zu finden ist nicht einfach.

»Ich muss ausholen«, sage ich, um Zeit zu schinden und der Kommissar nickt mir aufmunternd zu. »Ich versuche, die Ereignisse chronologisch in eine sinnvolle Reihenfolge zu bringen, damit Sie es verstehen.« Ich hole tief Luft, laufe zur Hochform auf. Es ist wichtig, dass ich überzeugend bin. Danach, als Belohnung, gibt es ein Glas Wein. Nicht irgendeinen, sondern ein Glas Eiswein meines Lieblingswinzers. Süß und schwer, so mag ich es. Die Aussicht darauf motiviert mich zusätzlich und ich beginne zu erklären.

»Ein idyllisches Ferienhaus im Pfälzer Wald haben Holger und Simone gesucht. Nicht zum Vermieten, sondern für sie selbst, für das Wochenende. Zum Entspannen nach einer anstrengenden Arbeitswoche in Mannheim. So die Überlegung. Und sie waren so ein nettes Paar. Trotz Renovierung wollten sie mit dem Haus Historisches erhalten, Modernes mit Altem verbinden. Für ihre spektakulären Ideen beauftragten sie die besten Architekten. Die Pläne raubten einem den Atem und wirkten unglaublich schick und geschmackvoll. Die Besten der Besten hatten ihre Entwürfe skizziert, waren in dem Haus hin- und hergelaufen. Hatten gemessen, gebohrt, die Substanz geprüft und alles in allem für gut befunden. Ich war da, wenn Simone und Holger während der Woche in Mannheim blieben. Den Überblick behalten und Termine der Handwerker arrangieren, waren meine Aufgaben. Als direkte Nachbarin ist das eine Selbstverständlichkeit für mich. Ich bin nett zu Zugezogenen.« Mit fest aufeinandergepressten Lippen bekräftige ich meine Aussage. »Glasfronten waren wichtig. Eine komplette Wand als Fenster, bis in den Giebel, ein weiter Blick in den Garten, dazu die Bäume im Hintergrund. Ein Traum!« Ich mache eine Pause, um die Dramatik zu steigern, nehme einen Schluck Wasser, obwohl mir Wein lieber wäre. Doch noch muss ich einen klaren Kopf behalten. Meiner Stimme gebe ich einen mitleidigen Tonfall, als ich fortfahre. »Aber dann gerieten die Ausgaben aus dem Ruder. Und die beiden sich immer öfter in die Haare. Vielleicht könnte man es doch mal als Ferienhaus vermieten, meinte Holger, um die Kosten zu senken.«

Ich muss aufpassen, was ich sage, ermahne ich mich. Dass die Vermietung grundsätzlich ein guter Einfall, in dem einen Fall allerdings eine Schnapsidee war, behalte ich für mich.

Erneut nehme ich einen Schluck Wasser. »Als das Haus fertig war, hatte sich bereits die allgemeine Stimmung in ihrer Beziehung verändert. Kaum wahrnehmbare Nuancen in Tonfall und Gesten. Ich bin sehr emphatisch, was das angeht, wissen Sie? Disharmonie, Streit, Angriff lagen in der Luft. Ich spüre so etwas sofort. Meiner Meinung nach war das der Anfang vom Ende.«

Erschöpft hole ich Luft. Konnte der Kommissar Holgers Verwandlung verstehen? War sein Amoklauf nachvollziehbar?

Ich hebe den Kopf und blicke ihm in die Augen. Er sieht gar nicht aus wie ein Gesetzesvertreter. Unscheinbar wirkt er in seiner Jeans und der abgewetzten Lederjacke. Wenn unser Dorfsheriff Tilmann seine Dienstkleidung trägt, dann wächst er über sich hinaus. Das ist wörtlich gemeint, denn mit der Uniform streckt er seinen Rücken durch, hält den Kopf gerade und wirkt mindestens fünf Zentimeter größer. Ansonsten ist er kein heller Kopf. Auch er kam häufig vorbei und hat den Fortschritt des Umbaus gelobt. Dabei trank er Unmengen an Kaffee und aß zwei Stücke von meinem Birnenkuchen und trank meinen Eiswein. Ein Glas, mehr gebe ich nicht her. Das Zusammenspiel der eingekochten Birnen mit dem Eiswein ist eine Geschmacksexplosion. Nicht jedem biete ich das an, aber mit dem Dorfpolizisten will man es sich ja nicht verscherzen. Die Birnen sind von meinem eigenen alten Obstbaum, die ich einkoche und im Keller aufbewahre. Den Eiswein beziehe ich von einem befreundeten Pfälzer Winzer. Ein paar Flaschen lagern neben den Einmachgläsern in meinem historischen Gewölbekeller, der in einen Kriechkeller übergeht. Häuser aus der alten Zeit haben so etwas. Aber davon darf ich nicht reden.

Ich senke meinen Kopf und versuche, Muster oder Gegenstände aus den einzelnen Blutstropfen zu erkennen. War das ein Hund? Oder doch eine Weinrebe?

»Der Hauskauf an sich war nicht schlimm, der Umbau kräftezehrend. Dass die Kosten deutlich über den veranschlagten Voranschlägen lagen, kostete Nervenkraft. Dramatisch wurde es, als das Haus in den einschlägigen Fachzeitschriften abgebildet wurde, den ersten Preis als bester Umbau gewann, und der Strom an wildfremden Menschen, die das Haus sehen wollten, nicht abriss. ›Nur einen Moment‹, sagten die Neugierigen, um dann im Garten Pflanzentriebe zu ernten und durch jedes Fenster einen Blick in dieses ungewöhnliche Haus zu werfen.

Wie viele Fremde hält man am Wochenende aus, wenn man eigentlich nur seine Ruhe haben will?« Ich sah den Kommissar an. »Genau, keinen«, beantwortete ich meine Frage selbst. »Damit begann alles.«

Mit den Fremden kam die Angst. Und Angst frisst sich tief in die Seele, umschlingt die Gedanken, hält sie fest und lässt sie nicht mehr los. Ich kenne das nur zu gut, aber das geht den Kommissar nichts an. Er will wissen, warum Holger zum Amokläufer wurde. So stellt sich die Situation im Moment dar.

»Holgers Idee war es dann, das Berühmtsein zu nutzen, um damit Geld zu verdienen. Wenn die Leute sowieso kamen, konnte man das ausnutzen. Ein paar Zimmer vermieten, für die die Leute jeden Preis zahlen würden. So seine Hoffnung. Er inserierte im Internet. Die Summe, die er haben wollte, war utopisch. Wir sind doch nicht auf Sylt! Die Leute kamen, schauten sich um, machten Fotos, mieteten aber nicht. Gesehen hatten sie trotzdem alles. Statt Erholung für Holger und Simone gab es immer mehr Stress, gepaart mit finanziellen Sorgen und eine handfeste Ehekrise. Das zehrte. Holger war nicht mehr er selbst.«

Ich pausiere kurz, um zu sehen, wie meine Geschichte ankommt. Der Kommissar hört aufmerksam und interessiert zu.

»Und dann kam dieser Wanderer«, erzähle ich weiter. »Ob es möglich wäre, ein Zimmer für eine Woche zu mieten, hatte er gefragt. Er wolle im Pfälzerwald wandern. Er wirkte normal, trug Funktionskleidung, wie die jungen Leute sie alle tragen. Für mich rausgeschmissenes Geld. Völliger Unsinn. Aber das ist ein anderes Thema. Er reiste an einem Samstag an, brachte seine Tasche auf das Zimmer und verschwand mit Regenjacke, Wanderschuhen und Rucksack und kam erst abends völlig verschmutzt wieder.«

»Kam es denn niemandem komisch vor, diesen jungen Mann aufzunehmen? Dass ausgerechnet er die horrende Miete zahlen wollte? Für mich klingt die Geschichte seltsam.«

Der Kommissar versteht es noch nicht, denke ich. »Die Geldnöte der beiden. Die Verzweiflung. Sie griffen nach jedem Strohhalm«, füge ich an. »Da kam der Mieter gerade recht. Er wirkte so harmlos.«

»Serienmörder sind meist völlig unscheinbar.«

Da sagt er was Wahres. Und in meinem Kopf formt sich eine ganz andere Geschichte, als der Kommissar weiterspricht. »Den Unterlagen zufolge heißt er Nils Rommerskirchen, wohnt in Düsseldorf und interessiert sich für alte Bauernhäuser und ihre Keller, vor allem im Pfälzerwald. Er hat seine Exfreundin gestalkt, wie die Kollegen aus dem Rheinland berichten.«

Das erklärt vieles und diese Variante der Geschichte gefällt mir noch besser: Der Wanderer als Sündenbock. Von Simone fasziniert. Eine typische Dreiecksgeschichte. Weitaus glaubwürdiger als das, was ich mir überlegt hatte. Ich schiele auf den Wein, denke an mein Belohnungsglas und erzähle mit neuem Elan weiter. »Es war offensichtlich, wie sehr er sich von Simone angezogen fühlte. Sogar seine Wangen verfärbten sich, wenn er sie ansprach. Und Simones Gefühle für Holger waren durcheinandergeraten. Dieser Nils sah ja nicht schlecht aus. Dabei war er so sanft und gelassen. Ganz anders als Holger.«

Ich beobachte das Gesicht des Kommissars. Bringe ich ihn auf die richtige Fährte?

»Heute verabredeten wir uns zum Kaffee und Kuchen«, sage ich. »Es war meine Idee. Ein Versuch, Harmonie herzustellen. Meinem Birnenkuchen kann keiner widerstehen. Ich war sogar bereit, meinen besten Eiswein mit ihnen zu teilen.« Ich schluchze, schlage die Hand vor den Mund. Nicht um mein Entsetzen, sondern mein Lächeln zu verbergen. Ich hätte Schauspielerin werden sollen.

»Mein Vorschlag kam gut an. Ich habe in meiner Küche abgewartet, bis der Kuchen fertig wurde, vor der Verzierung mit Puderzucker musste er noch etwas abkühlen. Deshalb war ich zu spät. Holger hatte mir vorher erzählt, dass er noch Zweige aus dem Wald für die Bodenvase holen wollte. Simone arrangierte die Kaffeetafel. Versilberte Kuchengabeln, Servietten in Blütenform gefaltet. Sie sehen ja, wieviel

Mühe sie sich gegeben hat.« Ich grinse, weil ich Servietten in Blütenform albern finde. »Als ich ankam, war von Holger und dem Wanderer nichts zu sehen. Sabine lag hier, erstochen. Ich kann mir vorstellen, was passiert ist. Dieser Rommerskirchen hat die Situation ausgenutzt und ist Holger in den Wald gefolgt. Vielleicht hat er ihn provoziert und es kam zum Streit. Einmal habe ich Simone zufällig belauscht, wie sie dem Fremden ihr Herz ausgeschüttet hat. Er war berührt, das konnte ich selbst aus der Entfernung sehen. Nicht, dass Sie denken, ich wäre so ein neugieriges, altes Weib.« Es war offensichtlich, dass der Kommissar das glaubte. Gut so, denke ich und fabuliere weiter.

»Bei dem Streit ist es sicher zu Handgreiflichkeiten gekommen. Denkbar ist, dass der Fremde Holger erschlug. Vielleicht hat er ihn eine Schlucht hinuntergestoßen, bevor er ins Haus zurückkam. Er hat Simone erzählt, dass sie frei ist, und wahrscheinlich hat sie nicht so reagiert, wie er hoffte. Deshalb erstach er sie. Eine Tat im Affekt.« Meine Fantasie läuft auf Hochform, während ich mir diese Geschichte ausdenke. Ich fühle mich wie Miss Marple, die dem begriffsstutzigen Kommissar das Verbrechen erklärt. »So muss es gewesen sein. Vor allem, wenn Sie Holgers Leiche noch nicht entdeckt haben«, beende ich meinen Vortrag. Ich versuche, dramatisch zu werden. »Was für ein Glück, dass ich zu spät gekommen bin. Nicht vorstellbar, wenn ich diesem Monster begegnet wäre. Er ist bestimmt geflohen. Sie müssen den Wald und die Umgebung durchsuchen, eine Fahndung rausgeben!«

»Wir sind dran. Sie bleiben auch in nächster Zeit besser im Haus. Zu Ihrer eigenen Sicherheit. Vielleicht ist der Täter noch in der Nähe und kommt zurück. Seine persönlichen Sachen befinden sich noch hier. Wir dürfen nichts ausschließen und müssen vorsichtig sein.«

»Ich bin hart im Nehmen«, antworte ich und versuche etwas Trauer in meine Stimme zu legen. »Es waren so nette Leute. Kaffee, Kuchen und Wein sollten für gute Stimmung sorgen. Die beiden hatten es nötig. Wissen Sie, ich habe immer eingemachte Birnen im Keller. Mein Birnbaum im Garten trägt jedes Jahr so viel, dass ich sie nicht alle essen kann.«

Ich beiße mir auf die Lippen. Das hätte ich nicht sagen sollen. Andererseits kann niemand ernsthaft Eingekochtes mit diesem Unglück in Verbindung bringen. Um einen eventuell aufkommenden Verdacht zu zerstreuen, erzähle ich von meinem Baum. »Wissen Sie, es ist ein Fellenzer oder auch Faulenzer. Offiziell heißt er Veldenzer und war Pfälzer Obstbaum des Jahres 2005. Bereits 1781 wurde er erwähnt und war früher in der Vorder- und Südpfalz weit verbreitet.« Ich gerate ins Schwärmen. »Die Frucht ist klein, aber wenn sie reif am Baum hängt, ist sie von prächtiger roter Färbung. Zum Einkochen verwende ich einen Schuss Eiswein, mein Geheimrezept. Deshalb haben die eingekochten Birnen einen wunderbaren ...« Der Kommissar gähnt verstohlen, besser kann er sein Desinteresse an Baum und Früchten nicht zeigen. Ich verabschiede mich. Eine Polizistin begleitet mich – zu meiner Sicherheit – bis in mein Haus, trägt aus Höflichkeit Kuchen und Weinflasche und stellt sie auf meinen Esstisch. Ich bedanke mich und atme tief durch, als ich endlich allein bin. Der Eiswein ist eine Wohltat. Mit geschlossenen Augen genieße ich die Aromen.

Die Polizisten werden im Keller von Holger und Simone nichts finden. Ich habe alles in Ordnung gebracht, nachdem Nils Rommerskirchen den Verbindungsgang gefunden hatte. Er war von außen darauf gestoßen. Drei Meter entfernt von Holger und Simones Haus ist der Einstieg. Ich erwischte ihn, als ich die eingemachten Birnen aus meinem Keller holte, um den Kuchen zu belegen. Er krabbelte aus dem Kriechkeller, dem Gang, der mein Gebäude mit Holgers und Simones verbindet. Alte Häuser haben oft ein Geheimnis.

Zu Tode erschrocken wirkte er, während er weiter kroch. Dabei schrie er mich an. Ich sei ein Monster, eine Hexe. Er habe die Gläser gefunden, die nicht mit Birnen gefüllt waren, sondern mit ... Er konnte es nicht aussprechen.

Musste er auch nicht.

Durfte er auch nicht.

Der Spaten stand griffbereit.

Dass Holger dem vermeintlichen Nebenbuhler folgte, war wirklich Pech. Sein entsetztes Gesicht werde ich so schnell nicht vergessen, als er vor mir kniend den Spaten auf sich zukommen sah.

Einkochen ist meine Leidenschaft. Wenn der Herbst zu Ende geht, und ich alles eingemacht habe, kommt Langeweile auf. Der erste Wanderer vor fünf Jahren war ein Unfall. Danach habe ich Geschmack daran gefunden. Dass Holger und Simone aus ihrem Haus einen Publikumsmagneten machen würden, war nicht vorhersehbar und gefährlich für mich. Nils Rommerskirchen und Holger liegen im geheimen Gang bereit. Ab nächste Woche habe ich wieder Zeit, mich meinem Hobby zu widmen.

Simone war ein Problem. Sie wollte mir partout nicht in den Keller folgen. Dabei stellte sie plötzlich unangenehme Fragen. Was das für

Flecken an meiner Hand waren. Wo Holger und Nils waren. Sie nahm meine Erklärungen nicht so leichtgläubig hin. Ich musste handeln, und zwar rasch. Das Messer lag griffbereit. Eine ganz neue Erfahrung.

Völlig unscheinbar, diese Serienkiller. Da hat der Kommissar recht. Ein Blick in den Spiegel bestätigt das. Mit mir zufrieden gieße ich mir ein zweites Glas Wein ein, schneide ein Stück Birnenkuchen ab, setze mich in meinen Lieblingssessel, und genieße.

In meiner Geschichte verwendet die Bäckerin eingekochte Birnen. So, wie meine Oma einen Birnenkuchen immer gebacken hat. Natürlich können Sie auch Birnen aus der Dose nehmen oder frische Birnen mit Zucker, Eiswein, Zitronensaft und einem Hauch Vanille selbst zu einem Mus kochen und dann verwenden.

Gedeckter Birnenkuchen mit Eiswein

Zutaten:

200 g weiche Butter
150 g Zucker
4 Eier
Prise Salz
1 Päckchen Vanillezucker
350 g Mehl
½ Päckchen Backpulver
100 ml Milch
400 – 500 g eingelegte Birnen

Zubereitung:

Die Butter mit dem Zucker und den Eiern schaumig rühren, Eier hinzugeben. Nach und nach Mehl, Backpulver und Milch hinzugeben, bis dass ein cremiger Teig entsteht.

Den Backofen auf 180 Grad vorheizen. Eine Springform einfetten und die Hälfte des Teiges einfüllen.

Die abgetropften Birnenhälften (oder Viertel) mit der Wölbung nach oben auf den Teig geben und den Rest des Teiges darüber geben.

Bei Ober- und Unterhitze zirka 45 Minuten backen. (Stäbchenprobe)

Nach dem Abkühlen mit Puderzucker bestreuen.

Ich mag ein Glas Eiswein dazu.

Claudia Schmid

Gute Nachbarschaft

Sie wird nicht mehr lange leben.

Sie fragen, weshalb? Da kann ich nur lachen, ehrlich. Wenn Sie wie ich neben dieser Person leben müssten, würde sich diese Frage von selbst erledigen. Komplett. So bleibt mir nur, sie zu erledigen. So geht es jedenfalls nicht mehr weiter.

Aber erst einmal raus ins Freie. Als ich meine Haustür an diesem sonnigen Tag öffne, sehe ich es sofort. Die Hälfte meiner Tulpen ist weg! Die Stängel ragen traurig aus der frühlingshaften Erde. Stümperhaft abgerupft.

»Was ist hier los?« Ich sprinte zu der Frau im hellen Kleid, die im Begriff ist, einen großen Strauß meiner Blumen wegzutragen. Die schönen orangeroten, die ich besonders mag. »Warum tun Sie das?« Ich packe sie am Arm.

»Aber es steht doch da, dass man das darf!«

»Wo steht was?!«

»Da! In dem Beet. Schauen Sie doch selbst! Lassen Sie meinen Arm los!«

Sie hat Recht. Da ist tatsächlich ein handgemaltes Schild. Angenagelt auf einer schmalen Holzlatte. Von der Haustür aus konnte ich es nicht lesen. Vom Gehweg aus schon.

»Blumen zum selbst schneiden. Heute gratis.« Ich greife zitternd nach dem Schild und reiße es aus der Erde. Wütend blicke ich zur anderen Hälfte des Doppelhauses, in dem ich seit Jahren lebe. Meine Tante hat es mir vererbt, weil ich die Einzige war, die sie regelmäßig besucht hatte. Ein guter Deal, wie ich finde. Tantchen hat am Ende nicht mehr gut gesehen, aber immer noch so gerne genascht. Ganz verrückt war sie nach meinem Kompott mit frischen Fingerhutblüten.

Meine gute Laune ist verflogen. Seit diese Person nebenan eingezogen ist, ist es aus mit meinem beschaulichen Ruhestand. Nicht nur, dass sie zuhause einen Friseursalon betreibt und ihre Kundinnen vor meiner Haustür parken. Oft feiert sie laute Partys, während derer ich ihren Musikgeschmack ertragen muss. Als sie das kleine Fenster, welches ich zum Durchgucken in meine Hecke zwischen unseren Terrassen schnitt, entdeckte, ist sie regelrecht ausgetickt. Dabei kann ich doch mit meiner Hecke machen was ich will!

Sogar ihren privaten Friseursalon betreibt sie weiter, obwohl Friseurläden in diesen Zeiten wegen diesem Virus geschlossen sein müssen. Ich habe vor ein paar Tagen einen anonymen Brief an das Ordnungsamt geschrieben. Der hat prompt gewirkt. Gleich am nächsten Tag haben zwei Leute in Uniform bei ihr geklingelt. Leider haben sie das Gespräch drinnen geführt. Als sie gingen, blickte Gwenda ziemlich sauer zu mir herüber.

Jetzt steht Gwenda am Küchenfenster und winkt frech. Bestimmt steckt sie hinter diesem Schild. Ich werfe es auf den Boden und trampele es vor ihren Augen kaputt. Ein Plan muss her, aber rasch. Ich ertrage diese Person nicht länger. Während ich durch die Straßen laufe, überlege ich, was zu machen ist. An eine Schusswaffe ist momentan schwer zu kommen. Kneipen, auch die schummrigen, haben geschlossen. Eine Säge, um die zwei Holzstufen vor ihrer Haustür anzusägen, ist ebenfalls unerreichbar. Der Baumarkt in meiner Nähe hat nämlich prophylaktisch ebenfalls zu. Ich überlege weiter. Der Plan, ihr eine Lastwagenladung Toilettenpapier vor die Haustür zu stellen, der sie, sobald sie ihre Tür öffnet, unter sich begräbt und sie erschlägt, scheidet aus. An Toilettenpapier ist derzeit ganz schwer dran zu kommen. Es ist überall ausverkauft. Soll ich mir eine als Mundschutz deklarierte Sturmhaube aufsetzen und sie erwürgen? Wenn ich es jedoch recht besehe, möchte ich keinen Körperkontakt zu Gwenda. Ich beschleunige meine Schritte. Es muss doch irgendetwas geben, wie ich sie endlich los werde?

Wieder zuhause angelangt, habe ich eine Idee. Schließlich war mir Fingerhut schon bei der Übernahme dieses Häuschens behilflich. Gwenda nascht gerne. Das weiß ich, weil sie sich regelmäßig Päckchen eines bekannten Schokoladenherstellers liefern lässt. Von meinem Küchenfenster aus kann ich sehen, was ihr der Paketbote ins Haus trägt. Manchmal lädt sie ihn zu einer Tasse Tee ein. Ich will nicht wissen, was während der halben Stunde, die er dann in ihrem Haus verschwindet, wirklich passiert. Man macht sich natürlich Gedanken, nicht wahr.

Mein weißer Fingerhut blüht hinterm Haus. An einer Stelle, die Gwenda nicht einsehen kann. Ich ziehe meine Gartenhandschuhe über und mache mich an die Ernte. Währenddessen steht Gwenda rauchend auf ihrem Balkon. Wo sie genau weiß, dass der Rauch zu mir herüberzieht. Sie trägt ein geblümtes Kleid. Es sitzt so eng, als ob sie hineingeschossen worden wäre. Ihr blondes Haar fällt in weichen Locken um ihre Schultern. Sie reckt ihr Gesicht in die Sonne.

Das alte Rezept meiner Tante für Apfeltraum ist ein Hochgenuss. Glücklicherweise benötige ich für die Umsetzung keine Hefe, denn die ist seit Wochen ebenfalls nirgends zu kriegen. Dieser dämliche Virus kehrt einiges um. Meiner Meinung nach zeigen jetzt einige ihren wahren Charakter, den sie sonst zu verbergen wissen, wie eine verkehrtherum angezogene Jacke und hamstern wie blöd. Es hat sogar schon Schlägereien um Toilettenpapier gegeben. Gestern war ich in vier Läden. Hefe ist ausverkauft, wie zu den schlimmen Zeiten, die meine Großeltern erlebt haben. Als meine Oma alte Pullover aufribbelte, Socken strickte, aufs Land radelte und diese gegen Kartoffeln tauschte. Ich nehme die schönste Schale, die ich im Büffet finde. Sie ist ein wenig angeschlagen. Den Boden lege ich sorgfältig mit Löffelbiskuit aus und gebe eine Schicht Apfelkompott darauf. Die eine Hälfte bestreiche ich mit Tiramisu, in das ich die fein zerkleinerten Fingerhut-Blüten gemengt habe. Auf der anderen Hälfte, da wo ein wenig Porzellan fehlt, verzichte ich auf diese Zutat. Gwenda soll ruhig sehen, dass mir für sie nichts zu teuer ist und so spare ich nicht mit dem Zucker für obendrauf. Zimt wird ein Übriges zu einem einmaligen Geschmackserlebnis beitragen.

Ich ziehe mein schönes moosgrünes Leinenkleid an und lege Rouge auf. Mit dem Apfeltraum und den restlichen Tulpen aus meinem Vorgarten stehe ich vor Gwendas Haustür und klingele.

»Lina! Geht es dir gut? Ich wollte während der letzten Tage schon bei dir klingeln und fragen, ob ich für dich einkaufen soll. Du gehörst ja schon wegen deines hohen Alters zur Risikogruppe, gell?«

Das Lächeln wird der falschen Schlange bald im Halse stecken bleiben. So alt, wie sie andeutet, bin ich noch lange nicht.

»Aber dann habe ich gesehen, dass du täglich aus dem Haus rennst. Alle Achtung, du bist ganz schön fit für dein Alter!«

»Du bekommst im Moment so wenig Besuch. Da dachte ich, wir beide könnten ein wenig zusammensitzen und plaudern.« Ich recke ihr meinen Apfeltraum unter die Nase. »Ich habe was Leckeres zubereitet.«

Natürlich kann sie nicht widerstehen. Sie öffnet einladend ihre Tür. »Komm rein, Lina. Geh schon mal auf die Terrasse durch. Ich komme gleich nach.«

Kurz darauf balanciert sie ein Tablett mit zwei Tellern, Gabeln und zwei gefüllten Gläsern.

»Diesen Wein habe ich für besondere Anlässe aufbewahrt. Lina, auf uns beide!« Sie prostet mir zu. Der Wein leuchtet rubinrot in der späten Nachmittagssonne.

Als ob ich nicht wüsste, dass sie sich diesen Wein von einem Winzer kistenweise liefern lässt. Ich kenne sogar ihr Lieblingsrezept: Vegetarischer Rotweinbraten. Schon oft genug habe ich es in meinem gesamten Garten gerochen, wenn sie bei offenem Fenster kocht und die Zwiebeln anbrät. Trotzdem kneift mich das schlechte Gewissen. »Das ist sehr freundlich von dir, den mit mir zu teilen.« Nie hätte ich mir vorstellen können, wie einfach es sein kann, sie nett anzulächeln! Ich nehme einen großen Schluck von dem Wein. Nun ja, eine tolle Hausfrau ist die nicht. Den Wein hätte sie besser nach dem Öffnen der Flasche dekantiert. Aber ich will nicht gleich wieder überkritisch sein. Sie versteht es eben nicht besser.

»Nachbarinnen halten doch zusammen, nicht wahr. Vor allem wir beide. So eng, wie wir wohnen.«

Ich nicke, obwohl mir diese Nähe in letzter Zeit oft zu eng erschien. »Darf ich dir etwas von meinem Dessert auflegen?« Ich zeige nach den Tellern.

»Entspann dich, wir haben doch keine Eile, meine Liebe.«

»Der Brief ans Ordnungsamt …«

»Schnee von gestern. Wirklich!«

»Du bist nicht sauer auf mich?«

»Im ersten Moment war ich das schon. Aber jetzt nicht mehr.« Sie hebt ihr Glas und prostet mir zu. »Auf gute Nachbarschaft!«

Ich trinke erneut. Vor Aufregung über diese ungeahnte Entwicklung wird mir ein wenig schwindelig. Ich greife an meine Schläfen.

»Möchtest du dich hinlegen?«

»Wenn es dir nichts ausmacht?«

Sie führt mich zur Liege. Hilft mir, mich hinzulegen. Gleich darauf verschwindet sie und kommt nach einer kurzen Weile mit einem Eimer warmen Wassers zurück. Sie krempelt den Ärmel meines Kleides sorgfältig hoch. Dann legt sie meine Hand in das Wasser.

»Ich habe irgendwo gelesen, dass es dann schneller geht.«

»Schneller geht? Was soll …«, mir fällt es schwer zu schlucken.

»Du sollst dich doch nicht quälen, gell. Das möchte ich wirklich nicht. Wo wir schon so lange nebeneinander wohnen.«

Ich versuche, meine Augen zu fokussieren, denn ich sehe sie nur noch ziemlich verschwommen.

»Du wirst dich bald nicht mehr über mich beschweren, meine Liebe.« Sie kichert. Ihre Hand tastet an meinem Hals nach dem Puls. »Dauert wohl noch ein wenig.«

Vage nehme ich wahr, wie sie sich eine ordentliche Portion Apfeltraum auf ihren Teller schaufelt. Das Letzte, das ich höre, ist der Aufprall der Kuchengabel auf der Terrassenplatte. Dann wird es dunkel.

* *Diese Krimikomödie war einer der Gewinnertexte beim Wettbewerb der Tageszeitung Mannheimer Morgen »Erzähl mir was« im Frühjahr 2020. Aus über dreihundert Einsendungen wählte die Redaktion zwölf Geschichten für die Finalrunde aus. Leserinnen und Leser stimmten für die sechs Siegertexte ab.*

Das Rezept für Gwendas vegetarischen Rotweinbraten

Zutaten:

150 g Grünkernschrot
ein geriebenes altes Brötchen
1 Gemüsezwiebel
1 kleine Dose Mais
1 große Möhre
2 Eier
eine große Tasse Gemüsebrühe
frische Kräuter aus dem Garten
Salz & Pfeffer
Etwas Olivenöl zum leichten Andünsten des Gemüses

Für die Soße:

2 Gläser Rotwein
1 kleine Tasse Gemüsebrühe
1 Esslöffel Essig
etwas Soßenbinder
Salz & Pfeffer

Zubereitung:

Die fein geschnittene Zwiebel in der Pfanne in etwas Öl leicht anbraten, die geraspelte Möhre dazugeben, dann den Grünkernschrot sowie den Mais und das geriebene Brötchen. Die Brühe angießen. Alles einmal aufkochen und dann eine halbe Stunde aufgehen lassen. Nun nach Belieben frische Kräuter, Salz & Pfeffer und die Eier hinzugeben und mischen. Alles in eine Kastenbackform geben. Bei 160 Grad ungefähr 50 Minuten backen.

In einen Topf die Zutaten für die Soße geben und verrühren. Einmal aufkochen, danach schön einköcheln lassen.

Gwenda servierte Salzkartoffeln als Beilage. Den Teller garnierte sie mit Oregano-Blättern.

Markus Guthmann, Kirchheimbolanden

Die Kunst des perfekten Verbrechens

Wir »Kerchemer« können stolz auf unseren uralten Ort sein. Im achten Jahrhundert wurden wir erstmalig erwähnt, wir waren wohl eine fränkische Gründung. Im Hochmittelalter haben die Grafen Sponheim-Bolanden die Siedlung zur Stadt erhoben und durch Erbschaft wurden wir Untertanen der Nassauer, die im Barock sogar ihre ständige Residenz nach Kirchheim gelegt haben. Der Fürst hatte für einen bedeutenden Aufschwung und für wunderschöne Bauten gesorgt, die bis heute Bestand haben. Der Niedergang begann mit der Französischen Revolution und dem damit einhergehenden Ende der Residenzstadt. Immerhin waren wir nach den Freiheitskriegen Teil des »Bayerischen Rheinkreises« und so der heutigen schönen Pfalz. Erst im neunzehnten Jahrhundert haben wir uns in »Kirchheimbolanden« umbenannt, um uns damit von »Kirchheim an der Eck«, dem heutigen »Kirchheim an der Weinstraße«, abzuheben. Auch wenn wir heute in einem Mittelzentrum mit beachtlicher Industrie leben, so sind wir spätestens seit dem unsäglichen »Tatort« »Tod im Häcksler« als »Kibos« in Verruf geraten. Hinterwäldler, die mit einem »Fleeschkäs-Brödsche« in der Hand mit dem Einkaufswagen die Supermärkte der Umgebung unsicher machen. Aber so ist es nicht, denn wir »Kibos« sind die wahren Kulturbotschafter der Pfalz!

Für sakrale Kunst hatte ich schon immer ein Faible gehabt. Ich durfte mich nicht ganz unbescheiden als anerkannten Fachmann bezeichnen, der noch dazu eine ansehnliche Privatsammlung sein Eigen nennen konnte.

Ich schaute mich in der Kirche um, und mein Blick fiel auf die geniale Stumm-Orgel. Johann Michael Stumm war einer der besten Orgelbauer seiner Zeit. Er hat eine ganze Dynastie von Orgelbauern hervorgebracht, die Maßstäbe gesetzt hatten. Es ist kein Wunder, dass Mozart 1778, auf Einladung der Fürstin Caroline, auf dieser Orgel gespielt hatte. Selbst nach den vielen Umbauten im letzten Jahrhundert, hatte dieses einmalige Instrument noch eine unglaubliche Wucht. Ich bestaunte gerade den letzten Kanzelaltar in der Pfalz mit Moses und den zehn Geboten auf der linken Seite, den Putten in der Mitte und Bernhard von Clairvaux – den sogar Luther schätzte – auf der rechten. Dann seufzte ich angesichts solch unerreichbarer Pracht, als die Orgel verstummte und der Pastor mit seiner Rede begann: »Der Herr ist mein Hirte, mir wird nichts mangeln. Er weidet mich auf einer grünen Aue und führt mich zum frischen Wasser.«

Ich musste gähnen und schielte zu den Fresken hoch, die erst in den sechziger Jahren des letzten Jahrhunderts von dem renommierten Restaurator Otto Frankfurter nach der Vorlage der Schwesterkirche in Weilburg ergänzt wurden. Im Zentrum stand die Friedenstaube, die Versinnbildlichung des Heiligen Geistes. Die Taube war auch auf dem bemerkenswerten Gemälde des Kanzelaltars zu sehen.

»Liebe Familie, liebe Trauergemeinde. Wir haben uns heute hier zusammengefunden, um endgültigen Abschied von Willibald Aschbacher zu nehmen, der plötzlich und unerwartet ...«

Na ja, so plötzlich und unerwartet war das nicht gewesen. Willi hatte schon vor vier Jahren einmal einen Schlaganfall gehabt, der glimpflich verlaufen war. Meine Gedanken schweiften wieder ab und ich wettete in meinem Inneren, dass der Pastor nach dem Psalm und der Begrüßung, seine Schäfchen mit einem pseudointellektuellen Gedicht einlullen würde.

»Wir alle kennen Willibald Aschbacher, von uns allen freundschaftlich Willi genannt, als ein hochgeschätztes Mitglied unserer Gemeinde ...«

Hochgeschätzt, dass ich nicht lache. Klar hatte er das Geld locker gehabt, wenn es um seinen eigenen Vorteil ging. Den Pastor mochte ich sehr, aber auch er hatte davon profitiert. Willi hatte immer ordentliche Spenden an die Gemeinde gemacht.

»Willi war ein bodenständiger, erdverbundener Mensch, der die Natur und besonders die Jagd liebte und dabei den Tieren den größtmöglichen Respekt entgegenbrachte ...«

Ich konnte es nicht fassen. Skrupellos hatte er alles abgeknallt, was ihm vor die Flinte kam und dabei hatte er mehr als einmal besoffen danebengeschossen und das verletzte Tier einfach verrecken lassen.

Die Blätter fallen,
fallen wie von weit,
als welkten in den Himmeln ferne Gärten;
sie fallen mit verneinender Gebärde.
Und in den Nächten
fällt die schwere Erde
aus allen Sternen in die Einsamkeit

Ich hatte es doch gewusst, jetzt war Rilke dran. Gleich würde er mit einer Lobhudelei auf die Ehefrau und die Kinder loslegen. Mich langweilten Trauerfeiern, wahrscheinlich deshalb, weil ich wegen meinem Beruf schon auf so vielen war, aber diese hier war eine einzige Farce.

»Lisa, seine ihn über alles liebende zweite Frau ...«

So ein Quatsch. Lisa hatte ihn gehasst und nur wegen des Geldes geheiratet. Nicht umsonst hatte sie sich schon seit Jahren mit ständig wechselnden Liebhabern getröstet. Auch ich konnte mich in die endlos lange Reihe ihrer Lover einordnen. Sie saß mit den Kindern in der ersten Bank und machte ihre Sache perfekt. Ganz ladylike führte sie gelegentlich ihr Spitzentaschentuch an die Augen. Sie war eine hervorragende Schauspielerin.

»... die auch von Anfang an für Michael, Annette und Florian eine liebevolle und aufopfernde Stiefmutter war und immer noch ist ...«

Das war nicht zu ertragen. Die mittlerweile erwachsenen Kinder hatten ihren Vater ebenso wie die Stiefmutter gleichermaßen gehasst und ihnen die Pest an den Hals gewünscht. Jetzt hofften sie nur noch auf einen erheblichen Anteil am Erbe. Am liebsten wäre ich aufgestanden und gegangen, aber ich musste es bis zum Schluss durchstehen, sonst wäre alles umsonst gewesen. Ich versuchte mich abzulenken und dachte unweigerlich an Jan van Eyck, obwohl in der Paulskirche keines seiner Werke zu finden war. Van Eyck war einer der ersten flämischen Meister des Spätmittelalters und hatte phantastisch naturalistische Bilder von unbeschreiblicher Leuchtkraft geschaffen. Vielen Kunstkennern gilt er als der König unter den Meistern.

Bei all meinen Gedanken hatte ich die Ausführungen des Pastors über die herausragende Rolle von Willis Freunden, besonders seiner Jagdfreunde verpasst, die er alle mit seinen dubiosen Geschäften beschissen hatte. Die meisten von ihnen saßen hinter mir in den Bänken, würden später am Grab das große Halali blasen und verachteten ihn wie ich, während sie innerlich vor Freude über seinen Tod jubilierten.

»Willi wird uns nicht nur als liebevoller Familienmensch, Freund und erfolgreicher Geschäftsmann in Erinnerung bleiben, sondern auch als ausgewiesener Kunstkenner, Förderer der Künste und als Mäzen für die aufstrebende Jugend ...«

Mäzen für die Jugend, jetzt hätte ich mich beinahe übergeben. Der Kerl hatte seine sogenannten Kunststipendien dafür genutzt, sich an kleine Mädchen heranzumachen. Willi war ein Schwein und hatte es nicht anders verdient.

»An dieser Stelle ist auch die nicht zu unterschätzende Rolle seines vertrauten, geistesverwandten Freundes und Hausarztes Dr. Thomas Wolf zu erwähnen, mit dem er viele Stunden bei der Jagd und dem Aufspüren von kunsthistorischen Werken und Geschichten verbrachte, die sie beide in den Rang von anerkannten Experten in der Kunstszene aufsteigen ließen.«

Ich hatte es geahnt, nun musste auch ich noch herhalten. Das Blabla ging weiter und ich versäumte das Vaterunser, da ich wieder an Jan van Eyck und den Genter Altar dachte, der als sein berühmtestes Werk gilt. Der Altar ist ein prächtiger Flügelaltar, der nur an besonderen Festtagen zu seiner vollen Größe aufgeklappt wird. Auf der Alltagsseite befinden sich Darstellungen der Stifter, der Gottesmutter und verschiedener Heiliger, wie Johannes dem Täufer. Die weitaus prächtigere Innenseite zeigt Gottvater, die Anbetung des heiligen Lammes, allerlei musizierende Engel, Hirten und Pilger sowie die Gerechten Richter. Flankiert wurden die Szenen von Adam und Eva kurz vor dem Sündenfall. Ja, dieser Altar ist so etwas wie der heilige Gral der sakralen Kunst und jeder Sammler wie ich würde sein Leben für ihn riskieren.

»Dona nobis pacem ...«, stimmte die Trauergemeinde nun ein. Ich bewegte meine Lippen, aber die Gedanken waren immer noch beim Genter Altar, dessen bewegte Geschichte auch ein Stück Kriminalgeschichte war, denn in den neunzehnhundertdreißiger Jahren wurden zwei der schönsten Tafeln gestohlen. Es war einer der ersten Fälle von Artnapping, also dem Raub von Kunstschätzen und dessen Rückgabe gegen Lösegeld. Der mutmaßliche Entführer Arseen Goedertier hatte, um die Ernsthaftigkeit der Tat zu beweisen, die weniger wertvolle Tafel mit Johannes dem Täufer an den Bischof zurückgeschickt, der sich allerdings weigerte, die volle Höhe des Geldbetrages zu zahlen. Die Verhandlungen zogen sich lange hin und der Druck auf den Verbrecher wurde so groß, dass die Darstellung der Gerechten Richter letztlich nie zurückgegeben wurde und seither als verschollen galt. Ich wusste es besser.

Der Pastor sprach gerade über den weiteren Ablauf der Urnenbestattung, als mir die Bilder von Willis Ableben durch den Kopf gingen. Wir waren zusammen in seinem Revier am Donnersberg gewesen und er war mal wieder volltrunken auf dem Jägerstand eingeschlafen. Ich nutzte die Gelegenheit und rammte ihm die lange Stahlkanüle durch das linke Ohr direkt ins Stammhirn. Er zuckte nur kurz und war auf der Stelle tot. Die Tatsache, dass ich sein Hausarzt und ein anerkannter

Leichenbeschauer war, unterband alle Fragen nach seinem plötzlichen Tod, zumal ich das wenige ausgetretene Blut sorgfältig entfernt und die Wunde mit einem kleinen Tampon verschlossen hatte. Jetzt war Willi eingeäschert und jeder Zweifel beseitigt.

Wir erhoben uns von den Bänken, um Willi auf seinem letzten Weg zu begleiten. Ich blinzelte Lisa verstohlen zu, die ich später treffen und die mir nach dem Leichenschmaus ein leckeres Pfälzer Gericht mit Spargel und Weinschaum kredenzen würde. Als Honorar für meine speziellen ärztlichen Dienste, hatte sie mir die Gerechten Richter versprochen, die über irrwitzige Wege in Willis Besitz gelangt waren. Ich hatte Willi schon immer um diesen einzigartigen Kunstschatz beneidet, der bald mir gehören würde. Die Gerechten Richter ...

Sparschel mit Weinschaum

Zutaten für vier Personen:

1 kg Spargel (geschält)
½ Liter Riesling (je nach Geschmack trocken oder halbtrocken)
4 Eier
Speisestärke (oder weißen Soßenbinder)
Salz, Pfeffer
Neue Kartoffeln (geschält)

Zubereitung:

Den Spargel in Salzwasser bissfest kochen (15 bis 20 Minuten). Gleichzeitig die Kartoffeln kochen. Währenddessen die Eier aufschlagen und trennen. Das Eigelb in einen Topf im Wasserbad geben, mit einem Schneebesen schlagen und langsam erhitzen. Etwas Wein dazugeben (wenn noch etwas übrig ist) und mit der Stärke verdicken. Das Eiweiß mit Salz und Pfeffer, je nach Gusto, schaumig schlagen und behutsam unter die Eigelbmasse bei mittlerer Hitze mischen.

Den Spargel und die Kartoffeln mit etwas Soße servieren. Den Großteil der Soße in einer Sauciere auf den Tisch stellen.

Dazu passt immer eine Rieslingschorle oder ein schönes Weißwein-Cuvée aus Riesling und Gewürztraminer.

Ursula Schmid-Spreer

Leise rieselt der Schnee ...

Eigentlich ist der Wein viel zu schade, um ihn in die Suppe zu schütten. Brunhilde Sanders nahm einen großen Schluck. Mit dem Glas in der Hand ging sie zum Telefon.

»Was machst du gerade, holde Nachbarin?«

»Nichts!«

»Ich helfe dir dabei. Also schwing deine Revuestäbchen rüber.«

Es dauerte nicht lange und Margarete Meier-Blix läutete Sturm. Sie trug einen rosafarbenen Jogginganzug und um die Haare hatte sie ein Rosenblütenband geschlungen.

»Wenn du es so dringend machst, meine Liebe, dann eile ich natürlich, obwohl es jetzt schon wieder zu schneien beginnt.«

»Ich habe gekocht«, kam stattdessen die Antwort.

»Muss ich mir Sorgen machen?«

»Nö, meine teuerste Margarete. Der Weinhändler meines Vertrauens hat mir Rotwein aus der Pfalz empfohlen. Einen trockenen Spätburgunder und den habe ich jetzt in einer delikaten Suppe verkocht.«

»Und ich bin dein Versuchskaninchen.«

Achselzucken bei Brunhilde. Gleich darauf hellte sich ihre Miene auf, als sie eine zweite Flasche Spätburgunder entkorkte und ihrer Freundin und Nachbarin einschenkte.

»Stößchen, meine Liebe. Oder möchtest du lieber einen Kaffee?«

Verächtliches Schnauben. »Ich bin jetzt in einem Alter, wo ich für eine Einladung zum Mittagessen mit drei Tassen Kaffee vorglühen muss. Ich hatte also schon. Prost!«

»Dann nimm Platz.«

Margarete tauchte den Schöpflöffel in die Suppenterrine. Füllte die Teller großzügig auf. »Das sind Greyerzer Käsestäbchen, greif zu. Selbst gekauft, die kannst du in die Suppe tunken, falls sie zu hart sein sollten.«

Brunhilde grinste, ihr Blick ging zum großen Panoramafenster. »Hat unsere Nachbarin schon wieder einen Schneemann gebaut?«

»Hat sie doch erst gestern getan. Vielleicht macht es ihr Spaß.« Margarete war sehr mit dem Löffeln ihrer Suppe beschäftigt.

»Wirklich lecker! Gibt's auch einen Namen für das Süppchen?«

»Pfälzer Weinsüppchen à la Bruni. Der Wetterbericht meinte, dass es ja weiterhin schneien und kalt bleiben soll. Da hat sie dann wenigstens etwas von der ganzen Schneemann-Pracht.«

»Wirklich gut, der Wein ist gar nicht so dominant. Was hast du alles reingetan, teuerste Freundin?«

»Ich habe Zwiebeln glasig angehen lassen und mit Hühnerbrühe und natürlich Wein abgelöscht. Schmeckst du den Zimt raus?«

Margarete nahm noch einen Löffel, fuhr sich mit der Zunge über die Lippen und verdrehte genießerisch die Augen.

Es ging recht lustig zu bei den beiden Damen. Sie schwelgten in Erinnerungen zu ihrer letzten gemeinsamen Reise. Immer wieder ging ihr Blick zum Fenster, wo die Nachbarin eifrig Schnee auf den frisch gebauten Schneemann pappte.

»Lass uns spazieren gehen«, meinte Brunhilde. »Der Wein ist mir ein bisschen in den Kopf gestiegen.«

»Dann muss ich mich aber umziehen«, antwortete Margarete. Als sie die Einfahrt zur Straße entlanglief, rief sie freudig ihrer Nachbarin zu: »Sie sind aber fleißig. Da wird man zum Kind, gell, wenn man die weiße Pracht sieht.«

Und Brunhilde meinte mit Blick auf Margaretes rosafarbenen Schneeanzug: »Ich habe Ihren Gatten, Frau Nachbarin, ja schon lange nicht mehr gesehen. Er ist doch wohl hoffentlich nicht krank.«

Jetzt erst sah Beate Müller auf. »Nö«, murmelte sie, »ihm geht's gut. Er besucht einen alten Schulfreund. Bleibt über's Wochenende.«

»Bei dem Wetter?«

Frau Müller zuckte nur mit den Achseln. Dann wandte sie sich wieder ihrer Beschäftigung zu, dem Schneemann noch mehr Schnee zuzuführen.

»Die hält uns für blöd. Seit wann hat der alte Brummbär einen Schulfreund? Der ist bestimmt abgehauen.«

Die beiden Freundinnen hatten sich untergehakt, plauderten angeregt miteinander. Sie überlegten neue Reiseziele, träumten von Afrika und einigten sich schließlich darauf, zukünftig die Werbeprospekte genau zu studieren.

»Ich habe noch eine halbe Flasche von dem Spätburgunder. Es wäre schade drum, den verkommen zu lassen.« Brunhilde schaute ihre Freundin strahlend an. »Außerdem muss ich nur die Backröhre einschalten und die Pfälzer Bratäpfel warm machen. Da ist auch ein bissl Wein drin!«

»Du wirst ja noch eine perfekte Hausfrau. Da kann ich natürlich nicht widerstehen.«

Die beiden hatten rote Wangen von den kalten Temperaturen. Der Spaziergang hatte ihnen gutgetan.

»Schau mal, unsere Nachbarin hat den zweiten Schneemann jetzt fertig.«

»Sogar eine Karotte hat er als Nase bekommen«, kommentierte Brunhilde. »Jetzt komm rein, es ist kalt und die Bratäpfel«, ...

»und das Weinchen warten auf uns«, ergänzte Margarete.

Es begann schon dunkel zu werden, als sich Margarete verabschiedete.

»Das war wirklich ein sehr schöner Nachmittag. War die Suppe schon ein Gedicht, die Pfälzer Bratäpfel haben alles übertroffen, meine Liebe. Vielen Dank dafür.«

Die Freundinnen umarmten sich, dann machte sich Margarete auf den Weg. Es waren nur wenige Schritte bis zu ihrem Haus.

»Komisch«, dachte sie, »die Karottennase vom Schneemann schaut aber eigenartig aus.« Sie zuckte mit den Achseln, fröstelte ein wenig, maß aber dieser Beobachtung keine weitere Bedeutung zu.

»Der Wein war gut«, sagte sich Margarete, als sie am nächsten Morgen ohne Kopfweh aufstand. Wie jeden Tag öffnete sie ihr Schlafzimmerfenster, machte einige Kniebeugen, streckte und reckte sich. Ihr Blick blieb auf der Schneemanngarde haften. Jetzt waren es schon drei Schneemänner. Sie hätte schwören können, dass es nur zwei weiße Figuren waren, als sie gestern das Haus Brunhildes verlassen hatte. Ein stehender und sitzender Schneemann. Ein weiterer war hinzugekommen. Das Licht war zwar diffus, nur eine Laterne am Wegesrand spendete einen Anflug von Licht. Etwas war ihr aufgefallen. Was war das nur? Sie würde, nein sie müsste der Sache auf den Grund gehen. Nach ihrer Morgentoilette entschied sie sich für ein grünes Outfit. Sie liebte es Ton in Ton gekleidet zu sein. Diesmal grüner Jogginganzug und ein grünes Haarband. Sie putzte ihre Brille ausgiebig, trat an das große Fenster ihres Wohnzimmers. Da standen sie! Drei Schneemänner, ein sitzender, in Reih und Glied. Sie traute ihren Augen nicht: Ein braunes Kaninchen hatte sich frech eine Möhre geholt und knabberte mit großem Vergnügen daran. Jetzt dürfte der Schneemann aber keine Nase mehr haben, aber etwas ragte heraus. Komisch. Schnell war sie am Telefon, wählte die Nummer ihrer Freundin.

»Schau mal aus dem Fenster. Was siehst du?«, sagte sie statt einer Begrüßung.

»Drei Schneemänner.«

»Gestern, als ich nach Hause ging, waren es noch zwei. Hat Frau Müller in der Nacht einen dritten Schneemann gebaut?«

»Vermutlich«, antwortete Brunhilde.

»Mitten in der Nacht? Fällt dir noch was auf?«

»Nö.«

»Schau genau hin«, forderte Margarete.

»Die haben alle eine Karotte als Nase, nur ...«, jetzt stutzte auch Brunhilde, »eine Nase ist abgeknabbert. Da flitzt ja auch ein Kaninchen herum.«

»Der Sache müssen wir auf den Grund gehen. Mein kriminalistischer Spürsinn ist geweckt«, rief Margarete ins Telefon. »Bin gleich bei dir.«

Es dauerte wirklich nur gefühlte Sekunden, als es an Brunhildes Tür klingelte.

»Was du schon wieder siehst, Margarete. Die halten uns für überspannt, wenn wir bei der Polizei anrufen, dass unsere Nachbarin Schneemänner baut. Nicht nur überspannt, sondern auch für verrückt.« Brunhilde knetete ihre Hände.

»Immerhin ist ihr Ehemann schon seit einiger Zeit verschwunden.«

»Vielleicht ist er wirklich zu einem Freund gefahren?«

»Jetzt schau doch mal, Brunhilde.« Margarete zog ein Fernglas aus einem Beutel, drehte an einem Rad und ließ Grunzlaute hören. »Da, schau!«

Brunhilde sah durch die Gläser, dabei wanderte ihre Zunge über die Lippen. Bedächtig setzte sie das Fernglas ab.

»Das sieht aus wie eine echte Nase. Ich kann die Nasenlöcher erkennen, ich glaube es nicht!«, rief Brunhilde. »Lass uns rüber gehen und nachsehen.«

»Nein, auf keinen Fall. Das können wir nicht machen. Die Müller wird uns von ihrem Grundstück vertreiben, ehe wir noch einen Fuß durch das Gartentor gesetzt haben. Wir müssen warten, bis es dunkel geworden ist. Ich habe noch ein Fläschchen Spätburgunder«, grinste sie.

»Ist das nicht ein bisschen früh?«

»Optimal, um sich die Zeit zu vertreiben.«

»Pscht, sei doch leise.« Vielleicht hätten sie die zweite Flasche nicht auch noch öffnen sollen? Es schneite große, dicke Flocken. Im Hause Müller war es dunkel, nirgendwo brannte Licht.

»Jetzt komm schon.« Brunhilde hatte sich ein paar Fäustlinge angezogen, drückte die Klinke der Gartentür herunter und erstarrte. Das Türchen quietschte. Sie verharrten, aber alles blieb still. Wie wild begann sie den Kopf des sitzenden Schneemannes abzurubbeln. Der Schnee war fest angefroren, auf der vermeintlichen Nase war nun ebenfalls gefrorener Schnee.

»Was machen Sie auf meinem Grundstück?«

Vor Schreck ließ Brunhilde den Handschuh fallen. Ihr Mund stand weit offen. Die beiden Frauen erschraken.

»Wir, äh ...«, stotterte Brunhilde.

»Wo ist Ihr Mann? Wir haben berechtigte Annahme, dass hier unter diesem sitzenden Schneemann Ihr Gatte steckt«, sagte Margarete mit fester Stimme.

Sie hatte einen Einwand erwartet. Beschimpfungen, lauthals Protest, dass sie des Gartens verwiesen wurden. Stattdessen sank Beate Müller in sich zusammen. Margarete konnte sie gerade noch auffangen.

»Ich habe es nicht mehr ausgehalten. Wissen Sie, was er immer zu mir sagte: Ein bisschen doof ist ja ganz niedlich, aber du bist mir zu niedlich. Und dann musste ich immer antworten: Das Geheimnis einer glücklichen Ehe: Du hast recht, Liebling.« Beate Müller weinte nun herzzerreißend.

»Vorgestern Abend war er besonders gemein. Ich habe gekocht, es hat ihm nicht geschmeckt und er hat den Teller nach mir geworfen. Und da habe ich die Bratpfanne genommen und sie auf seinen Kopf niedersausen lassen.«

Und was machte Brunhilde? Sie tätschelte Beate Müller die Hand. und murmelte: »Jetzt ist er tot, mausetot, stinkt schon.«

»Bei diesem Wetter eher unwahrscheinlich«, erwiderte Margarete trocken.

»Aber sagen Sie mal, Frau Müller, wir haben doch nicht ewig Schnee. Was hätten Sie gemacht, wenn es taut? Und warum haben Sie einen dritten Schneemann gebaut?«

Sie zuckte mit den Achseln. »Soweit habe ich noch nicht gedacht. Ich wollte ihn nur aus dem Haus haben. Außerdem wollte ich ihn noch ärgern. Er hasste nämlich Schnee. Zu kalt, zu nass.« Sie schluckte.

»Aja, damit es nicht so auffällt, haben Sie noch einen dritten Schneemann dazu gebaut.«

Frau Müller nickte bedächtig. Langsam kam wieder etwas Farbe in ihre Wangen. Sie hauchte in ihre Hände und sagte leise mit klappernden Zähnen: »Wissen Sie, alle Menschen sind klug, die einen vorher, die anderen nachher. Ich weiß, was Sie jetzt tun müssen.«

Margarete wählte die eins-eins-null, sagte einige Worte und legte seufzend auf.

»Kommen Sie Frau Müller, wir können in meinem Haus warten, bis die Polizei kommt. Ich habe einen tollen Pfälzer Spätburgunder, der schmeckt auch ausgezeichnet als Glühwein.«

Rote Pfälzer Weinsuppe

Diese Suppe eignet sich gut als Vorspeise für ein Abendessen in kleinem Kreis

Zutaten für sechs Personen:

1 Liter Hühnerbrühe, am besten selbst gemacht oder aus Hühnersuppen-Paste
2 Flaschen Pfälzer Rotwein à 0,7 Liter
60 g Butter
80 g Mehl
1 Schalotte
1 TL Zitronensaft
½ TL Zitronenabrieb
3 Eigelb
2 EL Zucker eventuell mehr oder weniger, es richtet sich nach der Süße des Weines
1 Messerspitze Zimt
Salz und schwarzer Pfeffer aus der Mühle
Maggi (wer mag)

Zubereitung:
Die Zwiebel schälen und in möglichst kleine Würfel schneiden.

Die Butter in einem Suppentopf heiß werden lassen, sie sollte nicht braun werden. Dann die Zwiebelstücke hineingeben und glasig anschwitzen.

Das Mehl dazugeben und hellgelb anschwitzen. Unter Rühren die Hühnerbrühe nach und nach zugeben, dann komplett ablöschen. Die Brühe ca. 15 Minuten bei kleiner Hitze köcheln lassen. Häufiger mit dem Schneebesen durchgehen, damit auf dem Topfboden nichts anbrennt.

Die Temperatur auf mittlere Hitze stellen. Nun nach und nach den Wein hinzugeben. Zimt, Zucker, Zitronensaft und -schale zugeben. Die Suppe weitere 10 Minuten auf kleinster Stufe köcheln lassen.

In der Zwischenzeit die Eier trennen. Das Eiweiß beiseite stellen, es wird für das Rezept nicht mehr benötigt. Das Eigelb aufschlagen. Dem Eigelb 10 EL Brühe zugeben und nochmals aufschlagen.

Die Suppe kurz aufkochen, die Temperatur herunterschalten, die Suppe 2 Minuten noch stehen lassen, dann den Topf von der Herdplatte ziehen.

Das aufgeschlagene Eigelb unter Rühren mit dem Schneebesen zugeben und weiter rühren. Die Suppe auf gar keinen Fall mehr aufkochen lassen. Die Suppe mit Salz, Pfeffer und einem Spritzer Maggi abschmecken.

Dazu passen Greyerzer Käsestäbchen als Einlage.

Bratäpfel nach Pfälzer Art

Zutaten für vier Personen:

4 Äpfel
4 EL Johannisbeergelee
2 EL Rosinen
2 EL Mandelstifte
¼ Liter Pfälzer Weißwein
4 TL Butter
4 TL Zucker
1 TL Zimt

Zubereitung:

Aus den ungeschälten Äpfeln das Kerngehäuse entfernen. Johannisbeergelee mit den Rosinen und den Mandelstiften vermengen und in die Äpfel füllen. Den Wein in eine gebutterte Auflaufform gießen, die Äpfel hineinstellen und im vorgeheizten Backofen ca. 20 Min. bei 170 Grad braten.

Herausnehmen und auf jeden Apfel 1 TL Butter geben, mit Zimt und Zucker bestreuen und heiß servieren.

Jochen Hamatschek

Wildschweinrücken à la Dario

Vor drei Monaten habe ich Lisa beerdigt. Die Zeit seitdem würde ich gerne aus meinem Leben streichen. Lisa war die Liebe meines Lebens, für sie hatte ich mein Berufsleben um 180 Grad gedreht, für ihren beruflichen Erfolg hatte ich Hausmann gespielt und ihre Zwillinge mehr schlecht als recht durch die Pubertät geleitet. Die hatten es mir nicht gedankt und unmittelbar die Organisation der Beerdigung in die Hand genommen. Entgegen meinem Rat wurde ein gesellschaftliches Ereignis daraus gemacht. Ausufernder Blumenschmuck, sündhaft teurer Trauerredner, Live-Kammermusik. So gehöre es sich für die Inhaber einer vornehmen Schönheitsklinik, Lisa schien nur Mittel zum Zweck. Offensichtlich waren viele Kunden unter den Trauergästen. Also gab es beim Leichenschmaus nicht die üblichen Schnittchen und trockenen Kuchen, dafür im teuren Restaurant Schweinelendchen mit Kroketten und diverse Weine angesagter Winzer. Letztlich artete es für mich in ein Besäufnis aus. Schmerzen und Sorgen sind alkohollöslich, wenigstens bis zum nächsten Tag.

Dann der vollständige Bruch. Als Justiziar der Klinik haben sie mich sofort entsorgt, seitdem korrespondieren die beiden nur noch über ihren Rechtsanwalt mit mir. In immer aggressiveren Schreiben verlangt der die beschleunigte Abwicklung des Erbes. Schnödes Geld löscht viele Jahre gemeinsame Geschichte aus, sogar Kollegialität bleibt auf der Strecke. Nochmals drei Monate, dann ist alles abgewickelt und ich residiere in einer Drei-Zimmer-Mietwohnung. Die Vertreibung aus dem Paradies als Kollateralschaden von Lisas Tod. Ob ich wieder eine Kanzlei anmelde, keine Ahnung. Solange mir der Boden unter den Füßen fehlt, eher eine schlechte Idee.

Drei Monate vegetierte ich also in meiner Noch-Villa wie ein Einsiedler, pflegte meinen Weltschmerz und schaufelte Unmengen Fast Food und Wein in mich hinein. Die Schnell-Fresseinrichtungen in der Nachbarschaft dankten, Körpergewicht und Körpergefühl klagten. Darios Einladung zum Abendessen flatterte so überraschend wie kurzfristig ins Haus. Es gab noch einen Menschen, der an mich dachte. Diese Gewissheit half mir, meinen Weltschmerz-Teufel zu besiegen. Die Aussicht auf ein gutes Essen bei diesem Gourmet überwog das dumpfe Gefühl, einen ganzen Abend mit ihm zusammen zu sein.

Ausgerechnet Dario, der Kumpel aus Studientagen, einziger Sohn eines Richters am Oberlandesgericht. Der faulste Jurastudent von Tübingen, ein Lebenskünstler, der Menschen wie ein Magnet anzog, besonders wenn sie weiblich waren und ein Freund von Bacchus. Ein Menschenfänger, der aus jeder Veranstaltung mit Visitenkarten potenziell hilfreicher Professoren, Unternehmensberater, Manager oder Kanzleihäuptlingen zurückkam. Er beherrschte Networking auf höchstem Niveau. Der fleischgewordene Opportunist hatte in seinem ganzen Leben nie etwas getan, was ihm nicht direkt einen Vorteil oder mindestens eine Perspektive eröffnete. Sein Weltbild war einfach und moralisch fragwürdig: mit Intelligenz faulenzen, im richtigen Moment optimal vorbereitet sein, den eigenen Vorteil immer im Auge behalten, Empathie und Altruismus Schwächlingen überlassen. Ich wusste nie wirklich, ob ich ihn bewundern sollte ob seiner Leichtigkeit des Seins, oder verachten. Letztlich profitierte ich selber viel von seinem Esprit, seinen Aktionen, Kontakten, Einladungen, musste ihn zum Ausgleich dafür manches Mal durch eine Prüfung lotsen.

Nach dem Studium trennten sich unsere Wege. In den letzten 35 Jahren habe ich ihn alle paar Jahre immer nur zufällig auf irgendwelchen Tagungen getroffen. Wie ein Komet, der seine Bahn in den Weiten des Weltalls zieht, periodisch auftaucht und sofort wieder verschwindet. Es waren sehr feuchte Treffen jedes Mal, der kleine Teufel Alkohol verführte, beschwingte und spuckte meine Überreste am anderen Morgen lädiert wieder aus. Über berufliche Dinge redeten wir kaum, alte Erinnerungen aufzuwärmen war viel erbauender.

Vor einem Jahr kam der Komet erneut angeflogen. Dieses Mal war etwas anders. Er blieb. Auf seine alten Tage wolle er nur noch eine bescheidene Ein-Mann-Kanzlei betreiben, nur noch Rosinen picken und sich in attraktivem Ambiente mehr seinen Hobbys widmen: Essen, Trinken, Frauen. Und so waren wir auf einmal so etwas wie Nachbarn, gerade eine halbe Stunde zu Fuß auseinander. Wie in Tübingen. Kann sich Geschichte wiederholen?

Dario holte mich unten am Aufzug ab. »Ich wohne im 5. Stock, den fährt der Lift nur an, wenn ich ihn mit dem Schlüssel freischalte. Zur Sicherheit.« Penthouse-Wohnungen werden oft vor unliebsamen Besuchern geschützt, vor allem, wenn Promis drin wohnen. Dass er mit seiner neuen Bleibe glänzen wollte, war klar. Er hatte seinen Erfolg immer zur Schau gestellt. Die Wohnung war beeindruckend: riesig groß, alles offen, eine Glasfront mit atemberaubendem Blick über den Stadtpark auf den Pfälzer Wald. Und eine geschützte Terrasse, auf der nur ein kleiner Tisch und ein Sektkühler mit zwei Flaschen standen. »Ich habe mir erlaubt, zum Warmlaufen Austern zu organisieren. Hinuntergespült mit Champagner von einem der big shots, müsste Dein Fall sein.«

Es gehörte zu seiner Taktik, Understatement zu pflegen und seine Luxuswelt nur beiläufig zu erwähnen. Die Theorie der feinen Leute hatte er ausgiebig studiert. Der Kundige kann einen echten Wert sofort einschätzen, der Unkundige interessiert nicht. Eine Dame von Welt erkennt die Prada-Handtasche auf den ersten Blick, auch ohne das Etikett zu sehen. »Atlantische Austern, mittlere Größe, die beste Qualität. Seit die Liebesgöttin Aphrodite einer Auster entsprungen ist, gilt das Glibberzeug als aphrodisierend und als Segen für die Manneskraft. Auch Casanova war davon überzeugt. Ich hoffe, du auch, Lisa war doch sicher anspruchsvoll.« Beiläufig dahergeredet, war es reine Provokation. Seit Monaten lebte ich wie ein Eremit.

Der Champagner war von Krug, Grande Cuvee 167eme Edition, tolle Papierform, toller Preis. Das Internet, unauffällig mit dem Handy befragt, spuckte fast 200 Euro pro Flasche aus. Dass man sich so etwas leisten kann und sogar andere daran teilhaben lässt, erhöht das Prestige eines jeden Gastgebers. Dass mir der Champagner zu alt und zu oxidativ war, Schwamm drüber. Ältere Herren mögen den Brioche-Ton lieben, mich stört er. Champagner muss spätestens ein Jahr nach dem Degorgieren getrunken sein. So war es kein Opfer, die Flaschen im Verhältnis zwei Drittel zu einem Drittel zu seinen Gunsten zu leeren.

Die gute Stunde, die wir für die beiden Champagnerflaschen benötigten, nutzte er zur Selbstdarstellung. Narzissten ticken so, er war wie immer. Ist er mit sich durch, darf sein Gegenüber auch von sich erzählen. »Mein größter Coup war vor neun Jahren die Kündigung in der Kanzlei Kohlhaase und Partner. Obwohl dort Partner, wollte ich mein eigener Herr sein. Du hast sicher davon gehört, dass ich mich selbstständig gemacht habe. Ich konnte mich schon nach wenigen Wochen vor Aufträgen kaum retten und musste bald Kollegen einstellen.«

Natürlich hatte ich davon nichts mitbekommen, dazu war der Komet zu weit entfernt und zu unbedeutend. Jetzt sollte ich als Stichwortgeber dienen. »Das stand ja in den Fachzeitungen. Auf welchen juristischen Feldern hast du dich denn vorher getummelt?«

»Wenn du richtig gut Geld verdienen willst, dann beschäftige dich mit dem Insolvenzrecht. Mach in Konkurs-Verwaltung. Das Konkursgericht ist verzweifelt auf der Suche nach juristisch versierten Abwicklern.«

»Woher hast du die Managementerfahrung, ohne die geht doch nichts?« Ich spielte das Spiel mit, wie immer, und gab ihm Gelegenheit, sein Ego zu polieren.

»Learning by doing, etwas Fortbildung. In meiner alten Kanzlei waren wir bei mehreren großen Konkursen als Generalbevollmächtigte aktiv. Nicht die Dimension von Schlecker, aber dicht darunter. Egal wie es ausgeht, der Abwickler kassiert. Was übrig bleibt, geht an die Gläubiger. Der Job ist risikolos, du musst nur die Kontakte zum Gericht haben. Hier an der Weinstraße hatte ich einige Weinkellereien abzuwickeln. Die Ecke hat mich beeindruckt, landschaftlich reizvoll und die Weine stehen günstig. Jetzt sind hier meine Wurzeln.«

Inzwischen war auch die zweite Flasche leer. Es war kühl geworden und der Alkohol erzeugte nicht mehr ausreichend Wärme. Auf dem Weg ins Wohnzimmer ein vermeintlich harmloser Satz von ihm: »Dass wir jetzt Nachbarn sind, habe ich erst mitbekommen, als wir uns bei der Weinpräsentation in Edenkoben getroffen haben. Du hast mir damals Deine Frau vorgestellt, eine attraktive, kapriziöse Person. Ich hab dich tatsächlich darum beneidet.«

Später, am Tisch im Wohnzimmer, der erste Gang. Die Suppe war nicht der Rede wert, etwas mit Avocadocreme. Dazu ein Sancerre, von mir aus. »Everything but Chardonnay« war wohl bei Dario noch nicht angekommen. Der Wein war gut, aber beliebig, ich trank langsam und konzentrierte mich auf die Unterhaltung. Kein dummes Zeug reden, keine unnötige Schwäche zeigen, seine verbalen Spitzen und Provokationen mit dem rhetorischen Florett kontern. Früher haben mir die pseudointellektuellen Wortfechtereien Spaß gemacht. Aber man wird älter und müder.

»Warum hast du damals die Hochschulkarriere aufgegeben? Mit Deinen Fähigkeiten hättest du bald Professor sein können, gut Geld scheffeln, Studenten quälen und juristische Standardwerke schreiben. Nur wegen Lisa?« Er blickte mir herausfordernd ins Gesicht. »Und hast sogar ihren Namen angenommen!«

»Als ich sie kennenlernte war sie seit drei Jahren Witwe und im täglichen Nahkampf mit ihren Zwillingen. Die Jungs benahmen sich ständig so, als wenn sie ADHS hätten. Kleine Tyrannen, die ihre Mutter irgendwann klein hatten, nachdem Au-pair und Kindermädchen verschlissen waren. Sie sahen nicht nur aus wie ein Ei dem anderen, sie dachten gleich und verhielten sich gleich. Man hatte immer zwei Gegner, die wie Synchronschwimmer agierten, aber gleich von zwei Seiten angriffen. Lisas Facharztausbildung war dabei auf der Strecke geblieben. Und sie war die Liebe meines Lebens.«

»Ja, auch Schönheitschirurginnen sind sterblich. Eine Hirnblutung abends, als sie allein in der Praxis war, ein geplatztes Aneurysma, richtig? Tut mir leid. Aber wegen dieser komischen Schmetterlinge im Bauch spielst du drei Jahrzehnte Anglerfisch? Du weißt was ich meine? Das unscheinbare Männchen, zeitlebens angehängt an die Mutti, darf ab und zu seinen Samen verspritzen, hat aber sonst nichts zu melden und wird von ihr herumgeschleppt. So eine unnütze Vergeudung von Fähigkeiten. Hätte ich nie gemacht, ich spiele lieber Gorilla!«

»Natürlich, du fühlst Dich als Pascha im Harem am Wohlsten. Es war eine win-win-Situation. Lisa konnte in die Praxis ihres Vaters einsteigen und ihre Ausbildung zügig beenden. Zum höheren Ruhme unseres Geldbeutels, der Schönheit der Frauen und immer mehr der Männer. Ich war der gut beschäftigte Hausjurist, der Erzieher der Zwillinge und Manager des Personals. Bei meinem bekannten Vorgesetztensyndrom keine schlechte Lösung.«

»Wenn du Vorgesetzte nicht magst, musst du selber einer werden. Und die Zwillinge haben dir die Erziehung nie gedankt. Dein Verhältnis zu ihnen war doch eher suboptimal, um es vorsichtig zu formulieren?«

Damit hatte er einen Treffer unterhalb der Gürtellinie gelandet. Für mich lag die derzeit eh weit oberhalb des Bauchs. Ich hatte die beiden nie adoptiert, Lisa drängte auch nie dazu. Wir hatten einige Kampfjahre miteinander, danach glaubte ich an ein akzeptables Verhältnis unter Männern. Offensichtlich hatte Lisa heimlich viel abgepuffert. Nach ihrem Tod kam die Fratze hinter der Maske schnell zum Vorschein. Einige belanglose Small talk-Treffen hatten sich zufällig noch ergeben, endeten aber rasch mit ihrem Abgang. Telefonisch waren die beiden von dem Moment nicht mehr erreichbar, Mails blieben unbeantwortet. Die beiden waren jetzt die Besitzer der Klinik und extrem beschäftigt. Ich nervte und war lästiger Konkurrent ums Erbe.

Der Hauptgang. Dario nannte ihn in seiner bescheidenen Art Wildschweinrücken à la Dario. Das Fleisch von einem Frischling aus dem Pfälzer Wald. Selber geschossen, den Jagdschein hatte er gemacht, um seinen Kunden auch als Waidmann zu imponieren. Als Weinbegleitung ein roter Bordeaux aus der Magnumflasche, vor Stunden in eine Karaffe gefüllt. Sie stand herausfordernd mitten auf dem Tisch. Ein 1989er Chateau Canon La Gaffeliere von Saint Emilion. Laut Internet die Flasche zu 240 Euro. 1989 hatte ich Lisa kennengelernt. Ein Zufall?

»Das Weingut gehört Stephan Graf von Neipperg. Den habe ich in Bordeaux persönlich kennengelernt, eine faszinierende Figur. Ohne ihn wäre St. Emilion längst im Qualitäts-Nirwana verschwunden. Stephan war einer der ersten, der die Trauben maximal ausreifen ließ und spät erntete. Und das bei niedrigen Erträgen. Anschließend eine endlos lange Extraktion der Beerenhäute, dann ab ins neue Holzfass. Und einige Jahre später, nämlich jetzt, hast du eine unglaublich harmonische Vermählung aus Holz und Wein. Ein Traum von Wein, du wirst begeistert sein. Und er glänzte vor vielen Jahren schon, als noch niemand von Parker geredet hat, mit weit über 90 Punkten. Ein Wein unter 90 würde ich mir eh nie zumuten. Genieß ihn!«

Nach dem ersten kräftigen Schluck ein fulminanter Auftritt. Seine Weinbeschreibung mit so viel Champagner und Chardonnay im Kopf wäre jedem Burgschauspieler gerecht geworden. Fast andächtig rezitierte er: »Dunkelrote Farbe mit bräunlichen Altersreflexen am Glasrand, in der Nase sehr dezent und fein mit Dörrpflaumen, Gewürzen, Kakao und Mokka. Am Gaumen ein Ausbund an Schönheit und Feinheit. Schwarze, fette, knackige Pflaume, Cassis, dann wieder schwarze Kirschen, Veilchen, Kaffee, Cappuccino und Zedernholz. Tannine und Säure auf einem intellektuellen Niveau, das man bei einer Promotion mit »summa cum laude« ehren würde. Verhaltene Süße und molliges Gaumengefühl mit unendlich langem Abgang.«

Das unreflektierte vinologische Geschwurbel hätte mich in anderen Zeiten zu rhetorischen Überschlägen und Retourkutschen ermuntert, aber nicht heute. Zumal mir der Wein bereits zu alt war. Seinen Höhepunkt hatte er vielleicht vor fünf Jahren gehabt. Auch das behielt ich selbstverständlich für mich. Dafür half ich ihm, die Zutaten des Hauptganges aus der Küche zu holen. Der bekam jetzt die uneingeschränkte Aufmerksamkeit. Ich schaute Dario interessiert zu, wie er den Wildschweinrücken tranchierte und in Scheiben schnitt. Fleisch schneiden ist die edelste Aufgabe eines Hausherrn seit der Steinzeit, etwas urmännliches. Das Tranchiermesser benutzte er äußerst professionell, ein Hobbykoch auf hohem Niveau. »Ein aus 192 Lagen Damaszenerstahl handgeschmiedetes Kamagata-Usuba. Zum Preis eines gebrauchten Kleinwagens.«

Auch die Fleischstücke adelten den Koch: nur leichter Wildgeruch, feine Kruste und perfekter Biss. Ich hatte mich auch schon mehrfach damit abgemüht, mit dieser Qualität konnte ich nie mithalten. Und dann erst die Soße: ein Fond mit Honig verkocht. Süße und Strenge in perfekter Harmonie, allein sie wäre das Essen Wert gewesen. Rotkraut und Semmelknödel waren Standard, nichts Außergewöhnliches, Sättigungsbeilage eben und farbiges Gemüse. Alles in allem hatte sich der Abend gelohnt, egal, was noch kommen sollte. Vielleicht konnte ich ein doggy bag abstauben und mir einen Tag Fast Food ersparen.

»Du kannst dir für den Wildschweinrücken einen Stern an die Kühlschranktür nageln.« Er erwartete natürlich Lob, wie ein Hund, der brav »bei Fuß« gekommen war. »Der Wein passt perfekt zum Wild, das Fleisch ist grandios und die Soße himmlisch. Meine Versuche, Wildschweinrücken zuzubereiten, sind fast immer in die Hose gegangen.« Narzissten wollen immer heller strahlen als ihr Gegenüber. Das zu befriedigen kostete mich nichts. Nur etwas Schwindelei.

Er hatte dem Rotwein ordentlich Referenz erwiesen, weit mehr als ich, und während des Essens selber wenig geredet. Mit dem letzten Stück auf der Gabel schlug er wieder zu. Seine Stimme war schwerer geworden, die Worte flossen langsamer. Der Alkohol zeigte Wirkung, trotz seines bekannten Trainingspensum. »Lisa, die Zwillinge und du, ihr habt doch eine supererfolgreiche Schönheitsklinik gemanaged, Botoxmengen gespritzt, mit denen man ganz Deutschland umbringen könnte, Lippen aufgeblasen, Lider gestrafft, Zentner von Fett abgesaugt und Atombusen modelliert. Euch selber aber habt ihr nie unter das Messer gelegt. Wie ein Winzer, der seine eigenen Weine nicht trinkt. Warum wolltet ihr lieber unvollendet leben, wo doch alles möglich gewesen wäre? Dir hätten ein paar kleine Schnitte gegen deine Hängelieder auch gutgetan. Und Lisa ließ sich ja nicht einmal ihr Muttermal entfernen.«

Dario hatte sich inzwischen von der Frotzelei zur aggressiven Gehässigkeit aufgeschwungen, immer das Zeichen, dass viel Alkohol im Blut schwamm. Er hatte bei mir sogar recht, ich war nie eitel und glaubte an die innere Schönheit. Aber nicht bei Lisa. Sie sah beneidenswert gut aus, mindestens 15 Jahre jünger als im Pass stand. Auf Werbebroschüren mussten wir nicht einmal mit Photoshop korrigieren. »Lisa lebte von Menschen, die für ihre Selbstoptimierung zu allem bereit waren. Sie hat aber nie verstanden, warum manche gleich zum Kunstprodukt werden wollten, dem jeder die Arbeit der Schönheitsindustrie ansah. Die meisten hätten mit wenigen Schnitten oder Spritzen natürlich werden können.« Alles mit Maß und Ziel eben. Bei Dario hatte ich inzwischen auch den Eindruck, dass er schon unter dem Messer gelegen war oder zumindest mit Botox nachgeholfen hatte. Kaum Falten, starrer Gesichtsausdruck, trotzdem eher natürlich als Kunst. Die Mimik bleibt als erstes auf der Strecke.

»Ja, Tand ist das Gebilde von Menschenhand!« Er zitierte aus dem Gedicht von Theodor Fontane über den Einsturz der Brücke am Tay. »Da muss man doch etwas dagegen tun.«

»Bitte? Ich verstehe nicht. Was ist hier Tand? Deine Wohnung? Seit wann kennst du unsere Dichter?« Lisa liebte Fontane, vor allem die Ballade von John Maynard. Sie hatte in der Tat früher von Tand geredet, wenn Natur sichtlich doch zu wenig war. Ihre göttliche Kunst könne sie leicht zu natürlich optimieren, bei Bedarf sogar zu Kunst. Ich habe ihr die Formulierung abgewöhnt, zu arrogant und defätistisch. Der Spruch ist von da an in unserer Wohnung geblieben. Woher kannte ihn Dario? Und das Muttermal? Dario kämpfte jetzt nicht mehr mit dem Florett, er hatte Säbel und Morgenstern ausgepackt. Ich musste allein sein und entschuldigte mich auf die Toilette. Grinste mich sein Botoxgesicht verächtlich an?

»Bring meine Lesebrille aus dem Büro mit. Gegenüber der Toilette. Auf dem Schreibtisch.«

Alkohol verstärkt die Eigenschaften, die er vorfindet: die Schlauen werden schlauer, die Dummen dümmer, die Aggressiven bösartiger. Letzteres war bei Dario der Fall. Das dumpfe Gefühl im Bauch war mit jedem seiner Worte schlimmer geworden. Etwas eskalierte, und ich begriff noch nicht richtig, was. Zum ersten Mal seit langem nutzte ich meine Fähigkeit seit Studientagen, mit einem Finger im Rachen zu erbrechen. Wie die alten Römer bei ihren Orgien, um länger durchzuhalten. Ich wollte den Alkohol loswerden, der noch nicht im Blut war, um im Notfall angemessen reagieren zu können. Die Brille lag wie beschrieben auf dem Schreibtisch. Und direkt dahinter etwas Goldglänzendes, ich erkannte es sofort. Jetzt schoss Adrenalin durch meine Adern. Eine hungrige Säbelzahnkatze hätte mich nicht mehr aufputschen können. Der goldene Armreif mit kaum sichtbarem Bajonettverschluss war auf der Innenseite graviert: »Für Lisa - 21. März 1992« Ihr Lieblingsstück, gekauft in der Fifth Avenue in New York während unserer Hochzeitsreise. Nur bei Operationen und im Bett hat sie es abgelegt. Seit ihrem Tod hatte ich es nicht mehr gesehen und bei den geldgierigen Zwillingen vermutet.

Ich hörte, wie Dario ein Telefonat entgegennahm und ins Schlafzimmer ging. Den Anrufer begrüßte er mit »Basti«, mehr bekam ich nicht mit. Einer der Zwillinge hieß Bastian, wurde aber nur Basti genannt.

Schon wieder ein Zufall? Müde schlich ich zu meinem Platz. Woher hatte Dario so viele Insiderinformationen? Er wusste von Lisas Muttermal, das sie immer versteckt hatte, von meinem prekären Verhältnis zu den Zwillingen, er kannte ihre Begeisterung für die Balladen von Fontane und ihre Einstellung zu den Kunstgestalten, die sie selber produzierte. Auch offensichtlich das Jahr, an dem wir uns kennenlernten. Den Hirnschlag als Todesursache, das Aneurysma, wer hat ihm das verraten? Und vor allem: das Armband?

Ich hatte wohl genau die richtige Menge Alkohol im Blut, um im Tunnelblick fokussiert denken zu können. Nach und nach kroch eine tierische Wut hoch. Der Gerichtsmediziner hatte mir unter der Hand verraten, dass Lisa vor ihrem Ableben Sex gehabt hatte. Wohl in ihrer Praxis, und nicht mit mir! Von da an wusste ich, dass ich Hörner trug. Und wohl der letzte war, der davon etwas erfahren hat. Hätte ich aber müssen. In den letzten sieben oder acht Monaten hatte sich unsere Beziehung verändert. Lisa blieb immer öfter bis spät nachts in der Klinik, war mir gegenüber indifferent und zeigte immer weniger Interesse an Sex. »So ist es halt, wenn Frauen älter werden und die Hormone sich umstellen«, war ihre Begründung, gefüttert mit einigen Begriffen, die ein Jurist nicht verstehen muss. Als verständnisvoller Ehemann respektierte ich alles, war aber nicht glücklich damit. Warnlampen sprangen aber keine an. Diese Schande hatte ich in den letzten Wochen sogar fast verdrängt. Dario war also der Liebhaber, er war am Abend ihres Todes bei ihr und hatte das Armband als Andenken eingesteckt. Da war ich mir absolut sicher. Und jetzt? Mit einem kräftigen Schluck Rotwein trank ich mir Mut an, ich wusste, was ich zu tun hatte!

Dario kam nach einigen Minuten zurück. Ich blaffte ihn aggressiv an: »Hat Lisa noch gelebt, als du abgehauen bist? Hast du sie verrecken lassen? Warum warst du zu feige, den Rettungsdienst zu rufen?«

Er zuckte nur kurz zusammen. Sieger in unzähligen Schlachten, war er nicht so leicht aus der Fassung zu bringen. Er schlug ansatzlos zurück. »Lisa hatte es schon lange satt, mit einem drei-Minuten-Ei zusammen zu sein. Nicht mal als Liebhaber warst du gut. Jede Frau sehnt sich nach einem richtigen Mann. Und im Gegensatz zu dir haben mich ihre Kinder ernst ...«

Die Champagnerflasche hatte ich im Rücken verborgen gehabt, eine knapp ein Kilogramm schwere Keule, unkaputtbar im Gegensatz zu seinem Schädel. Mein weit ausgeholter Schlag krachte auf seine linke Schläfe, die schwächste Stelle am Kopf. Der Alkohol hatte ihn langsam gemacht, er versuchte nicht einmal, auszuweichen. Ein Knochen krachte dumpf, es klang, als ob eine dünne Sperrholzplatte splitterte. Dario fiel wie ein Sack und blieb verdreht auf dem Parkett liegen. Ganz langsam bildete sich eine Blutlache neben seinem Kopf. Ich schaute ihm direkt ins Gesicht, endlich einmal ohne das Gefühl, gleich einen Angriff abwehren zu müssen. Es hatte jetzt den Ausdruck eines Idioten, der nicht verstand, was mit ihm geschieht. Die wohl von Lisa kunstvoll geglätteten Gesichtszüge wurden unansehnlich. Er röchelte, seine Lippen zuckten, er versuchte noch etwas zu sagen. Da ekelte er mich nur noch an.

»Ja, mein lieber Dario. Ich habe jetzt verstanden, warum du mich eingeladen hast. Zu einem Leichenschmaus für uns beide, für den Galan und den gehörnten Ex, in Trauer vereint. Entschuldige die Regieänderung. Es ist dein Leichenschmaus. Keine Sorge, ich bleibe hier, bis du tot bist. Dann rufe ich die Polizei und melde einen Totschlag, in Notwehr natürlich. Selber produzierte Kratzer mit dem Tranchiermesser halte ich heldenhaft aus. Die Polizei findet es neben dir, natürlich ohne meine Fingerabdrücke. Dass du ein Aggressionsbolzen bist, sorry, warst, wird mein Verteidiger locker nachweisen. Und dass so ein Kerl mit garantiert mehr als zwei Promille Alkohol im Blut besonders bösartig werden kann, weiß jeder Richter. Ich musste mich verteidigen. Und eine Champagnerflasche von Krug ist doch standesgemäß, oder?«

Bald tröpfelte Blut aus Nase und Ohr, um den Mund bildete sich Schaum. Er rührte sich nicht mehr. Eine halbe Stunde später rief ich die Polizei. Das letzte Glas Bordeaux aus dem Jahr, in dem ich mich in Lisa unsterblich verliebt hatte, war das beste meines Lebens.

Wildschweinrücken à la Dario

Zutaten:

1 kg Wildschweinrücken
100 g Speck
Wildfond
½ Liter kräftiger Pfälzer Rotwein, z.B. St. Laurent oder Spätburgunder
Ein Schnapsglas Tresterbrand oder Grappa
1 Zwiebel, 3 mittlere Karotten
Thymianzweige, Lorbeerblätter
Rosinen, in Rotwein eingelegt (über Nacht)
1 Becher Crème fraiche
Honig, Speisestärke

Zubereitung:

Den Wildschweinrücken mit Pfeffer und Thymian einreiben und einen Tag in einer Marinade aus Rotwein, Grappa, Zwiebel, Karotten und den Gewürzen einlegen.

Das Fleisch mit Speckstreifen spicken und von beiden Seiten kurz und kräftig in einem Bräter auf dem Herd anbraten, anschließend die Marinade hinzugeben und den Braten im geschlossenen Bräter im Backofen bei 190 Grad eine gute halbe Stunde garen.

Währenddessen in einem separaten Topf den Bratenfonds mit dem Honig verkochen. Crème fraiche dazugeben, salzen, pfeffern und die Soße mit Speisestärke andicken, bis sie leicht sämig ist.

Die Rosinen dazugeben und die Soße nochmals erhitzen.

Den Wildschweinrücken am Tisch tranchieren.

Klassische Beilagen sind Rotkraut und Knödel.

Marcus Imbsweiler

Bruderhahn

Vor mir liegt das Diktiergerät. Mein Schatzkästchen. Ich drücke den Abspielknopf, lehne mich zurück und schließe die Augen. Lasse die Erinnerungen auf mich zukommen. Höre Schritte, Atemgeräusche, Satzfetzen. Sehe alles klar vor mir:

Der alte Wingert bei Neustadt. Weit schweift der Blick über die Rheinebene. Lange Schatten, Dörfer im Abenddunst, abgeerntete Felder. Die Hitze des müden Tages.

Ein Tisch im Freien. Zwei Gedecke, das Tischtuch blütenweiß.

Es ist angerichtet. In jeder Hinsicht.

»Hier, junger Mann. Ihr Platz. Hoffe, Sie haben Hunger mitgebracht. Haben Sie? Wunderbar. Ich sag immer: Am besten arbeitet es sich womit? Mit leerem Magen. Also stellen Sie Ihre Fragen und denken Sie nicht ans Essen. Hinterher dürfen Sie zulangen. Einen Moment, bitte. Einen Moment.«

Stille, die etwas Andächtiges hat. Ich meine ein Ächzen zu hören: der Tisch, der sich unter dem Gewicht eines gusseisernen Schmortopfs biegt. Im Topf vier Hähnchen, dampfend. Kartoffeln in einer Schüssel, ein Körbchen Brot. Trockener Riesling, eine Karaffe Wasser. Tranchierbesteck.

»Von mir aus kann es losgehen. Sie fragen, ich esse. Das ist der Deal, Kollege. Hab meine Zeit ja nicht gestohlen, und überhaupt, Sprechen und Essen, das ist für mich ein Aufwasch. Ein Arbeitsgang. Also hauen Sie raus, was Sie wissen wollen. Ihr Revolverblatt ist doch auch nicht für übertriebene Rücksichtnahme bekannt. Ich höre!«

Dumpfes Aufprallgeräusch: Eines der Hähnchen ist auf dem Teller des Gastgebers gelandet. Die Abendsonne lässt seine Haut glänzen. Wind kommt auf. Grillen zirpen, Schmetterlinge flattern. Mit dem Messer wird ein Schenkel abgetrennt. Ein kräftiger Biss ist zu hören, lautes Kauen, das in noch lauteres Lachen übergeht und dieses wieder in Kauen.

»War ja klar, dass Sie das als erstes wissen wollen! Hätte ich drauf wetten können! Das versteht ihr Normalmenschen natürlich nicht, dass unsereins mit so einer Skandalgeschichte an die Öffentlichkeit geht. Und genau da liegt der Hase im Pfeffer: Es gibt keinen Skandal, junger Mann. Hat es nie gegeben, gibt es nicht! Wenn ich Ihnen alles erzählt habe, werden Sie es einsehen. Sie werden es schreiben, und die geneigte Leserschaft wird es erfahren. Grund genug, die Öffentlichkeit zu suchen, nicht wahr? Na also.«

In einer Mischung aus Zerren und Lutschen werden die letzten Fleischfasern vom Knochen getrennt. Fort damit, nächster Schenkel. Es riecht nach verbrannter Haut und Knoblauch, nach Thymian und Rosmarin. Hoch oben zieht ein Flugzeug seine Kreise. Schon starren die Finger vor Fett. Einsatz der Serviette.

»Schauen Sie sich um, junger Mann. Was ist das hier? Na? Ein Paradies ist es! Dieses Panorama, das Flusstal, die Natur, alles wächst und gedeiht. Den Leuten geht es gut. Hart arbeiten, ordentlich feiern. Die Welt schaut neidisch auf uns. Die Touristen kommen. Ein Paradies. Und wenn Sie hier leben, dann wollen Sie das Paradies erhalten, logisch. Sie kämpfen dafür, Sie verteidigen es. Mehr haben wir nicht getan. Nicht wir waren die Aggressoren, wir nicht! Sondern Jeanette. Nur sie.«

Der Schenkel: entbeint. Die Sätze, Halbsätze überstürzen sich, es wird geschlungen und hinuntergewürgt. Kauen und sprechen sind kaum zu unterscheiden, sie summieren sich zu einer flüssigen Geste. Einer Haltung. Die Gabel verhakt sich in den Rippen des Tieres.

»Jeanette und ich, wir kennen uns schon ewig. Seit Kindertagen. In so einem kleinen Ort, da ist man ja Nachbar mit allen und fast jeder miteinander verwandt. Außerdem hat ihr Vater für uns gearbeitet. Wie Bruder und kleine Schwester sind wir aufgewachsen. Und jetzt wollen Sie natürlich wissen, ob an den Gerüchten etwas dran ist. Nein, verrenken Sie sich nicht, ich kenne Ihr Blatt, und ich weiß, was Ihre Leser hören wollen. Aber soll ich Ihnen etwas sagen? Ich habe kein Problem damit! Ja, es stimmt, das Kind ist von mir. Jeanette war 16, offiziell also minderjährig, aber sie war auch keine 12 mehr, und sie wollte es. Wir wollten es beide, so ist das. Dass dabei ein Kind heraussprang, war natürlich nicht beabsichtigt. Hinterher das böse Erwachen. Schuldzuweisungen. Am Ende hat mein Vater die Sache geregelt. Er hat Jeanette Geld gegeben, um das Kind aufzuziehen, und sie hat es gern genommen. Eine Heirat kam nicht infrage, für beide Seiten nicht. So ändern sich die Zeiten!«

Vom ersten Hähnchen ist ein Trümmerfeld geblieben, nur noch Knochen, Knorpel, Hautfetzen. Zum Ausgleich eine Kartoffel, ein kräftiger Schluck Riesling hinterher, dann ist man bereit für eine Fortsetzung. Für das zweite Hähnchen, das nächste Kapitel.

»Vielleicht hätten wir Jeanette das Geld nicht geben sollen. Es hat sie verdorben. Von diesem Zeitpunkt an war sie unzufrieden, mit allem. Mit ihrer Situation, dem Kind, mit der Tatsache, dass wir in einem großen Haus lebten und sie in einer windschiefen Klitsche. Ihr Vater war Erntehelfer und konnte gut mit Maschinen, das war's dann aber schon. Sie konnte überhaupt nichts, nur meckern. War doch klar, dass ihre Tochter schwierig wurde. Ein Problemkind. Reißt von zu Hause aus, bricht die Schule ab, solche Sachen. Und das hat Jeanette alles uns angelastet. Wir waren schuld. Immer nur wir! Sie wurde lästig. Sie wurde verbittert, sie wurde hässlich, und sie machte Stress. Die Schlange im Paradies.«

Unten im Tal liefern sich zwei Motorräder eine Verfolgungsjagd. Staub wirbelt auf, zieht in einer breiten Fahne übers Land. Ein Schwarm Krähen auf dem Nachbargrundstück. Im Abfallteller türmen sich die Knochen.

»Und dann hat es ihren Vater erwischt. Lungenkrebs. Zehn Jahre ist das her, er hatte gerade seinen Fünfzigsten gefeiert. So eine Scheiße. Tragisch! Aber die, die durchdrehte, war Jeanette. Plötzlich kommt die an und sagt, wir wären schuld am Zustand ihres Vaters. Wir trügen die Verantwortung. Wegen der Pestizide, der Mittel, die wir einsetzen. Alles, was vorher normal und in Ordnung war, war jetzt böse. Krebserregend. Merken Sie's? Erkennen Sie das Muster? Immer sind die anderen schuld. Sie nicht – nie. Jeanette brauchte einen Sündenbock. Uns.«

Wut drückt aufs Fresstempo, Wut verstärkt die Geräuschkulisse. Der subtile Lärm des Schabens, Schneidens, Schleifens erfüllt die Luft.

»Je schlechter es dem Alten ging, desto mehr hat sie sich in die Sache reingesteigert. Regelrecht verbissen hat sie sich. Akten gewälzt, Studien gelesen, einfach alles, was ihr in den Kram passte. Was nicht passte, wurde ignoriert. Sie brauchte ja einen Schuldigen. Und wenn man lange genug sucht, findet man auch was. Irgendwann ging sie an die Presse. Zehn Zeitungen winkten müde ab, aber die elfte witterte ein Geschäft. Gift in Pfälzer Riesling – Tödlicher Pestizideinsatz. Mit so was mussten wir uns rumschlagen. Wir haben uns natürlich gewehrt, juristisch. Jeanette bekam eine Geldstrafe, die Zeitung musste eine Gegendarstellung drucken. War ja alles nur zurechtfantasiert.«

Kurzes Zurücklehnen. Luft in die Lungen lassen. Der ganze Körper wird zum Verdauungsapparat. Um die Mundwinkel glänzt es.

»Wir haben ihr sogar Hilfe angeboten. Psychologische Beratung. Jeder sah, dass sie alleine nicht mehr rauskam aus ihrem Wahn. Nichts. Hat sie alles abgelehnt. Okay, eine Zeitlang war Ruhe. Dachten wir. Aber dann starb ihr Vater. Metastasen. Und seitdem gab es kein Halten mehr. Jeanette ist völlig durchgeknallt, wie auf Droge. Klar, sie stand vor dem Aus. Vater tot, Tochter abgehauen, kein Geld, nichts. Nur noch diese eine fixe Idee: Wir hätten sie in den Ruin getrieben. Wir! Aus dem Kampf gegen uns wurde ein Kreuzzug. Ein Kreuzzug gegen alle und jeden, die was mit Wein zu tun hatten. Und den musste sie natürlich verlieren.«

Ein Rascheln, als der Abfallteller entleert wird. Die Überreste von zwei Hähnchen liegen zwischen den Reben. Das Leben kann weitergehen, das Fressen. Zuvor ein Schluck Riesling.

»Schade, dass niemand sie gestoppt hat. Schade für sie, meine ich. Wir haben sie oft genug gewarnt. Bekannte haben ihr gut zugeredet, sogar der Bürgermeister hat sich eingeschaltet. Keine Chance, sie war nicht zu bremsen. Hat sich mit Umweltverbänden eingelassen, Ökofritzen, irgendwelchen Gurus und Weltuntergangspropheten, eine richtige Gehirnwäsche war das. Am Ende fand sie sogar einen Arzt, der meinte, eines unserer Mittel gegen Pilzbefall könnte möglicherweise die Ursache für die Krankheit ihres Vaters gewesen sein. Verstehen Sie? Möglicherweise! Ein Mittel, das so gängig ist wie Deckweiß und Diesel!«

Vom nahen Nussbaum meldet sich eine Elster. Hin und wieder kratzen die Gabelenden über den Teller. Ein Stück Brot saugt geräuschlos die Tunke auf.

»Ich weiß, was Sie sagen wollen. Pestizide sind Gifte. Sind per se gesundheitsschädlich. Zum Glück! Zum Glück sind sie das, sonst wären sie ja nutzlos. Vergessen Sie den alten Paracelsus nicht: Auf die Dosis kommt es an! Auf die Menge, wie überall. Sie können sich sogar an diesen Hähnchen totfressen, wenn Sie es übertreiben. Und deshalb war das, was Jeanette als sensationelle Entdeckung verkaufte, als Skandal, als Beweis, als keine Ahnung, was – das, mein Lieber, war ihre größte Niederlage. Die Pestizidrückstände, die sie in unseren Weinen gefunden hat – und in denen der anderen Hersteller hier aus der Region, nicht zu vergessen, diese Rückstände lagen mengenmäßig komplett unter den gesetzlichen Grenzwerten. Es war alles legal, alles erlaubt. Aber warum erzähle ich das? Sie haben es ja längst recherchiert.«

Essen und Sprechen: zwei Tätigkeiten, die zu einer werden. Die sich nicht mehr voneinander trennen lassen. Wörter schmecken, glänzen fettig. Im Kauen liegen Mitteilungen verborgen, der Appetit hat Aussagekraft.

»Sie müssen sich die Dimension dieses Falles klar machen. Jeanette hat sich nicht bloß mit uns, mit meiner Familie, angelegt, sondern mit allen Weinbauern hier. Verstehen Sie? Ihre angeblich so spektakulären

Ergebnisse hat sie in die Welt geblasen, ohne auch nur anzudeuten, dass wir Weinbauern uns strikt an die Gesetze halten. Sie stellt die halbe Pfalz an den Pranger, obwohl alles legal war. Plötzlich galt unsere ganze Branche als Giftmischer und Umweltsünder. Begreifen Sie, dass wir reagieren mussten? Jeder Ort hier war betroffen, die gesamte Region stand unter Generalverdacht. Wissen Sie, wie viele Tausend Arbeitsplätze am Wein hängen? Jeanette ließ uns keine Wahl. Wir mussten etwas tun.«

Flüchtige Rebellion des Leibes: Etwas drückt nach oben, zum Rachen, drängt ins Freie, will raus. Wird beiläufig weggewedelt, verfliegt im Abend. Es kann weitergehen.

»Ach, Kokolores. Weinanbau ohne Pestizide? Unmöglich. Völlig undenkbar. Vielleicht wenn Sie privat hinterm Haus ein paar Stöcke – aber sonst? Passen Sie auf, ich erkläre es Ihnen. Schon mal von Peronospora gehört? Falscher Mehltau, der Schrecken aller Weinbauern. Das ist ein Pilz, der sich bei feuchtwarmem Wetter wohlfühlt. Letztes Jahr, Sie erinnern sich, der verregnete Frühsommer: Da hat sich Kollege Peronospora über unsere Weinstöcke hergemacht. Es gibt ein Mittel dagegen, Kaliumphosphonat, aber bio ist das nicht. Und wenn Sie nun Biobauer sind, was machen Sie dann? Na? Sie haben genau drei Möglichkeiten: Konkurs anmelden, auf konventionell umstellen oder Biotrauben aus Südeuropa zukaufen. Zu horrenden Preisen natürlich. Und genau das ist passiert. Die einen sind hops gegangen, die anderen haben sich verschuldet. Wollen Sie das? Also. Vergessen Sie's! Das funktioniert nicht.«

Dramatische Pause. Eine Entscheidung ist zu fällen. Das letzte Hähnchen wartet im Topf, wartet auf ein Ja oder Nein. Da ist ein Zögern, ein Aufblitzen von Vernunft – aber nur kurz. Schon steckt die Gabel tief im Brustfleisch, wird der Körper auf den Teller gehievt.

»Sieht so aus, als bekämen Sie nichts mehr ab, junger Freund. Was soll ich machen? Wenn ich an all diesen Mist von früher denke, bekomme ich eine Wut, und wenn ich eine Wut bekomme, werde ich hungrig. Wenn wir fertig sind, dürfen Sie sich gern ein Stück Brot nehmen, aber wir sind noch nicht fertig. Denn jetzt kommen wir zur Hochzeit. Zum Happy End der Geschichte. Also.«

Das Also geht in einem Knurpsen und Schmatzen unter, in einem Gewitter aus Arbeitslauten.

»Wir haben Jeanette verklagt, wir alle hier. Schadensersatz wegen Rufschädigung. Wir waren es der Region schuldig. Sie kennen das Urteil: 125.000 Euro musste sie blechen. Sämtliche Analyseergebnisse löschen, Gegendarstellungen drucken lassen, eine Niederlage auf ganzer Linie. Aber das sind nur die äußeren Fakten. Vor Gericht ist etwas passiert. Nicht nur mit ihr. Mit mir auch.«

Da, genau hinhören! Wie das spannt, sich dehnt und schließlich reißt … Ein Schenkel, der langsam und genüsslich vom Rumpf getrennt wird.

»Wir hatten die besten Anwälte. Die allerbesten. Und deren Aufgabe war es, Jeanette einmal nackig zu machen, jeden Winkel ihrer Biographie auszuleuchten: Finanzen, Affären, Vorstrafen, ihr Versagen als Mutter, ihr Ansehen im Ort, einfach alles. Einmal komplett ausgezogen haben wir sie. Und wissen Sie, was? Es war … geil. Es hat mich erregt, verstehen Sie? Körperlich erregt. Ihnen kann ich das sagen, Sie sind ein Mann. Sind Sie doch, oder? Und als ich Jeanette so dastehen sah, so splitterfasernackt, dachte ich: Jetzt kannst du sie ganz haben. Ganz! Du machst ihr ein Angebot: sie zu heiraten. Friedensschluss durch Heirat. Es war bloß ein Angebot. Eine Hilfe. Die Entscheidung lag bei ihr.«

Der letzte Schenkel, abgenagt, landet auf dem Abfallteller. Wohliges Stöhnen. Über den Resten summt eine Fliege. Die Papierserviette raschelt, Füße scharren auf dem Boden. Das Weinglas ist übersät mit Fingerabdrücken.

»Was soll diese Frage? Selbstverständlich fiel ihr Entschluss freiwillig. Aus freien Stücken! Ich meine, welche Alternative gab es? Sie wäre in der Gosse gelandet. Stattdessen habe ich ihr einen Ausweg geboten, einen goldenen Ausweg. Habe ihre Schulden bezahlt, habe sie wieder in die Gesellschaft integriert. Und was das Körperliche angeht: Jeanette und ich hatten ja schon mal was miteinander gehabt, wenn auch nur für eine Nacht. Jetzt dauert diese Nacht ein ganzes Leben lang. Und wissen Sie was? Ich genieße es. Ich genieße es jeden Tag.«

Jeden Tag. Ja, der Mann ist ein Genießer. Ein Genießer von Speisen. Er frisst Hähnchen und Menschen, das ist ihm alles eins. Man hört es. Man hört diesen Genuss trotz der mäßigen Aufnahmequalität, er spricht noch aus dem kleinsten, unscheinbaren Geräusch.

An dieser Stelle habe ich das Gerät abgeschaltet. Der Rest war nicht für die Nachwelt gedacht. Nur für mich und meine Erinnerungen.

Es ist still, meine Augen sind geschlossen. Und in meinem Kopf geht das Gespräch weiter, ich weiß noch jedes Wort.

Jetzt bin ich es, der redet. Leise, im Smalltalk-Ton. Ich will wissen, woher das Geflügel stammt. Aus der Region natürlich, er trinkt ja auch Wein von hier. Logisch. Ob er schon von der Bruderhahn-Initiative gehört hat, hake ich nach. Er kratzt sich am Kopf, die Augen glasig, der Bauch voll, ich muss ihm auf die Sprünge helfen. Bruderhähne, das sind männliche Küken aus der Legehennenindustrie, die nicht geschreddert werden, sondern aufgezogen. Und weil sich das allein nicht rechnet, muss man die Eier teurer verkaufen.

Schön, meint er satt und träge. Warum ich damit jetzt komme.

Ein solcher Bruder, höre ich mich sagen, ein Überlebender, sitzt heute mit am Tisch. Er ist gekommen, um seine Familie zu rächen, seine Schwester, seine Mutter. Das ewige Fressen, sage ich leise, muss ein Ende haben.

Er lacht. So ein Quatsch! Welcher Bruder? Jeanette war Einzelkind. Und einen Sohn hat sie nie gehabt. Das wüsste er!

Sein Blick fällt auf den Tisch. Da liegt ein Ausweis. Die Einträge ungültig gemacht, eine Ecke des Fotos weggeschnitten. Diese Wut und Verlorenheit in den Augen.

Das ist Jeanettes Tochter, ja. Das Problemkind. Und?

Ein zweiter Ausweis wird danebengelegt. Gültig. Aktuell. Derselbe Nachname, dieselbe Wut und Verlorenheit. Nur der Vorname ist ein anderer. Er ist männlich.

Der Bruder.

Du bist ihre … ihr …? Eine Geschlechtsumwandlung?

Das Tranchiermesser. Ein kurzer, gurgelnder Schrei. Vögel fliegen auf.

Ich lasse die Augen noch eine Weile geschlossen. Schmecke der Szene nach.

Jetzt herrscht wieder Stille im alten Wingert.

Rieslinghähnchen

Zutaten:

1 Brathähnchen
1 Zwiebel
1 Knoblauchzehe
2 EL Butterschmalz
¼ l Riesling
100 g Sahne
100 g Crème fraîche
200 g Champignons
200 g Weintrauben
Salz, Pfeffer, Zimt

Zubereitung:

Das Hähnchen zerteilen, kräftig mit Salz, Pfeffer und etwas Zimt würzen. In einem Schmortopf das Butterschmalz erhitzen, die Geflügelteile rundum anbraten. Bei reduzierter Hitze die kleingehackte Zwiebel und Knoblauch mitbraten, dann den Wein angießen und das Hähnchen im geschlossenen Topf ca. 45 Minuten schmoren lassen.

Anschließend das Geflügel aus dem Topf nehmen, Sahne und Crème fraîche hinzugeben und einköcheln lassen. Geviertelte Champignons und Hähnchenteile wieder in den Topf, salzen, pfeffern und weitere 10 Minuten schmoren lassen. Kurz vor Ende noch die gehälfteten Weintrauben hinzu. Beilage: Kartoffeln oder Brot.

Lilo Beil

Der Pharisäertopf

(Südpfalz, um 1960)

Katharina hatte mächtig aufgeräumt. Der 2. Lockdown während der Corona-Pandemie nach Weihnachten machte es möglich oder besser gesagt verleitete geradezu zum Aufräumen, Ausmisten, Entsorgen von »Altlasten«:

Von Büchern, die man doppelt hatte oder nie mehr lesen würde, von Fotos aus der Generation der Großeltern oder sogar der Urgroßeltern. Von Diapositiven, für die man niemals mehr eine Leinwand aufstellen würde, von ramponiertem Spielzeug der mittlerweile erwachsenen Töchter, deren Kindern man mit miefigen, mottenzerfressenen, modrigen Plüschtieren oder unvollständigen Puzzles wenig Freude machen würde.

Katharina war gerade dabei, einen Stapel von Unterrichtsmaterial aus ihrer Zeit als Lehrerin und alten Schulbüchern und Heften aus ihrer eigenen Schulzeit in einem großen Karton zu entsorgen, als sie plötzlich ein dunkelblaues, in Plastik gebundenes, wattiertes Büchlein in Händen hielt, auf dessen Vorderseite das Wort »Poesiealbum« in goldenen Lettern prangte. Die Delle auf dem Rücken des Büchleins stammte, so erinnerte sie sich dunkel, von einer Attacke ihrer kleinen Schwester Dorle auf das Heiligtum der Älteren her, die als Teenager damit geprahlt hatte, dass ein Verehrer sich mit XYZ ins Album eingetragen hatte und die partout der Jüngeren den Namen des mysteriösen Romeo nicht preisgeben wollte.

Katharina schlug die erste Seite des Poesiealbums auf. Sie las sich fest in diesem Buch der Erinnerungen, das von Erbaulich-Frommem bis Trutzig-Deutschem alle Register der Poesiealben der späten 50er- und frühen 60er-Jahre zog.

»Üb immer Treu und Redlichkeit bis an dein kühles Grab
Und weiche keinen Finger breit von Gottes Wegen ab«

wurde abgelöst von

»Sei mit Stolz ein deutsches Mädel, schlicht und ehrbar, fromm und gut.
Treu zu Diensten aller Menschen, und im Herzen deutsches Blut.«

Au weia, dachte Katharina. Das tut richtig weh in den Ohren!

Das war noch der Nachhall von 12 Jahren schrecklicher »Hitlerei«.

Und da! Der Mathelehrer hatte Goethe bemüht und ihn falsch zitiert:
»Wer mit dem Leben spielt, kommt nie zurecht.
Wer sich (sic!) selbst befiehlt, bleibt immer Knecht.«
Wie unlogisch!

»Wer sich NICHT selbst befiehlt, bleibt immer Knecht«, müsste es doch heißen.

Katharina erinnerte sich mit einem Gemisch aus Bitterkeit und Genugtuung an jenen Mann, der ihr permanent eine fünf in Mathe verpasst und ihr zynisch die Fähigkeit abgesprochen hatte, logisch zu denken.

Seltsam, die meisten der Namen im Poesiealbum hinterließen in Katharinas Erinnerung nichts als ein gähnendes schwarzes Loch. Zu den Namen gesellten sich keine Gesichter.

Katharinas Augen schmerzten beim Umblättern: fast alle Einträge waren geschmückt mit Bildchen von Rosen, Herzen, Kindern mit Hunden und Katzen, fast alle mit Glitzerstaub in Gold oder Silber überzogen.

Ein besonders frommer Eintrag und der Name darunter jedoch ließen in ihr sofort ein Bild aufsteigen.

»Wenn dich die Stürme des Lebens umtoben, wenn dich auf Erden alles verlässt,
richte die Blicke vertrauend nach oben, vertraue auf Gott, der dich niemals verlässt.«

Das war Inge, die das Pech hatte, einen bigotten und tyrannischen Vater zu haben. Inge, ein »wenig zurückgeblieben«, wie die Leute im Dorf sagten. Inge, gutmütig und treuherzig, immer loyal.

Sie blätterte weiter: Irmgard mit den langen Zöpfen, Helga, die sich die schönsten Streiche ausdachte.

Einmal hatte Helga, als Katharinas Vater, der Dorfpfarrer, die
Winzerfamilie besuchte, heimlich unterm Tisch die Schnürsenkel des Gastes zusammengebunden, und als »der geistliche Herr« aufstehen wollte, kam er ins Stolpern und kippte mit dem Kopf voran auf die Tischkante. Man hätte nun erwarten können, dass der Gefoppte wütend reagiert hätte. Aber nein, nicht so mein Vater, erinnerte sich Katharina. Er machte damals gute Miene zum bösen Spiel und lachte mit den Kindern mit, indem er sich das schmerzende Kinn rieb: mit Helga und Katharina, die mitgekommen war, um mit der erfinderischen Freundin zu spielen.

Katharina blätterte zurück zu Inges Eintrag.

Das arme Mädchen. Wie oft wurde sie gehänselt. In Katharina jedoch hatte Inge eine beständige Beschützerin.

Inge, Helga …

Jener Tag vor so vielen Jahren stand plötzlich ganz plastisch vor ihr, als Katharina wieder einmal an den stolzen Fachwerkhäusern vorbei zu ihrer Freundin Helga ging.

Vorbei am historischen Rathaus aus dem Jahr 1759, dann vorbei am Nachtwächterhäuschen aus der Biedermeierzeit, vorbei am »Wollenschlägerplätzel« mit dem Lindenbaum.

Katharinas dunkler Pferdeschwanz wippte auf und ab. Eine Frisur, die sie neuerdings trug, ganz wie Caterina Valente, die Schlagersängerin, ihre Namensbase. Pferdeschwanz und kurzgeschnittene Ponyfransen, der letzte Schrei für Teenager.

Caterina Valente, »die Kattel«, wie die Pfälzer und Kurpfälzer die in Mannheim wohnende Sängerin liebevoll nannten, gefiel nicht allen, vor allem nicht den Älteren.

Erst gestern war Katharina auf der Mauer gesessen, der den Pfarrgarten umgab, und sie hatte geschmettert:

»Ganz Paris träumt von der Liebe«, als plötzlich vom gegenüberliegenden Kirchhof her jemand schimpfte:

»So ein Lied. Und das erlaubt der Pfarrer seiner Tochter?«

Die Stimme gehörte dem Presbyter Arnold, Inges Vater, der schon öfter hatte durchblicken lassen, dass er die »laschen« Erziehungsmethoden des Pfarrers missbilligte: Der erlaubte seinen Töchtern diesen amerikanischen Tand wie Hula Hoop-Reifen und Mickey Mouse-Heftchen, und dann noch die Schlager dieser Italienerin!

»Wenn meine Tochter so ein Lied singen würde, dann ...«

Er konnte den Satz nicht vollenden, denn Katharinas Vater hatte die Szene mitbekommen vom Fenster seines Studierzimmers aus, das zu Garten, Friedhof und Kirche hin gelegen war.

»Sollen die Mädchen Choräle singen, Herr Presbyter? Das können sie noch, wenn sie alt und klapprig und verschrumpelt sind.«

»Oh«, kam es von unten her. »Hab ich den Herrn Pfarrer beim Mittagsschlaf gestört?«

»Ach, lieber Herr Presbyter Arnold«, konterte Katharinas Vater. »Wer schläft, der sündigt nicht. Wissen Sie das nicht?«

Bevor der Verdatterte antworten konnte, setzte der Pfarrer noch eins drauf.

»Allerdings sagt man ja auch, wer sündigt, der schläft besser. Vielleicht sollte man öfter sündigen. Probieren Sie es doch mal aus.«

Darauf fand der Presbyter keine Worte, und dann rief er etwas, das klang wie `Sodom und Gomorrha`«, und brummend entfernte er sich.

Am nächsten Tag, einem strahlend blauen Herbsttag, saßen Helga und Katharina wieder einmal auf der immer noch angenehm warmen Mauer aus rotem Sandstein, als Inge vorbeikam. Sie hielt einen Korb in der Hand. Ihr kurzärmeliges Kleidchen hing etwas zipfelig an ihrem dünnen Körper. Es war ihr verboten, Jeans zu tragen wie Helga und Katharina, und ihre weißblonden Haare waren zu zwei dünnen Rattenschwänzen geflochten.

»Was hast du vor mit dem Korb?«, wollte Helga wissen.

»Ich soll mal gucken, ob es Wiesenchampignons gibt.

»Oh, was hast du denn da am Arm?«, fragte Helga weiter und deutete auf einen violett verfärbten Fleck auf Inges linkem Oberarm.

»Da hab ich mich am Kühlschrank gestoßen«, stotterte Inge und wurde dabei puterrot. Sie schaute dabei verlegen zu Boden, denn sie war offensichtlich bei einer Lüge ertappt worden.

»Ganz Paris singt immer wieder, immer wieder nur vom Glück«, trällerte Helga mit ihrer schönen Singstimme, um die peinliche Situation zu überbrücken.

»Das hab ich gestern auch gesungen«, sagte Inge, »und dann …«

»… und dann hat dein Vater dich verprügelt, oder?«, platzte es aus Katharina hervor.

Sie hatte offenbar die Wahrheit erraten, denn Inge begann leise zu weinen.

»Nur nichts dem Vater sagen«, stammelte sie. »Sonst wird alles nur noch schlimmer.«

Katharina nahm einen Kaugummi aus ihrer Jeanshose und reichte ihn dem Mädchen, das strahlte, als sei Weihnachten.

»Können wir mitkommen zum Pilzesammeln?«,

fragte Katharina. Ein heftiges Nicken war die Antwort.

»Ich geh nur schnell ins Haus und hol einen Korb für uns beide«, sagte Katharina zu Helga. Nach wenigen Minuten kam sie zurück.

»Mama war hocherfreut. Sie hat nämlich ein neues Rezept mit Pilzen und sogar mit Rotwein. Pharisäertopf heißt das Rezept. Sie sagt, mit frischen Champignons könne sie das Rezept gleich heute Abend ausprobieren.«

»Pharisäertopf, komisches Wort«, meinte Helga. »Was ist ein Pharisäer?«

»Das ist ein Heuchler, ein Scheinheiliger. Einer, der fromm tut, aber es nicht ist. Papa hat erst gestern gesagt: Der Presbyter Arnold, der ist so ein richtiger Pharisäer.«

Kaum hatte Katharina den Satz gesprochen, als sie sich auf die Lippen biss. Sie gab Inge, die wieder zu weinen begann, einen zweiten Kaugummi.

»Für später. Aber versteck ihn gut, damit dein Vater ihn nicht entdeckt. Er ist doch gegen das amerikanische Zeug, oder?« Inge antwortete nicht, nickte aber ganz leicht mit dem Kopf. Mittlerweile waren die drei Mädchen an der Mühle unten am Erlenbach angekommen.

Katharina kannte sich bestens mit Pilzen aus. Sie sammelte sie oft zusammen mit ihrer Mutter und dem Dienstmädchen Erna. Erna kam aus dem Sudetenland, wo man viele Pilze aß.

Wald- und Wiesenpilze. Katharina wusste, dass Champignons einen giftigen Doppelgänger hatten, den Knollenblätterpilz.

»Ein einziger Knollenblätterpilz im Essen kann tödlich sein«, hat Mama gesagt.

»Aber eigentlich ist er gut zu erkennen an seinen blütenweißen Lamellen. Der Wiesenchampignon hat aber braunrosa Lamellen. Kein vernünftiger Mensch würde die beiden Pilze verwechseln.«

Inge schaute mit weit geöffneten Augen zu Katharina hoch. Sie kaute auf der Unterlippe herum, und man sah, wie es in ihrem Kopf arbeitete. Sie legte die Stirn in Falten, als müsse sie sich anstrengen, sich was Wichtiges zu merken.

»Wie bereitet eigentlich deine Mutter die Pilze zu, Inge?«, wollte Katharina wissen.

»Sie macht die Pilze eigentlich nur für meinen Vater. Sein Leibgericht, das sind Pilze mit viel Speck und am liebsten mit einem Kotelett dazu. Meine Mutter und ich essen lieber Pfannkuchen. Ohne Pilze.«

Wieder schaute sie nachdenklich drein, und nun war man auf der Wiese angekommen. Ein wahres Eldorado für Pilzsammler erwartete die drei Mädchen. In kurzer Zeit waren beide Körbe voll, der kleinere von Inge und der größere, der von Katharina und Helga gefüllt wurde.

»Habt ihr auch schön sorgfältig die Lamellen geprüft?«, fragte Katharina, die selbsternannte Pilzexpertin.

»Nur die mit den rosabraunen Lamellen sind gut, nicht vergessen!«

Sie prüfte persönlich jeden Pilz, den Helga ihr für den großen Korb brachte.

»Da wird aber dein Vater mit dir zufrieden sein, Inge. Du hast so fleißig gesammelt«, sagte Katharina, bevor sie sich, am Pfarrhaus angekommen, verabschiedeten.

Inge lächelte still, und sie betastete gedankenverloren ihren Arm an der Stelle, wo die Haut dunkelviolett verfärbt war.

Helga und Katharina halfen beim Zubereiten des »Pharisäertopfs«, denn Erna, das Dienstmädchen, hatte seinen freien Tag und war mit dem Zug ins nahe Städtchen gefahren. Erna hatte Dorle, Katharinas jüngere Schwester, diesmal mitgenommen. Die Pfarrfrau hatte Erna genug Geld mitgegeben, damit die beiden sich in der neu eröffneten Eisdiele Venezia einen schönen Spaghetti-Eisbecher kaufen konnten.

Katharina und Helga wuschen und putzten die Pilze, die vorher von der Pfarrfrau nochmal gründlich geprüft worden waren. Sie durften die Zwiebeln schneiden, den Käse reiben, das Dürrfleisch und eine Dose Bärenmarke aus der Speisekammer holen.

Den Rotwein holte Katharinas Vater eigenhändig aus dem Keller. Es war ein heimischer Rotwein, auch »Rachenputzer« genannt, ideal zum Kochen geeignet.

Dann begab man sich zum Verzehr des köstlich duftenden Pilzgerichts, das zusammen mit gekochtem Reis serviert wurde.

Helga durfte mitessen. Mit einem Telefonat bei ihren Eltern war das abgeklärt worden. In Helgas Familie, einer alteingesessenen Winzerfamilie, wurden niemals Pilze gegessen. Das war ein ehernes Gesetz.

»Wer spricht denn heute das Tischgebet?«, fragte die Pfarrfrau.

Betretenes Schweigen.

Geräuspere. Wieso heute, dachte Katharina. Wir sprechen doch selten ein Tischgebet. Oder nie?

»Lieber Gott, mach mich fromm, dass ich in den Himmel komm. Amen«, ließ sich Katharinas Stimme vernehmen, bevor ihr Vater sich anschickte, die Hände zu falten und mit feierlicher Miene das Gebet anzustimmen, das sich eigentlich besser als Tischgebet eignete: »Segne, Vater, diese Speise, uns zur Kraft und dir zum Preise …«.

Beim AMEN musste Katharina losprusten, mit ihr übrigens der Herr Pfarrer und die Frau Pfarrer, ob sie wollten oder nicht. Helga kicherte.

Man hatte Humor in diesem Pfarrhaus.

»Wir sind doch richtige Pharisäer, oder?«, sagte Katharinas Vater selbstkritisch. »Nicht besser, als Herr Arn…, naja, ihr wisst schon, wen ich meine. »Und das Essen passt zu uns: Pilze mit Rotwein, versteckt unter einer wunderbar goldenen Käsekruste.« Er lachte.

»So, und nun lassen wir uns den Pharisäertopf so richtig gut schmecken«, fuhr er fort und nahm sich eine Riesenkelle des köstlich duftenden Pilzgerichts.

Katharina überlegte, während sie sich den zweiten Schlag der mit Käse überbackenen Champignons auf den Teller tat, weshalb sie eigentlich Inges Pilze nicht ebenso sorgfältig untersucht hatte wie diejenigen, die Helga und sie selbst gesammelt hatten. Genau besehen hatte sie Inges Pilze überhaupt kein bisschen untersucht.

Am folgenden Tag verbreitete es sich im Dorf wie ein Lauffeuer, dass der Presbyter Arnold in der Nacht gestorben war.

Er habe furchtbar leiden müssen, der Arme. Unter grässlichen Krämpfen sei er verschieden.

Sein Tod war wohl darauf zurückzuführen, dass er am Abend zuvor einen Riesentopf mit Pilzen verzehrt hatte.

Man nahm an, dass die kleine Tochter beim Pilzesammeln aus Versehen einen Giftpilz erwischt hatte.

Man konnte der Kleinen keinen Vorwurf machen. Sie war doch »ein wenig zurückgeblieben«. Etwas einfältig, so könnte man es auch nennen.

Und die Frau Arnold, das war im ganzen Dorf bekannt, war stark eingeschränkt in ihrer Sehkraft trotz der dicken Brille. Da konnte ihr beim Pilzeputzen nichts Verdächtiges aufgefallen sein.

Katharina klappte das Poesiealbum zu. Sie beschloss, die Adresse ihrer Jugendfreundin Helga herauszufinden.

Und was wohl aus Inge geworden war in all den Jahren?

Bei einem Treffen zu dritt würde man sich einiges zu erzählen haben. Mit Sicherheit.

Champignons in Rotweintunke oder »Pharisäertopf«

Rezept aus den 50er/60er Jahren

Zutaten und Zubereitung:

1 kg frische Champignons
2 kleingeschnittene Zwiebeln
Salz, Pfeffer
alles zusammen dämpfen.
250 g mageres Dürrfleisch ausbraten,
¼ Rotwein*
1 halbe Dose Bärenmarke* dazugeben
und aufkochen lassen.
Alles zusammen in eine Auflaufform geben und mit 200 g geriebenem Käse (z.B. Emmentaler oder Gouda) bestreuen.
Überbacken, bis die Masse goldgelb ist.

**Der Rotwein muss nicht unbedingt ein »Rachenputzer« sein wie in der Story. Ein besserer Wein ist ebenso willkommen.*
**Die Bärenmarke (Dosenmilch) würde man heute eher durch Sahne ersetzen (1 Becher).*

Markus Guthmann

WinzerLeaks

Irgendwo in der Pfalz

Die schöne Pfalz und ihre Weine sind herausragend. Schon immer gewesen, denn das königlich-bayrische Grundsteuergesetz von 1828 lässt keinen Zweifel, dass die Lagen zwischen Neustadt und Bad Dürkheim die wertvollsten sind. Man denke nur an das Forster Kirchenstück, den Dürkheimer Michelsberg oder den Deidesheimer Paradiesgarten. Kurios von der Namensgebung, aber genauso einzigartig sind die Lagen Gimmeldinger Meerspinne, Wachenheimer Gerümpel oder Kallstadter Saumagen.

Nichtsdestotrotz geht es in der Pfalz nicht immer mit rechten Dingen zu. Deshalb habe ich mich mit einigen anderen Aktivisten entschlossen für mehr Transparenz zu sorgen. Nach WikiLeaks oder FootbalLeaks, habe ich die Plattform WinzerLeaks gegründet, um den schwarzen Schafen in meinen Reihen Einhalt zu gebieten.

Natürlich will ich nicht wie Julian Assange oder Rui Pinto enden, die mit Klagen überzogen wurden und im Knast saßen, aber es gibt Dinge, die mache ich nicht mit. Um es klarzustellen, ich bin Winzer mit Leib und Seele und Fachmann in Sachen Schönung, also der Technik, mit allen möglichen natürlichen und chemischen Mitteln dem Wein unerwünschte Eigenschaften – wie schlechter Geschmack oder miese Farbe – zu nehmen. Ich kann das, je nach Kundenwunsch, vegan oder konventionell machen.

Durch meine aufklärerische Arbeit bin ich an ein Protokoll von einer Genossenschaftssitzung geraten, das ich nicht auf die Plattform stellen oder an die Medien weitergeben werde. Ich hoffe, das bleibt geheim, aber im Internet-Sumpf weiß man ja nie.

Genossenschaftsvorstand: »Wie konnten denn so viele Proteine in den Spätburgunder kommen? Der Wein schmeckt grauenhaft und als vegan können wir ihn sowieso nicht mehr verkaufen. In den letzten Jahren war das unser Flaggschiff. Wie konnte so etwas passieren?«

Interims-Kellermeister: »Ich habe keine Ahnung. Im Kellerbuch steht nichts von einer verbotenen Schönung.«

Genossenschaftsmitglied 1: »Vielleicht hat dein verschwundener Vorgänger mal wieder gepanscht. Wäre ja nicht das erste Mal. Hat man denn mal wieder was von ihm gehört?«

Genossenschaftsvorstand: »Lasst uns beim Thema bleiben. Dieser Betrüger ist mir jetzt egal.«

Genossenschaftsmitglied 2: »Also der Wein ist total verkorkst. Ich glaube nicht, dass eine weitere Schönung noch etwas daran ändern wird. Wir müssen ihn entsorgen.«

Genossenschaftsvorstand: »Seid Ihr verrückt? Da können wir ja gleich Konkurs anmelden.«

Interims-Kellermeister: »Ich habe einen Vorschlag: Wir mischen die Brühe mit dem schwer verkäuflichen St. Laurent vom vergangenen Jahr, machen ordentlich Zucker und Fertiggewürzmischung rein und verkaufen das Ganze als exklusiven Winzerglühwein, dem wir noch einen tollen Namen und eine bunte Flasche geben. Wie wäre es denn mit »St. Laurentius Feuer« oder »Heißer Winzer?« Die Flasche für vier bis fünf Euro.«

Genossenschaftsvorstand: »Tolle Idee. Was meinen die anderen?«

Zustimmendes Gemurmel im Raum.

Einflussreiches Genossenschaftsmitglied: »Ich habe noch einen Antrag zu stellen: Wir sollten Martin zu unserem ständigen Kellermeister machen. Er hat gerade einmal mehr bewiesen, dass er die Sache voll im Griff hat. Warum sollen wir bei einem so fähigen Mann im eigenen Haus noch eine Stellenanzeige schalten?«

Wieder zustimmendes Gemurmel, danach nur Rauschen. Offensichtlich hatte die Wanze in der Weinstube, dem Versammlungsraum, ein Problem.

Aber da gibt es noch das Protokoll von der Wanze aus dem Keller, das eine Stunde später entstanden ist.

Einflussreiches Genossenschaftsmitglied: »Glückwunsch zu deiner Beförderung zum Kellermeister. Ich erwarte, dass wir ab jetzt nicht mehr so viele Probleme wie mit deinem Vorgänger haben, der ständig an der Qualität unserer Trauben herumgemäkelt und somit unsere Preise gedrückt hat.«

Kellermeister: »Das haben wir doch per Handschlag ausgemacht. Fünfzig Prozent des Mehrerlöses bekomme ich. Und vergesst meine Einmalprämie nicht.«

Einflussreiches Genossenschaftsmitglied: »Wir stehen zu unserem Wort.«

Kellermeister: »Ja, und denkt immer daran, dass ich die meiste Arbeit hatte. Nachdem wir das Arschloch in den Anlieferungstrichter geschubst hatten, musste ich seine Reste noch drei Mal durch die Förderschnecke und die Traubenpresse jagen, bevor ich ihn problemlos in den Tank pumpen konnte.«

Einflussreiches Genossenschaftsmitglied: »Stimmt, aber den faden Geschmack hast du mit deiner ganzen Chemie nicht rausbekommen.«

Kellermeister: »Das werde ich auch noch lernen.«

Langes Schweigen.

Einflussreiches Genossenschaftsmitglied: »Wollen wir noch zu den Landfrauen gehen und »ä Neier dringke und ä schääner Zwiwwelkuche esse?«

Kellermeister: »Alla hopp.«

Pälzer Zwiwwelkuche

Zutaten für zwei bis drei Personen:

350g Hefeteig (fertig gekauft oder selbst gebacken)
800g Gemüsezwiebeln
250 g Schinkenspeck
2 Esslöffel Speiseöl
1-2 Teelöffel Kümmel
Salz, Pfeffer
Zucker
100g geriebenen, herzhaften Käse
1 Becher saure Sahne
2 Eier
Speisestärke oder weißer Soßenbinder

Zubereitung:

Die Zwiebeln schälen und in feine Ringe schneiden. Die Speckwürfel in einer Pfanne auslassen. Öl, Zwiebelringe und Zucker hinzufügen und goldgelb dünsten. Mit Wasser oder Saft (weißer Trauben- oder Apfelsaft) ablöschen und schmoren lassen.

Die geschmorten Zwiebeln mit dem Käse, der sauren Sahne und mit den Eiern vermischen. Das Ganze mit der Stärke verdicken und mit Salz und Pfeffer würzen.

Den Hefeteig in einer passenden Form oder Backblech auslegen und mit der zubereiten Masse in dem 220 Grad vorgeheizten Ofen 30 bis 40 Minuten backen.

Dazu muss »ä Neier« (Federweißer oder Roter Sauser) getrunken werden. Ansonsten geht nichts über die in der Pfalz ubiquitäre Rieslingschorle.

Brigitte Lamberts

Tod in den Weinbergen

Schwungvoll biegt Klaus mit seinem Wagen auf die Zufahrt zum Anwesen des Weingutes ab, an deren Ende sich ein kleiner Parkplatz für die Gäste befindet. Jörg und Wolfgang, seine Freunde aus der Schulzeit, steigen bereits aus. Sie strecken ihren Rücken nach der langen Fahrt, dann betrachten sie das verwinkelte Gebäude aus Naturstein mit grünen Holzläden vor den Fenstern und grauen Schindeln auf dem Dach. »Wirkt sehr gepflegt«, bemerkt Klaus anerkennend. Jörg deutet mit der Hand zu einem Rundbogen, hinter dem ein Innenhof zu sehen ist. »Hier muss der Eingang zum Hotel sein«, erklärt er, der wieder einmal für die Planung des gemeinsamen Wochenendes verantwortlich ist. Längst hat sich Jörg damit abgefunden. Wenn er es nicht in die Hand nimmt, würde das nie etwas mit ihren Ausflügen werden. Und bisher hat er immer den Geschmack seiner Kameraden getroffen. Sie kennen sich schon über dreißig Jahre und so weiß er, worauf die beiden Wert legen: gutes Essen, gepflegte Weine und ein stilvolles Ambiente. Diesmal hat Jörg ein Winzerwochenende in der Pfalz gebucht mit der einen oder anderen Überraschung. Das lässt er sich nicht nehmen: Wenn er schon die ganze Arbeit hat, dann müssen sie sich auf sein Programm einlassen. Er lächelt in sich hinein. Wenn die zwei wüssten, was sie morgen nach dem Frühstück erwartet.

Jörg ist schon auf dem Weg zum Eingang, da kommt ein älterer, kräftiger Mann in Arbeitskleidung auf ihn zu, nickt und zeigt auf die Tür.

»Hier geht es zur Rezeption.« Dann murmelt er vor sich hin: »Ich muss endlich das neue Schild anbringen.« Während Wolfgang noch den Innenhof mit den Korbstühlen und den kleinen Tischen auf den groben alten Pflastersteinen bewundert und Klaus über eine Natursteinmauer hinweg in die steil ansteigenden Weinberge schaut, läuft ein weiterer Mann an Jörg vorbei. Mit wenigen Schritten hat er den älteren erreicht. »Jetzt reicht es! Mach endlich deine Arbeit, sonst fliegst du raus, egal ob du mein Schwiegervater bist oder nicht. Wir führen jetzt das Weingut. Und lass das Saufen!«

Für einen kurzen Augenblick ist Jörg irritiert, doch dann ruft er seinen Freunden zu: »Nun kommt schon. Wir beziehen unsere Zimmer. Danach machen wir uns in die Weinberge auf. Später gibt es ein Dinner in den Kellergewölben des Weingutes.«

»Was steht auf der Speisekarte?«, fragt Wolfgang, als er Jörg erreicht. Klaus, der Gerichtsmediziner, der mit Sorge bemerkt hat, dass Wolfgang schon wieder zugenommen hat, wirft ein: »Lass dich überraschen«.

»Ach, Jörg, nun komm schon, Vorfreude ist doch bekanntlich die schönste Freude.« Sein Freund lässt sich umstimmen. »Also gut. Es gibt einen Braten, genauer gesagt: Schweinenacken, geschmort in einem exzellenten Dornfelder von den hiesigen Weinbergen.«

Sie sind schon gut eine halbe Stunde unterwegs, haben die Weinhänge, Rebstöcke mit schweren Trauben und satten grünen Blättern, hinter sich gelassen, da gelangen die drei Freunde in ein schmales Tal. Mehrere flache Holzbauten stehen eng aneinandergereiht. Sie kommen näher, da der einzige Weg durch das Tal direkt an den Hütten vorbeiführt. Davor hat sich eine kleine Menschengruppe versammelt, alles Männer in Arbeitskleidung und unterschiedlichen Alters. Einer schreit: »Du betrügst!«, der nächste: »Wo ist Geld?« Alle umzingeln einen kräftigen, älteren Mann in ihrer Mitte, der mit einer Handbewegung zur Ruhe auffordert. »Morgen gibt es Geld«, versucht er die Erntehelfer zu besänftigen. »Lüg nicht!«, ruft einer der Arbeiter mit ausländischer Sprachfärbung, ein weiterer: »Wir haben nichts zu essen!« Langsam zieht sich der Kreis um den älteren Mann enger. Die Freunde stehen wie gebannt da. Ein Saisonarbeiter direkt vor dem älteren Mann hebt die Hand zum Schlag. Ein Jüngerer springt blitzschnell dazwischen. Mit einem starken französischen Akzent sagt er ruhig: »Wir schuften von frühmorgens bis in die Dämmerung. Seit einer Woche haben wir kein Geld gesehen. Wir haben kaum mehr etwas zu essen, nur weil du unseren Lohn unterschlägst.« Er blickt in die Runde. »Wir gehen jetzt in unsere Häuser.« Er nickt den anderen zu. »Morgen früh zahlst du! Ich warne dich, das ist deine letzte Chance. Wenn nicht, dann gnade dir Gott.«

Der junge Mann berührt den einen oder anderen Arbeitskollegen an der Schulter und deutet auf die Hütten. Langsam löst sich die Gruppe auf. Zurück bleibt der Ältere. Mit gesenktem Kopf trottet er an den drei vorbei Richtung Weingut.

»Puh«, stößt Jörg aus, »das ist ja noch mal gut gegangen.«

»Da fehlte aber nicht mehr viel, dann wären sie über ihn hergefallen«, bemerkt Klaus.

»Das sind wohl die Saisonarbeiter, die zur Weinernte kommen. Und der ältere Mann in ihrer Mitte ist allem Anschein nach der Vorarbeiter«, fasst Wolfgang seine Eindrücke zusammen.

»Vorhin bin ich ihm begegnet«, erläutert Jörg, »er gehört zur Winzerfamilie.«

»Schaut.« Wolfgang zeigt mit der Hand zum Ende der Häuserreihe. Dort stehen ein großer Ofen und ein offener Grill. »Die müssen sich selbst versorgen, aber wenn sie kein Geld bekommen …«

Jörg dreht sich zu Wolfgang um, dessen Beobachtungsgabe erstaunt ihn immer wieder, aber als Hauptkommissar ist das genaue Hinsehen sein tägliches Brot.

»So, nun kommt weiter, sonst verpassen wir noch unser Dinner im Hotelrestaurant«, ermahnt Jörg die anderen. Doch Klaus muss noch etwas loswerden. Er tätschelt Wolfgangs Bauch: »Du wärst auch aufgebracht, wenn du nichts Anständiges auf dem Teller hättest.«

»Nur kein Neid«, ist dessen kurzer Kommentar.

Der ausgiebige Spaziergang hat den Freunden gut getan. Nun sitzen sie im Restaurant des kleinen Winzerhotels. Klaus mustert das Tonnengewölbe, die Wände aus grobem Naturstein und schließlich den festlich gedeckten Tisch mit weißen Damastdecken und feinem Porzellan. Der Gastraum ist gut besucht, die Menschen unterhalten sich angeregt. Plötzlich verstummen die Gespräche. Mehrere Köche mit weißen Kochmützen und roten Vorbindern schieben Servierwagen herein, auf denen jeweils ein großer Braten kredenzt wird. Sogleich beginnen sie vor den Augen der Gäste, diese in Scheiben zu schneiden. Durch Zufall gehört Wolfgang zu den Ersten, die sich ein Stück aussuchen dürfen. Er kostet. Das Fleisch zergeht auf der Zunge und er nickt anerkennend. Für Jörg ist das die Bestätigung: Das wird ein gelungener Abend.

»Sagenhaft«, kommentiert der Hauptkommissar und wendet sich sogleich dem Koch zu. »Sehr zart und geschmacklich einmalig. Verraten Sie mir Ihr Geheimnis«. Der Koch lächelt und deutet auf den Dornfelder in Wolfgangs Glas. »Probieren Sie«, fordert er ihn auf. Wolfgang betrachtet den tief dunkelroten Wein und nimmt einen Schluck. »Fruchtig und würzig«, lautet seine Einschätzung, dann schaut er den Koch fragend an. »Wir geben zu dem Fleisch genau denselben Wein, den Sie gerade trinken. Das dankt uns der Schweinenacken mit einem hervorragenden Geschmack.«

Den Abend lassen die drei Freunde in der Hotelbar bei einem Schnaps, einem Trester, ausklingen. Und obwohl Jörg von den beiden bedrängt wird, verrät er kein Sterbenswort über die Planung des nächsten Tages.

»Du machst es wie deine Klientel«, spielt Wolfgang den Entrüsteten. »Du hältst einfach die Klappe.« Dann blickt er seine Gefährten nacheinander an und lacht laut los. »Ihr habt ja dieselbe Kundschaft«, presst er mühevoll hervor, »die Toten«, fingert ein Taschentuch aus seiner Hosentasche und schnäuzt sich. »Dass ich das immer wieder vergesse, Jörg als Bestatter und du«, er sieht Klaus an, »als Rechtsmediziner.«

»Sehr witzig«, erwidert Jörg, der es so gar nicht schätzt, wenn Scherze über seinen Beruf gemacht werden. »Deine Klientel ist doch auch meistens nicht mehr ansprechbar«, kontert er bissig.

»Nicht ganz«, protestiert Wolfgang, »ich habe mehr mit den Lebenden als mit den Toten zu tun.« Er nimmt noch einen Schluck des Schnaps. »So, nun aber raus mit der Sprache, was hast du für morgen geplant?«

Jörg grinst verschmitzt. »Nur so viel: gefrühstückt wird um acht Uhr, in legerer Kleidung und mit festem Schuhwerk.«

»Du willst doch nicht wieder mit uns wandern gehen?«, rutscht es Wolfgang ungehalten heraus. Jörg lächelt vielsagend und schweigt. Wolfgang deutet mit einer Kopfbewegung zur Theke. »Schaut mal, ist das nicht der Vorarbeiter von vorhin, der dort sitzt?«

»Eigentlich ist es der Seniorchef, doch er hat die Leitung des Weingutes längst seiner Tochter und dem Schiegersohn übergeben«, erläutert Jörg. Klaus dreht sich ebenfalls um und nimmt den Mann in Augenschein. Dann nickt er. »Und der hat schwer einen im Kahn.«

Am nächsten Morgen sind die drei Freunde erstaunt, als der Seniorchef sie in den Weinbergen freundlich begrüßt. Der Restalkohol vom vergangenen Abend ist ihm noch anzumerken. Seine Schritte auf dem lehmigen Boden des Weinbergs sind unsicher, seine Hände zittern leicht, als er den Gästen die Arbeitshandschuhe und die Traubenscheren übergibt. »Ziehen Sie die Handschuhe über und kommen Sie nicht auf die Idee, ohne sie zu arbeiten, wie es leider einige Saisonarbeiter machen. Denn die Rebenscheren sind tückisch und scharf. Schon manch einer hat einen Finger verloren.« Dann zeigt er auf die Körbe. »Hier kommen die Trauben rein. Vorher entfernen sie die faulen und matschigen, einfach auf den Boden damit.« Trotz seiner zittrigen Finger demonstriert er flink und schnell den Rebschnitt, dann lässt er die drei allein.

»Das ist nicht dein Ernst«, kommt es von Wolfgang, der körperliche Arbeit in der Freizeit hasst.

»Nun stell dich nicht so an«, springt Klaus Jörg zur Seite. »Etwas Bewegung schadet dir nicht. Und in einem Jahr bekommst du eine

Flasche von deiner Ernte frei Haus geliefert.« Grummelnd macht sich Wolfgang an die Traubenernte.

Nach einer Stunde konzentrierter Arbeit schultern die Freunde einen, der jeweils bis zum Rand gefüllten Körbe. Die anderen lassen sie stehen, die werden von den Arbeitern später eingesammelt. Sie beginnen den Abstieg.

Jörg ermahnt Wolfgang und Klaus: »Passt auf, dass ihr nicht wegrutscht«, da stolpert Klaus, fällt auf die Seite und schliddert die Rebgasse hinunter. Erst ein Hindernis weiter unten kann seinen Fall stoppen. Mühsam steht er auf und schaut besorgt zu seinen Kameraden hinauf, die vorsichtig die Gasse hinabsteigen. Dann betrachtet er den Gegenstand, der ihn aufgehalten hat, und erschrickt. Ein Mensch! Mit schnellen Handgriffen sucht er die Halsschlagader, kein Puls. Der Kopf liegt auf einem blutigen Stein. Vorsichtig dreht er den Körper um und schaut in die gebrochenen Augen des alten Weingutbesitzers. Nachdem er ihn in die Ausgangslage zurückgebracht hat, setzt er sich erschöpft neben den Toten.

Als die anderen bei ihm ankommen, schüttelt Klaus den Kopf. »Dem können wir nicht mehr helfen.« Sofort holt Wolfgang sein Handy aus der Innentasche seiner Jacke und ruft die Polizei an.

»Mein Gott«, Jörg ist fassungslos, »er ist gestürzt und mit dem Kopf auf den Stein gefallen?« Klaus blickt zu seinem Freund auf. »So sieht es aus, aber ob es so war, wissen wir nicht.« Wolfgang sieht sich aufmerksam um, dann richtet er die Kamera seines Handys auf den Erdboden vor und neben der Leiche und fotografiert.

»Wenn gleich der Notarzt und weitere Menschen hier herumtrampeln, will ich uns nicht nachsagen lassen, wir hätten sämtliche Spuren vernichtet.« Schon hören sie das Martinshorn der Einsatzfahrzeuge.

Wenige Minuten später hetzt ihnen der Notarzt mit einem Rettungsassistenten entgegen, gefolgt von einem jungen, uniformierten Polizisten. Während der Arzt sich über den Toten beugt, bittet der Polizist die Gäste, denn nach Erntehelfer sehen sie nicht aus, sich einige Meter zu entfernen. Nachdem er den Tatort mit einem Flatterband gesichert hat, tritt der Mediziner auf ihn zu.

»Irgendwann musste es so enden«, seufzt dieser.

»Wieder stark alkoholisiert?« Der Notarzt nickt. »Er wird gestürzt sein. Die Kopfwunde ist erheblich. Sie ist aller Wahrscheinlichkeit nach todesursächlich.«

»Also kein Fremdverschulden?«

»Dafür habe ich keine Anhaltspunkte. Ich gebe beim Totenschein ›Ungeklärte Todesursache‹ an. Jetzt bist du dran.«

Der junge Polizeikommissar vergewissert sich: »Er ist also gestürzt und mit dem Kopf auf den Stein gefallen?«

»Mit Sicherheit kann ich das nicht bestätigen. Das gilt es abzuklären.«

Der Polizeikommissar befragt die Freunde. Sie können ihm nicht viel sagen, nur dass sie den Toten gefunden haben und er am Morgen einen immer noch alkoholisierten Eindruck gemacht hat. Wolfgang gibt dem jungen Mann seine Visitenkarte und erwähnt noch, er wäre ein Kollege von der Kriminalpolizei in NRW. Schließlich berichtet er von der aufgeheizten Stimmung gestern vor den Hütten der Saisonarbeiter. Mit einer beschwichtigenden Handbewegung geht der Polizist auf Wolfgangs Eindrücke ein. »Das ist nichts Besonderes, das erleben wir hier zu jeder Erntesaison.«

»Gab es mal Ausschreitungen?«, fragt Wolfgang interessiert nach.

»Die eine oder andere Schlägerei unter den Arbeitern, aber meist hielt sich das in Grenzen.«

»Gestern ging es aber um ausstehende Löhne«, bekräftigt Wolfgang seine Aussage.

»Ja, ich weiß.« Der junge Polizist zeigt auf den Toten. »Er hier ließ die Erntehelfer immer gerne auf ihr Geld warten, das ist bekannt.« Dann runzelte er die Stirn: »Vielleicht ist diesmal das Fass übergelaufen und ein Saisonarbeiter hat sich die Schikanen nicht mehr gefallen lassen.«

»Darf ich Sie später anrufen?«, fragt Wolfgang.

Der Polizeikommissar nickt in Gedanken versunken und schreibt Wolfgang seine Handynummer auf.

Klaus, Wolfgang und Jörg sitzen mit einem Glas Dornfelder an der Bar. »Was glaubst du, wie es weitergeht?«, fragt Jörg seinen Freund Wolfgang. Der holt wortlos sein Handy aus der Hosentasche und wählt eine Nummer. Nach dem Gespräch schaut er in zwei Paar neugierige Augen. »Die Obduktion hat eine stumpfe Gewalteinwirkung ergeben.«

»Das war doch klar! Und nun?«, fragt Klaus.

»Die Polizei ermittelt weiter, aber wenn sich keine handfesten Verdachtsmomente ergeben, befürchte ich, dass dies als tragischer Unfall mit Todesfolge, ohne Fremdverschulden, eingestuft und die Akte geschlossen wird. Hinzu kommt, dass die schwere Alkoholsucht des alten Mannes schon seit Jahren bekannt ist.« Klaus glaubt seinen Ohren nicht zu trauen und springt auf. »Das gibt es doch nicht. Wie kann das einfach so abgetan werden! Da muss doch etwas genauer hingeschaut werden!« Er kann sich kaum beruhigen.

»Nun reg dich doch nicht so auf! Erstens wird ja noch ermittelt und zweitens erzählst du doch immer, dass über 2.000 Tötungsdelikte pro Jahr als solche gar nicht erkannt werden«, erwidert Jörg ruhig.

»Ja, schlimm genug. Was haben denn die Spuren am Tatort erbracht?«

Wolfgang zuckt nur mit den Schultern. Klaus nimmt noch einen Schluck Rotwein, doch auch der beruhigt ihn nicht. »Jörg, wenn dir als Bestatter beim Waschen der Toten etwas auffällt, was machst du dann?«

»Ich rufe die Polizei.«

»Und wie oft ist dir das schon passiert?«

»Fünf Mal in gut 15 Jahren. So etwas vergisst man nicht.«

»Und was ist dabei herausgekommen?«

»Vier Mal war es Mord oder Totschlag. Einmal habe ich mich geirrt.«

»Es mag ja sein, dass er einfach nur ausgerutscht ist, aber der ernsthafte Konflikte zwischen dem alten Mann und den Saisonarbeitern, lässt anderes vermuten.«

Jörg geht sich mit der Hand über das Kinn: »Aber wer kann es gewesen sein?«

»Einer der Erntehelfer, das wäre zumindest naheliegend und auch der Polizist hat so eine Vermutung geäußert«, wirft Klaus ein.

Wolfgang scheint in Gedanken weit weg zu sein, dann wendet er sich den beiden zu. »Sagt mal, ich erinnere mich ganz dunkel, dass ich Stimmen gehört habe, als wir unsere Körbe schon gut gefüllt hatten.« Er streicht sich mit den Fingern über die Schläfe. »Verstanden habe ich nichts. Es klang für mich aber nach einem slavischen Akzent.«

»Woher kamen die Stimmen?«, will Klaus wissen.

»Unterhalb von uns«, entsinnt sich Wolfgang. »Habt ihr nichts gehört?«

Jörg zieht die Augenbrauen zusammen: »Doch, da war etwas, aber dem habe ich keine Beachtung geschenkt.«

»Versuch dich zu erinnern«, fordert Wolfgang ihn auf.

Aber Jörg schüttelt nur den Kopf. Und auch Klaus fällt dazu nichts ein. Nach einem zweiten Glas Dornfelder entschließen sie sich, ins Bett zu gehen. Morgen würde man weitersehen.

Nach einem ausgiebigen Frühstück sind sich die Freunde einig. Sie machen eine Wanderung und die wird sie in das Tal zu den Hütten der

Saisonarbeiter führen. Heute am Sonntag wird in den Weinbergen nicht gearbeitet und so haben sie vielleicht die Möglichkeit, mit den Männern ins Gespräch zu kommen. Jörg hat einen Einfall: »Macht es Sinn, denen etwas zum Essen mitzubringen?«

»Wieso?«, Wolfgang schaut irritiert.

»Wenn die erst gestern ihren Lohn bekommen haben, oder womöglich erst heute, hätten sie keine großen Möglichkeiten etwas einzukaufen. Für uns wäre das doch ein prima Entree.«

»Keine schlechte Idee, aber was? Das sind mindestens 10 Leute«, schätzt Klaus.

Wolfgang legt die Stirn in Falten: »Kartoffeln, die lassen sich auch auf den Grill werfen.«

»Dann frag ich mal in der Küche nach, ob die uns drei große Tüten geben können.« Jörg springt auf. Nach kurzer Zeit starten die drei, jeder mit einem Sack Kartoffeln im Erntekorb. »Die sind aber um einiges schwerer als die Trauben«, konstatiert Wolfgang, und Klaus lacht laut auf. »Nun hab dich nicht so, du als kräftiger Mann wirst doch wohl einige Kartoffeln auf dem Rücken tragen können.«

»Du glaubst wohl auch, was ich vor mir hertrage, kann ich auch auf dem Rücken schultern?«

»Genau«, antwortet Klaus, »dann ist der Ausgleich für dein strapaziertes Kreuz jedenfalls gegeben.« So viel Selbstironie hätte er von Wolfgang nicht erwartet.

Vor den Hütten stehen die Saisonarbeiter. Sie unterhalten sich angeregt. Auf dem Grill liegen wenige Fleischstücke, einige Paprikaschoten und Maiskolben. Wolfgang geht auf die Arbeiter zu, die erstaunt auf die drei Fremden blicken.

»Wir haben ihnen etwas mitgebracht«, ruft er aus und lässt den Korb von seiner Schulter gleiten. Sofort werden sie von den Männern umzingelt und die eine oder andere Hand legt sich auf ihre Schulter. »Vielen Dank. Kartoffeln, das hilft gegen den Hunger.« Jörg und Klaus stellen ihre Körbe ebenfalls ab. »Haben Sie immer noch nicht Ihren Lohn bekommen?«, fragt Wolfgang. Ein Erntehelfer zeigt mit der Hand zu einer der Hütten. »Da wird gerade verhandelt.«

Der Hauptkommissar schaut sich um. Als er den Eindruck hat, alle sind abgelenkt, die einen unterhalten sich mit Jörg und Klaus, die anderen legen die Kartoffeln auf den Grill, schleicht er sich an die Behausung heran auf die einer der Männer vorhin gezeigt hatte. Hinter dem Holzhaus sieht er den Franzosen, der gestern die Situation beruhigt hat und den jungen Mann von dem Weingut, dem sie bei ihrer Anreise begegnet sind.

»Hier habt ihr euren Lohn, den der alte Mann euch vorenthalten hat.« Wolfgang kommt näher. Er ist erstaunt, den Dialekt des Deutschen würde er als Slavisch einschätzen, aber es scheint tiefes Pfälzisch zu sein. Plötzlich ist ihm alles klar. Es ist die Stimme, die er im Weinberg gehört hat. Als der Franzose dann noch sagt: »Da musst du schon ein paar Scheine mehr locker machen. Ich kann es bezeugen. Du hast ihn gestoßen, sonst wäre er nicht gefallen«, ist es für Wolfgang die Bestätigung. Der junge Winzer hat seinen Schwiegervater getötet.

Wolfgang holt das Handy aus der Innentasche seiner Jacke.

Weiwels Pfälzer Dornfelder-Braten – Schweinenacken

Zutaten für sechs Personen:

1 ½ kg nicht zu fetter Schweinenacken
50 g Pökelsalz vom Metzger
4 Gelbrüben (Möhren)
2 große Zwiebeln
2 Lorbeerblätter
1 EL Pfefferkörner
700 ml Dornfelder, trocken
1 TL Wacholderbeeren

Vorbereitung:
In eine große Schüssel mit Deckel den trockenen Dornfelder gießen. Das in wenig Wasser aufgelöste Pökelsalz, halbierte Lorbeerblätter, Pfefferkörner und Wacholderbeeren dazugeben. Das gewaschene Fleisch leicht pfeffern und dazulegen. Nun die Möhren (Gelbrüben) in Scheiben (in Räder) schneiden. Das Fleisch muss mit Flüssigkeit bedeckt sein. Zur Not noch etwas Wasser hinzugeben. Dann Deckel drauf und ab mit der Schüssel für drei Tage in den Kühlschrank. Nach drei Tagen das Fleisch wenden und wiederum für 3 Tage in den Kühlschrank stellen.

Zubereitung:
Römertopf wässern! Die Zwiebeln und Möhren auf dem Boden gleichmäßig verteilen und das Fleisch auflegen, restliches Gemüse darum anordnen und das Ganze mit einer Tasse des Weins aus der Schüssel angießen. Den Römertopf in den kalten Ofen schieben und bei 200 Grad gut 1 Stunde schmoren lassen. Den Deckel des Römertopfes abnehmen und nochmals eine Tasse des Weins dazugeben. Nun den Deckel wieder auflegen und nochmals 30 Minuten ab in den Ofen. Danach mit geöffnetem Deckel weitere 30 Minuten bei 160 Grad im Ofen schmoren lassen, damit sich eine Kruste bildet. Das Fleisch auf eine angewärmte Platte geben. Die Brühe mit dem Gemüse, ohne Lorbeerblätter, kurz pürieren, dann abschmecken. Je nach persönlicher Vorliebe kann die Soße mit saurer oder süßer Sahne verfeinert werden. Das Fleisch in Scheiben schneiden, die Soße entweder darübergeben oder separat in einer Sauciere reichen. Dazu passen Kartoffelknödel (Hoorische Knepp), wahlweise auch Salzkartoffeln, und Blaukraut (Rotkohl). Und natürlich ein trockener Dornfelder!

Susanne Baumgärtel

Der Hund

Julia bemerkte ihn zum ersten Mal, als sie in der Mittagspause joggen war. Er war groß und schwarz und sein Auftauchen irritierte sie, denn im Stadtpark waren Hunde verboten. Zudem konnte sie keinen Besitzer entdecken. Sie lief langsamer, griff in die Tasche ihrer Kapuzenjacke und nahm sicherheitshalber das Pfefferspray in die Hand. Regungslos stand das Tier da, dann verschwand es im Gebüsch. Julia beendete ihre Runde und dachte nicht mehr an die Sache.

Wochen später, ihre Fünftklässler schrieben gerade einen Aufsatz, schaute Julia gelangweilt aus dem Fenster. Ein Hund saß auf dem Pausenhof und blickte zu ihr hinauf. Es war der Hund aus dem Park, das spürte sie sofort. Ein Schüler stellte eine Frage, und als sie wieder auf den Hof sah, war das Tier fort. Im Laufe des Tages hörte sie sich beiläufig bei ihren Kollegen um, aber keiner hatte vom Besucher im Hof etwas mitbekommen.

Als Julia nach Schulschluss auf ihren Zug wartete, tauchte der Hund wie aus dem Nichts auf. Seltsamerweise nahm keiner der auf dem Bahnsteig Wartenden Notiz von dem herrenlosen Streuner. Das kann doch kein Zufall sein, dachte Julia und war erleichtert, als die Bahn endlich kam. Nach der Abfahrt schaute sie zurück. Der Hund saß da und sah dem Zug hinterher. Julia fühlte, dass es nicht der Zug war, den er fixierte, sondern sie selbst.

Ab sofort pendelte Julia mit dem Auto zur Schule, sie hätte gar nicht genau sagen können, warum. Und sie hielt sich vom Stadtpark fern, die Mittagspausen verbrachte sie im Lehrerzimmer. Ihr tägliches Laufpensum musste sie deshalb nach der Arbeit absolvieren, in einem Wäldchen in der Nähe ihrer Wohnung. Wenn sie nach Hause kam, dämmerte es schon, sie kaufte sich eine Stirnlampe, um wenigstens den Waldpfad deutlich erkennen zu können.

Eines Abends war Julia auf ihrer neuen Joggingstrecke unterwegs. Dauerregen hatte den Untergrund schlüpfrig gemacht, sie lief konzentriert, den Blick auf den Boden gerichtet. Plötzlich hatte sie das Gefühl, jemand käme ihr entgegen. Als sie aufschaute, stockte ihr der Atem. Im Schein ihrer Stirnlampe stand ein Hund auf dem Weg, keine zehn Meter entfernt. Es hätte natürlich irgendein großer Hund sein können, aber sie wusste, dass ER sie gefunden hatte. Ihr Herz raste, eine Gänsehaut lief ihr den Rücken hinunter. Sie holte das Pfefferspray aus der Jackentasche und zielte.

Er schritt gemächlich auf sie zu. Bloß nicht wegrennen, dachte sie, bloß nicht wegrennen. Wer wegrennt wird zur Beute. Als er nah genug heran gekommen war, drückte sie auf den Sprühknopf. Sie traf genau, das Spray umhüllte den Kopf des Tieres. Den Hund beeindruckte das nicht, er ließ die Reizgaswolke hinter sich und kam näher. Auf einmal blieb er stehen und riss das Maul auf. Julia verlor die Nerven, drehte sich um, rannte los. Sie schlitterte, rutschte aus, konnte sich mit den Händen gerade noch abfangen, rappelte sich auf, flüchtete weiter.

Die Häuser am Waldrand kamen gerade in Sicht, da stolperte Julia über eine Wurzel und stürzte hart auf den Boden. Sie schloss die Augen und wartete darauf, dass der Hund über sie herfiel. Nichts geschah. Vom Regen abgesehen war es ganz still. Sie öffnete die Augen und stellte fest, dass sie allein war. Sie blieb eine Weile so liegen, bis sie die Kraft fand, sich aufzurappeln. Das linke Knie war leicht lädiert, sonst war alles in Ordnung, jedenfalls körperlich. Sie riss sich zusammen und humpelte nach Hause.

Nachdem sie sehr lange und sehr heiß geduscht hatte, ließ sich Julia im Wohnzimmer auf das Sofa fallen. Sie fühlte sich elend und obwohl die Heizung voll aufgedreht war, war ihr eiskalt. Sie raffte sich auf und bereitete sich in der Küche einen großen Becher Rotwein-Kakao zu. Trost und Wärme, das brauchte sie jetzt. Anschließend trank sie die Rotweinflasche leer. Pur.

Am nächsten Morgen wachte sie mit Kopfschmerzen auf. Kurz überlegte sie, ob sie sich krank melden sollte, entschied sich aber dagegen, weil für die 6a ein Englischdiktat anstand. Bevor sie aus dem Haus ging, überzeugte sie sich vom Fenster aus, dass der Hund nicht draußen auf sie lauerte. Ihr Auto war glücklicherweise direkt vorm Eingang geparkt. Sie stieg hastig ein und fuhr los. In der Nacht war der Regen in Schneefall übergegangen, der Asphalt war voller Matsch.

Auf der Landstraße, direkt hinter der Ortsausfahrt, wartete der Hund auf sie. Er stand mitten auf ihrer Fahrspur und zwang sie zum Abbremsen. Das Auto verlieh ihr Sicherheit, diesmal würde sie nicht weglaufen. Sie sah ihm in die Augen. Dann trat sie das Gaspedal voll durch und fuhr direkt auf ihn zu.

Der Streifenpolizist, der den Unfall später aufnahm, konnte keine Bremsspuren feststellen. Der Pkw war wegen nicht angepasster Geschwindigkeit bei schlechten Straßenverhältnissen von der Straße abgekommen und mit einem Baum kollidiert. Die Fahrerin war trotz funktionierendem Airbags auf der Stelle tot gewesen.

Die riesigen Pfotenabdrücke sah der Beamte nicht. Der Schnee hatte sie völlig bedeckt.

Rotwein-Kakao

Zutaten:

ein halber Liter Milch
eine Tafel Schokolade (Vollmilch oder Halbbitter)
ein kleines oder großes Glas Rotwein, je nach Bedarf

Zubereitung:

Die Milch in einem Topf erwärmen, immer schön rühren dabei. Die Schokolade in Stücke brechen und in die Milch geben. Weiterrühren, bis die Schokolade geschmolzen ist, dann den Rotwein einrühren. Nochmal kurz erwärmen, auf keinen Fall kochen!

Brigitte Lamberts

Freunde

»Was gibt es hier eigentlich Leckeres zu essen?«, fragt Alexander und schaut in die Runde. Sein Freund Christoph und ihre beiden Ehefrauen Susanna und Marion verbringen mit den Kindern ein verlängertes Wochenende in der Pfalz. Der Ort ist sehr pittoresk und das kleine, aber exklusive Hotel liegt direkt an einem See. Sie freuen sich, endlich wieder einmal gemeinsam verreisen zu können, und genießen vor dem Essen ein Glas Blauen Portugieser auf der Terrasse des Chalets.

Christoph fragt zurück: »Habt ihr denn schon Appetit?« Alle nicken. »Lass uns noch kurz nach den Kindern schauen, auch wenn sie bestimmt schon tief und fest schlafen nach der langen Fahrt«, wendet sich Susanna an Marion. Die beiden Frauen stehen auf. »Ihr könnt ja schon einmal vorgehen«, bemerkt Marion, Christophs Frau, lächelnd, dann folgt sie ihrer Freundin. Es ist wie immer. Auch jetzt blicken alle Männer auf der Terrasse nicht ihr, sondern Susanna nach. Sie hatte geglaubt, es würde ihr nichts mehr ausmachen, doch solche Situationen belehren sie eines Besseren, sie ist nicht frei von Neid und das bei ihrer besten Freundin. In Gedanken schüttelt sie den Kopf.

»Also gut.« Christoph erhebt sich ebenfalls aus dem Korbstuhl und schaut seinen Freund grinsend an: »Übrigens steht auf der Speisekarte als Empfehlung für heute: Hirschkeule.« Er zwinkert ihm zu. »Und die ist in Rotwein zubereitet.«

Alexander deutet erwartungsvoll mit der Hand zum Eingang. »Bei so einem guten Tropfen kann nichts mehr schiefgehen.«

Kaum hat Christoph die Tür zum Restaurant aufgezogen, kommt ein Ober auf sie zu. »Ich habe einen Tisch am Fenster reserviert. Für vier Personen. Auf den Namen Kallenscheidt.« Der Kellner nickt und führt die beiden durch den Essraum. Alexander schaut sich um. Alles ist stilvoll eingedeckt, das Licht ist gedimmt und auf den besetzten Tischen stehen brennende Kerzen. Die Freunde nehmen einander gegenüber Platz, die Servicekraft zündet die Kerzen an und fragt: »Was möchten Sie trinken?« Sofort antworten beide gleichzeitig: »Wir nehmen eine Flasche Blauen Portugieser.« Dann lachen sie.

Als die Bedienung sich entfernt hat, bemerkt Alexander mit glänzenden Augen: »Ich entscheide mich für das Wild.« Christoph nickt: »Ich auch.« Beide schauen auf den See, das Wasser glänzt silbern in der

Abenddämmerung. Für die Freunde, die sich seit vielen Jahren kennen, ist es nicht mehr selbstverständlich, so unbeschwert beisammenzusitzen. Christoph erinnert sich noch gut an die Ereignisse vor einem Jahr, als er einen Anruf von Susanna, Alexanders Frau, bekommen hatte.

»Ist etwas passiert?«, fragte er besorgt. Sie schluchzte, bekam kaum ein Wort heraus. Dann hörte Christophe sie flüstern, als wenn es niemand sonst hören sollte: »Alexander hatte einen schweren Verkehrsunfall. Ich weiß nicht, was ich machen soll.«

»Wo bist du? Ich komme sofort!«

»In der Uniklinik. Er wird gerade notoperiert.«

Kaum hatte Christoph den Wagen auf dem großen Parkplatz der Universitätsklinik abgestellt, rief er seine Frau an. Für Marion war augenblicklich klar. Sie nehmen die Kleine von Alexander und Susanna vorerst zu sich, dann kann sich ihre Freundin ganz auf ihren Mann konzentrieren, und ihr kleiner Sohn freut sich, denn die Kinder kennen sich seit ihrer Geburt und sie mögen sich. Nach dem Telefonat eilte Christoph in den Wartebereich der Notaufnahme und nahm Alexanders Frau, die am ganzen Körper zitterte, in den Arm. Sie warteten gemeinsam. Erst nach mehreren Stunden kam ein Arzt aus der Schleuse des OP-Bereiches auf sie zu. Susanna sprang auf, dann gaben ihre Beine nach, Christoph fing sie auf und hielt sie fest umschlungen.

»Die Operation ist gut verlaufen. Hoffen wir, dass er das Schlimmste überstanden hat, aber es wird noch Monate dauern, bis er wieder der alte ist. Gehen Sie jetzt nach Hause. Im Augenblick können Sie für Ihren Mann nichts tun. Versuchen Sie sich zu beruhigen und zu Kräften zu kommen. Die werden Sie noch brauchen.«

Susanna wollte bleiben, doch der Arzt wiegelte ab.

»Auch wenn er noch im künstlichen Koma gehalten wird, bekommt er mit, dass Sie bei ihm sind, und das regt ihn zu sehr auf. Morgen wird er stabiler sein, da wird es ihm guttun, wenn Sie da sind.« Susanna gab zögerlich nach.

Christoph brachte sie nach Hause. Als er sich von ihr an der Wohnungstür verabschieden wollte, flehte sie ihn an: »Lass mich nicht allein, bitte bleib bei mir.« Er rief nochmals seine Frau an. Er könne Susanna nicht alleine lassen, lautete seine Entschuldigung. Marion, die schon geschlafen hatte, bestärkte ihn, der Freundin beizustehen. Sie würde sich um die Kinder kümmern. Weder Susanna noch er hätten sich vorstellen können, was dann geschah. Hilflos, nach Halt suchend, schliefen sie miteinander, klammerten sich aneinander fest. Die Nacht hatte keinen Raum für einen anderen Gedanken als an das Hier und Jetzt.

Am nächsten Morgen brachte Christoph Susanna in die Klinik. Für ihn war nichts mehr wie zuvor. Er stürzte sich in die Arbeit, versuchte sich abzulenken, nicht andauernd an sie denken zu müssen. Wenn sie Hilfe brauchte waren Marion und er da. Susanna pflegte Alexander aufopferungsvoll, der bald wieder zu Kräften kam. Und doch dachten beiden nach der gemeinsamen Nacht nur noch aneinander, auch wenn sie keine Möglichkeit sahen, sich allein zu treffen. Die Sehnsucht aufeinander wuchs unaufhaltsam. Erste Ausflüge zu viert nach Alexanders Unfall waren ein Hoffnungsschimmer und zugleich ein Tanz auf der Rasierklinge. Wenn Marion und Alexander, die ähnlichen Interessen hatten, eine Wanderung machten oder mal ein Segelboot mieteten, unternahmen Christoph und Susanna mit den Kindern etwas anderes und konnten so für sich sein. Doch je länger diese Situation andauerte, umso unerträglicher wurde sie. Lange konnten und wollten sie ihre Gefühle zueinander nicht mehr verbergen.

Christoph seufzt. Sein Freund schaut ihn fragend an. »Ach, nichts«, antwortet er. Sie stehen auf und rücken die Stühle für ihre Frauen zurecht, die auf den Tisch zusteuern. »Christoph empfiehlt Hirschkeule, die nehme ich«, bemerkt Alexander und auf seinen Rat als Gourmet wird gern gehört. Und so bestellen sie alle dasselbe.

»Bei den Kindern alles gut?«, fragt er. Susanna lächelt. »Die schlafen tief und fest.« Marion stellt das Babyphone auf den Tisch. Sie schmunzelt. »Sicher ist sicher.« Ein leises Schnorcheln ist zu hören.

Die Teller mit der Hirschkeule werden serviert. Marion greift nach der Schüssel Rotkohl, Susanna legt sich eine Kelle Schupfnudeln auf, Alexander löst bereits behutsam das Fleisch von der Keule. Dann führt er erwartungsvoll die Gabel zum Mund.

»Na, was sagt unser Genießer dazu?«, fragt Christoph seinen Freund amüsiert und nimmt einen weiteren Schluck trockenen Rotwein.

»Wunderbar! Nein, wirklich richtig gut«, antwortet Alexander und schaut zu seiner Frau Susanna. »Soll ich das mal nachkochen, wenn wir wieder zu Hause sind, Schatz?«

Sie nickt ihm lächelnd zu.

Alexander bemerkt noch begeistert: »Die Pfirsiche geben dem Ganzen eine fruchtige und zugleich leichte Note.« Die anderen amüsieren sich wie immer über seinen kulinarischen Eifer. Schon als Schüler, das zumindest wird Christoph nicht müde zu behaupten, habe Alexander ab und an das sonntägliche Essen für seine Eltern und seinen jüngeren Bruder zubereitet. Auf die Frage, warum er sein Hobby nicht zum Beruf gemacht hat, ist er ihnen immer noch die Antwort schuldig. Doch Christoph ahnt, das hätten seine Eltern nicht akzeptiert: Er sollte, wie sein Vater, ein erfolgreicher Jurist werden, was ihm auch gelungen ist.

»Ein wunderbarer Abend!« Susanna zeigt auf den See. Durch die großen Panoramascheiben des Restaurants ist der Blick ungestört, die Lichter am gegenüberliegenden Ufer verbreiten eine romantische Stimmung.

»Wer hat Lust auf einen kleinen Verdauungsspaziergang?«, fragt sie, obwohl ihr klar ist, dass ihr Mann lieber einen Digestif an der Bar nehmen würde.

»Mich könntest du dafür gewinnen«, bemerkt Christoph mit einem verstohlenen Blick.

»Seit wann stehst du auf Abendspaziergänge?« Marion schüttelt irritiert den Kopf, doch dann ergänzt sie. »Aber wenn ihr unbedingt wollt. Ich leiste Alexander Gesellschaft an der Bar.« Freundschaftlich berührt sie den Freund ihres Mannes an der Schulter, der zustimmend nickt.

Nachdem sie noch einen Espresso getrunken haben verabschieden sich Susanna und Christoph, sie wollen den Weg rund um den See erkunden. Marion und Alexander überlegen, während sie auf die Hocker am Tresen der Bar zusteuern, auf welches Getränk sie nun Lust haben. »Ein Cocktail oder lieber noch ein Glas Rotwein?«

»Besser wir bleiben beim Blauen Portugieser!«, antwortet Marion und lächelt Alexander zu, der schon die Hand gehoben hat, um dem Barkeeper auf sich aufmerksam zu machen.

»Dass Christoph freiwillig spazieren geht …« sie schüttelt den Kopf.

Alexander lacht etwas zu laut auf, doch Marion bemerkt es nicht. »So viel, wie er in sich hineingeschaufelt hat, tut ihm das bestimmt gut.«

Die beiden unterhalten sich angeregt, dann fragt er unvermittelt: »Sag mal, die Idee, dass wir eine Villa kaufen und dort gemeinsam leben, findest du immer noch gut?«

»Wie kommst du denn jetzt darauf?« Sie lacht, dann wird sie plötzlich ernst. »Glaubst du, wir übernehmen uns damit?«

»Nein, nein! Wir haben es ja oft genug durchgerechnet. Auch wenn ich aus irgendwelchen Gründen weniger Aufträge bekomme oder Christoph seinen hochdotierten Job verlieren würde, kommen wir nicht ins Schwimmen.«

»Dann ist doch alles gut.« Sie prostet Alexander zu. Für ihn ist ihr Verhalten ein Beweis dafür, dass sie noch nichts bemerkt hat. Entweder sie verschließt die Augen vor dem, was da vor ihnen abläuft, oder er bildet sich nur etwas ein. Doch das kann nicht sein. Der verliebte Blick, den er an seiner Frau so gut kennt, galt in den letzten Monaten seinem Freund und nicht ihm. Außerdem suchen Christoph und Susanna immer wieder Gelegenheiten, zu zweit zu sein. Das verunsichert ihn sehr.

In der Nacht lieben sich Susanna und Alexander so leidenschaftlich wie zu Beginn ihrer Ehe. Kurz bevor er mit ihr im Arm einschläft, durchzuckt ihn der Gedanke, ob sie vorhin wirklich bei ihm war. Er schiebt ihn sofort beiseite. Doch immer wieder wacht er auf, die Vorstellung lässt ihn nicht los.

Die Sonne blinzelt nur vereinzelt zwischen den Wolken hervor. Dennoch ist die Temperatur angenehm, so dass sich die Freunde entschließen auf der Terrasse des Hotels zu frühstücken.

»Und was steht heute auf dem Programm?«, fragt Marion, während sie ihr gekochtes Ei aufschlägt.

»Da haben wir mehrere Optionen.« Alexander wischt sich mit der Serviette über den Mund. »Wie ich euch kenne«, er lächelt Susanna und Marion an, »seid ihr bestimmt nicht abgeneigt, den Wellness-Bereich dieser noblen Herberge unter die Lupe zu nehmen.« Dann überlegt er kurz. »Und wenn es euch recht ist, parken wir unsere Kinder in der Betreuung.« Er blickt zu den zwei Kleinen, die lustlos in ihrem Müsli herumrühren. Christoph grinst und schaut zu Marion.

»Das können wir verantworten«, lautet ihr kurzer Kommentar.

»Und was machen wir, wenn unsere Frauen sich der Körperpflege hingeben?«, will Alexander wissen.

»Wir können auch Wellness machen.«

Der kurze Blick von seinem Freund zeigt ihm: Das ist keine gute Idee.

»Oder wir fahren mit dem Ruderboot raus auf den See«, schlägt Christoph vor.

»Das finde ich klasse, dann sind wir Männer mal wieder unter uns.« Der etwas ironische Unterton von Alexander entgeht Christoph nicht.

In der Sauna betrachtet Marion neidisch den Körper von Susanna, makellos und kein Gramm zu viel. Sie hatte immer schon einige Kilos zu viel und nach der Geburt ihres Sohnes ist es nicht besser geworden. Das Gespräch mit Alexander an der Bar ist ihr die ganze Nacht im Kopf herumgegangen. Warum hat er das Thema »Villa« gewählt? Für sie gibt es nur eine Erklärung: Er wollte möglichst unauffällig herausfinden, ob sie auch einen Verdacht hatte. Sie lag die ganze Zeit wach und immer wieder kreisten ihre Gedanken um ihren Mann und Susanna. Mittlerweile ist sie fest davon überzeugt, dass Christoph und ihre Freundin eine Affäre haben. Wie blind war sie gewesen. Sie hat sich an Situationen und Bilder der letzten Monate erinnert, die für sie ganz selbstverständlich waren, nun aber eine andere Bedeutung bekamen: wie Christoph und Susanna sich ganz unabsichtlich berührten, die Augen beider glänzten, wenn sie sich sahen, oder wie sie darauf gedrungen haben, etwas gemeinsam zu unternehmen. Sie hatte geglaubt, in Susanna eine gute Freundin zu haben. Doch ist das so? Und gestern Nacht ist ihr klar geworden, dass sie immer schon und immer noch eifersüchtig auf sie ist. Susanna ist intelligenter, erfolgreicher und sieht besser aus, muss sich Marion eingestehen.

Sie war sich so sicher gewesen, in Christoph die Liebe ihres Lebens gefunden zu haben. Sollte sie sich geirrt haben? Hat sie ihren Mann an Susanna verloren?

»Mir wird es zu heiß«, bemerkt Marion, »bleib ruhig noch etwas, es ist ja sonst niemand hier.« Kurz bevor sie die Sauna verlässt, fragt sie noch: »Magst du einen Aufguss?« Susanna antwortet prompt: »Ja, gerne.« Marion nimmt die Schöpfkelle, taucht sie in den Wasserkübel und lässt das kühle Nass über die heißen Kohlen laufen. Dann verlässt sie die Sauna, zieht die Tür hinter sich zu und blickt sich um. Nirgends ist ein Hotelgast zu sehen. Nur ein verlassener Putzeimer mit einem Aufnehmer steht herum. Wie in Trance nimmt sie den Feudel, führt die Stange durch den senkrechten Griff der Saunatür, entfernt den Putzwedel und verkeilt das andere Ende hinter der Rückwand eines seitlich stehenden Bauernschrankes. Sie rüttelt leicht an der Tür, die sich nun von innen nicht mehr öffnen lässt. Im Ruheraum schaut sie auf die große Uhr an der Wand. In einer Stunde ist es vorbei.

Die zwei Freunde sind schon ziemlich weit rausgerudert, da fragt Alexander plötzlich: »Ist dir etwas aufgefallen?«

»Nein, was soll mir aufgefallen sein?«

»Seit gut einem halben Jahr verhalten wir uns anders.«

»Wir verhalten uns anders? Wie meinst du das?« Christoph schüttelt verständnislos den Kopf.

»Du verstehst dich immer besser mit meiner Frau.«

»Ich habe mich mit Susanna immer gut verstanden.«

Alexander presst die Lippen fest aufeinander, was Christoph aber nicht zu bemerken scheint. »Ich meine das anders. Ihr geht liebevoller miteinander um.«

»Wir haben auch einiges zusammen durchgestanden«, erinnert Christoph seinen Freund. »Anfangs war es nicht klar, ob du überhaupt überlebst. Dann konnten wir nicht sicher sein, was an körperlichen, aber auch an kognitiven Einschränkungen zurückbleiben würde.«

»Ich weiß. Und ich bin dir auch dankbar, dass du in der schweren Zeit für meine Frau und mich da warst. Das werde ich dir nicht vergessen.« Er betrachtet seine Hände, als ließe sich dort eine Antwort finden. »Ihr habt euch ineinander verliebt, nicht wahr?«

»Wie kommst du darauf? Nein!« Christoph schluckt. »Natürlich hat die Sorge um dich uns verändert und auch zusammengeschweißt«, wehrt er ab, doch die leichte Röte auf seiner Stirn verrät ihn. Alexander kennt seinen Freund nun schon so viele Jahre und er weiß, immer wenn der verlegen ist oder etwas leugnet, passiert genau das.

»Ich will nicht lange um den heißen Brei herumreden. Ich will meine Frau nicht verlieren und meinen besten Freund auch nicht.«

»Warum solltest du?« Christoph stellt sich weiterhin unwissend. Jetzt wäre die Zeit gekommen, die Karten auf den Tisch zu legen, denkt er noch, doch dann verlässt ihn der Mut.

Langsam steigt Wut in Alexander hoch. »Was ist passiert, als ich in der Klinik war?«

»Ich habe deiner Frau beiseite gestanden, das weißt du doch.«

»Ja, das weiß ich, aber wie hast du ihr zur Seite gestanden?« Alexander springt auf, das Ruderboot schaukelt heftig. Er verliert das Gleichgewicht und kippt auf seinen Freund zu, der ihn festhält und zurück auf den Sitz drückt.

Christoph hatte die ganze Zeit Angst vor diesem Moment. Jetzt ist er da. Und es gibt keine Chance mehr zu leugnen. Die Freunde schauen sich wortlos an.

Dann beginnt er zaghaft: »Wir waren beide verzweifelt. Es sah für dich nicht gut aus. Wir hatten Angst um dich.« Er legt die Hände auf seine Oberschenkel und bevor er weitersprechen kann, schreit

Alexander seinen Verdacht heraus: »Und da hast du nichts Besseres zu tun, als mit meiner Frau in die Kiste zu springen!«

»Es ist nur einmal passiert. Nur einmal«, beteuert Christoph und geht sich angespannt mit der Hand über das Gesicht. Dann sagt er leise mit Verzweiflung in der Stimme: »Wir waren in einer emotionalen Ausnahmesituation.« Wenige Sekunden später, die für Alexander unendlich erscheinen, ergänzt er: »Der größte Fehler meines Lebens. Aber seitdem liebe ich deine Frau.« Alexander wischt sich die Tränen von den Wangen.

»Ich habe gerade meinen besten Freund verloren und das Vertrauen in meine Frau.«

Dass er Susanna, seine Frau, nicht mehr lebend wiedersehen wird, ahnt er nicht.

Hirschkeule in Pfirsich-Rahmsoße

Zutaten für vier bis fünf Personen:

1 kg Hirschkeule (Oberschale, empfohlen)
½ Knoblauchzehe
Thymian, Rosmarin, beides gemahlen
Pfeffer aus der Mühle, Salz
50 g Butterschmalz
500 ml Wildfond
200 ml Rotwein, trocken, wahlweise ein Blauer Portugieser aus der Pfalz
1 Zwiebel
4 – 6 Pfirsiche
50 ml Sahne
Speisestärke

Zubereitung:
Den Knoblauch in Salz zerdrücken, die Keule mit Thymian, Rosmarin und Pfeffer würzen. Das Fleisch im erhitzten Butterschmalz von allen Seiten gut anbraten. Die Keule herausnehmen und den Bratensatz mit 100 ml Wildfond ablöschen. Dann das Fleisch wieder dazugeben und mit geschlossenem Deckel im vorgeheizten Backofen bei 220 Grad rund 90 Minuten schmoren lassen. Zwischendurch immer wieder mit Rotwein begießen. Das Fleisch herausnehmen, in Alufolie einwickeln und 10 Minuten ruhen lassen. Nun den Bratensatz wiederum mit 100 ml Wildfond loskochen. Feingehackte Zwiebeln in 10 g Butterschmalz glasig dünsten, geviertelte Pfirsiche dazugeben und mit anschmoren. Nochmals Wildfond, diesmal 300 ml, angießen und auf die Hälfte einkochen. Nach Zugabe des Bratensatzes nochmals aufkochen, das Ganze durch ein Haarsieb streichen und mit Sahne verfeinern. Mit Salz und Pfeffer abschmecken und nach Belieben mit Speisestärke binden. Keule tranchieren und mit Pfirsichscheiben garnieren. Dazu passen vorzüglich Kartoffelknödel oder auch Schupfnudeln. Und natürlich Blaukraut (Rotkohl).

Michael Landgraf

Heißer Wein mit Abgang

Müde schlurfte sie in die Wache. Die Frühschicht in der dunklen Jahreszeit war nicht ihre Sache. Seit einer Woche war Vera Frey auf ihrer ersten Stelle als Kommissarin – und das in ihrer Heimatstadt Neustadt an der Weinstraße. Als Winzertochter aus dem Ortsteil Gimmeldingen vor den Toren der Stadt aufgewachsen, besuchte sie gleich um die Ecke der Polizeiwache die Schule. Nach vielen Jahren in der Großstadt hatte sie die Stellenausschreibung gesehen und sich darauf beworben.

»Guten Morgen die Herren. Was liegt heute an?«, grüßte sie freundlich die beiden Polizeibeamten, die gerade mit der Übergabe beim Schichtwechsel beschäftigt waren.

»Morsche, Fraa Kommissarin«, brummte Polizeimeister Rottrauber, dem die Nachtschicht deutlich anzusehen war. »Paar junge Leit henn Randale in de Fußgängerzoon gemacht. Die Kolleche vun de Streife henn die awwer net erwischt. Unn dann hot´s grad än Aaruf aus em Krankehaus gewwe. Ään haufe Leit henn Dünnschiss.«

»Durchfall? Haben die gesagt, warum das etwas für uns ist?« Der Polizeimeister schüttelte den Kopf und steckte müde seine Thermoskanne in die Tasche.

»OK, dann werde ich dort gleich mal vorbeischauen. Ruf bitte Anselmaier an. Der soll gleich ins Krankenhaus kommen«, sagte die Kommissarin und machte sich auf den Weg. Auch Polizeianwärter Markus Anselmaier stammte aus einem Winzerbetrieb.

Nach zehn Minuten Fußmarsch erreichte sie das Krankenhaus. Die Notaufnahme war voller Menschen – ungewöhnlich zu dieser frühen Zeit.

»Wo ist der leitende Arzt?«, fragte Vera eine Schwester, die auf eine Kabine zeigte.

»Dr. Klein kommt gleich. Er untersucht grad einen Patienten.« Vera nickte und beobachtete die Wartenden. Die meisten hielten sich den Bauch und machten ein verkrampftes Gesicht. Inzwischen kam der grauhaarige Mediziner aus der Kabine. Vera ging auf ihn zu.

»Ich bin Kommissarin Frey – ihre Verwaltung hat uns verständigt, dass hier etwas Ungewöhnliches vorgeht.«

»Das kann man wohl sagen«, schnaufte der Notarzt. »Das hatten wir noch nie – da muss etwas Größeres passiert sein.« Vera runzelte die Stirn. »Was meinen Sie?«

»Irgendeine Vergiftung scheint das zu sein, wahrscheinlich ein Lebensmittel, das viele zu sich genommen haben. Ich muss mich jetzt weiter um die Leute kümmern. Wir lassen ihnen umgehend die Laborwerte zukommen, sobald sie da sind.« Der Arzt nickte freundlich und ging zur nächsten Kabine. Inzwischen war Markus Anselmaier angekommen.

»Guten Morgen. Wir müssen die Leute befragen, was sie zu sich genommen haben«, gab Vera Anweisung. Der Anwärter nickte und machte sich an die Arbeit. Nach einer halben Stunde war das Ergebnis klar. »Alle waren gestern Abend auf dem Neustadter Weihnachtsmarkt«, fasste die Kommissarin zusammen. »Viele haben was am Metzgerei-Stand gegessen, aber nicht alle.«

»Ist Ihnen aufgefallen, dass keine Kinder betroffen sind?«, merkte Anselmaier an.

»Keine Kinder – stimmt. Das ist ein Ansatz. Bei mir haben alle auch angegeben, dass sie einen Glühwein getrunken hatten.« »Bei mir auch. Ich hab dann extra nachgefragt. Alle waren beim Stand von Karl Stollmann, einem Winzer aus Gimmeldingen.«

Anerkennend nickte Vera: »Gute Arbeit.«

»Der Stollmann hat seit zwei Jahren seinen Stand auf dem Weihnachtsmarkt«, erläuterte Anselmaier. »Christian, den Sohn vom alten Stollmann, kenne ich über die Landjugend – er ist so alt wie meine jüngere Schwester.«

»Ich kenne nur den alten Stollmann«, raunte die Kommissarin und dachte an viele unangenehme Begegnungen. Er und ihr Vater verstanden sich seit deren Jugend nicht. »Fahren wir kurz zur Wache und dann nach Gimmeldingen.«

Kaum war der Polizeiwagen in den Hof gefahren, kam Karl Stollmann mit grimmiger Miene aus dem Haus und knurrte die Beamten an: »Was wollt ihr hier?«

»Ich freue mich auch, Sie zu sehen«, antwortete Vera schnippisch. »Darf ich fragen, wie es Ihnen geht?«

»Die Polizei hat wohl zu viel Zeit, um solche Fragen zu stellen.« In diesem Moment verzog Stollmann sein Gesicht, krümmte sich leicht und rieb sich in der Magengegend. »Sie haben Durchfall?« Stollmanns Blick wirkte noch grimmiger. »Woher wissen Sie das?« »Ganz einfach. Das Krankenhaus ist voller Leute, die ebenfalls Magenkrämpfe und Durchfall haben.« »Und was hat das mit mir zu tun?«

»Alle scheinen an Ihrem Stand Glühwein getrunken zu haben. Sie sicher auch, oder?«

Stollmanns Stirn faltete sich: »Natürlich, ich musste ihn ja testen. Aber was wollen Sie damit andeuten?«

»Wir müssen jedem Hinweis nachgehen. War sonst noch jemand bei Ihnen am Stand?« »Mein Sohn Christian. Der hat aber nichts getrunken, weil er den Transporter fährt.« Der alte Stollmann rief den Namen seines Sohnes, der schlaftrunken mit einer Jogginghose bekleidet in den Hof kam.

»Hey Markus – was gibt's?«, grüßte Christian den Polizeianwärter und nickte Vera zu.

»Im Krankenhaus sitzen lauter Leute, die bei euch gestern Glühwein getrunken haben. Und die haben alle Dünnschiss. Auch dein Vater scheint davon betroffen zu sein.« Der Winzersohn zog die Augenbrauen hoch und schaute zu seinem alten Herrn. »Wir müssten uns den Kessel anschauen und auch den Wein, den ihr verwendet. Außerdem brauchen wir eine Aufstellung, was bei euch alles in den Glühwein kommt.«

»Das könnte euch beiden so passen!«, keifte der alte Winzer. »Eure Väter waren damals Mitbewerber. Bei der Blindverkostung hat mein Glühwein die Ausschreibung gewonnen. Und jetzt wollt ihr einfach so an mein Rezept rankommen?«

Die beiden Polizisten schauten sich fragend an und Vera erwiderte: »Ich weiß nichts von einer Ausschreibung. Herr Anselmaier und ich haben besseres zu tun, als Rezepte zu klauen. Aber bitte – wenn Sie wollen, werden wir die Staatsanwaltschaft über Ihren Widerstand informieren und mit einer einstweiligen Verfügung wiederkommen.« Zornesröte stand in Karl Stollmanns Gesicht. Nach ein paar Augenblicken nickte er. Er führte die beiden in einen Lagerraum, wo der Glühweihkessel vor dem Transporter stand.

»Der ist blitzblank – das mache ich abends noch«, erklärte Christian. »Da findet ihr nichts.« Vera machte dennoch einen Abstrich am Kessel, holte einen Schreibblock aus ihrer Jackentasche und hielt ihn dem alten Stollmann unter die Nase. Knurrend schrieb er:

»Pro Liter trockener Dornfelder geben wir zwei Zimtstangen, eine in Scheiben geschnittene Bio-Orange und vier Gewürznelken hinzu, dann zwei Esslöffel Rohrzucker und zwei Esslöffel Bio-Honig. Der Glühwein wird nur erhitzt und nicht gekocht. Die Inhaltsstoffe ziehen eine Stunde lang.«

Dann schrieb er weiter und gab mit einem stechenden Blick der Kommissarin den Block zurück. »Vermutlich hat sich einer, während der Glühwein gezogen hat, in unseren Wagen geschlichen. Ich würde schnell unsere Konkurrenten besuchen, bevor sie Beweismittel verschwinden lassen.«

Vera schaute auf den Zettel, auf dem fünf Namen standen, darunter Anselmaier und Frey. Ohne mit der Wimper zu zucken steckte sie den Block ein, gab ihrem Assistenten ein Zeichen und sie fuhren los.

»Das hat damals ganz schön Aufsehen erregt, dass der Stollmann die Lizenz bekam«, sagte Markus nachdenklich. »Warum das?«

»Die Ausschreibung für den Platz war offen, aber der Stollmann ist im Stadtrat«, erläuterte der Anwärter. »Die anderen Winzer meinten, das hätte bei der Vergabe eine Rolle gespielt. Im Rezept ist ja keine Geheimzutat drin, die die anderen nicht verwenden, und einen guten Wein machen die auch. Glauben Sie, dass ein anderer Winzer etwas in den Glühwein getan hat?«

»In der Polizeischule lernt ihr, nie etwas auszuschließen. Ich weiß, dass mein Vater mit Karl Stollmann seit der Schulzeit auf Kriegsfuß steht. Aber ich traue ihm so etwas nicht zu.« »Mit meinem alten Herrn geht es mir ebenso.« »Dennoch müssen wir der Sache nachgehen.«

In der Wache wartete bereits das Ergebnis des Labors auf sie. »Laxantien – in großen Mengen«, las Vera laut vor. Als der Anwärter sie fragend anschaute, erläuterte sie: »Gebräuchliche Abführmittel – in Überdosis halt. Fahren wir los und besuchen die fünf Konkurrenten. Ich fange mal bei mir zu Hause an.«

»Wein ist unsere Leidenschaft, das weißt du genau! Nie würde ich einen Wein vergiften«, brummte Anselm Frey und schaute streng seine Tochter an.

»Ich muss dem nachgehen, Papa. Kannst du dir vorstellen, wer unter den Winzern so etwas tun könnte?« Der Winzer schüttelte den Kopf. »Ich traue zwar manchen wie dem Stollmann nicht über den Weg, aber das Vertrauen in den Wein erschüttern? Das will keiner.« Vera nickte. Sie hatte keine andere Antwort von ihrem Vater erwartet. »Dennoch muss ich dich fragen: Wo warst du gestern Mittag so gegen drei Uhr?« »Im Keller, wo sonst. Frag deine Mutter. Die hat mir um diese Zeit einen Kaffee gebracht.«

Da auch die anderen Winzer ein Alibi für die fragliche Zeit hatten, fuhr Vera wieder zum Weingut Stollmann. Sie schickte Markus

Anselmaier eine Nachricht, dass er ebenfalls hierhin kommen sollte. Stollmann stand im Hof und kam wütend auf die beiden zu. »Das Gesundheitsamt hat unseren Stand gesperrt, bis die Ermittlungen abgeschlossen sind. Haben Sie den Täter gefunden? Jeder Tag kostet uns ein Vermögen.«

Vera schüttelte den Kopf. »Alle haben ein Alibi. So kommen wir nicht weiter.«

»Das war mir klar. Ihr feiner Herr Vater ist aus dem Schneider und ich habe den Schaden. Der sitzt bestimmt grad zu Hause und macht einen Sekt auf.«

»Was zwischen euch beiden los ist, geht mich nichts an. Und Sie denken in Ruhe darüber nach, wie Abführmittel in ihren Glühwein kommen konnte«, knurrte Vera, gab Markus ein Zeichen und sie fuhren los.

In der Wache schrieb Vera den Tagesbericht und schickte ihren Anwärter nach Hause. Einer Sache wollte sie noch nachgehen und besuchte die Apotheke um die Ecke.

»Hat jemand in den letzten Tagen auffallend viel Abführmittel gekauft?«, fragte sie. Die Apothekerin sah in ihre Aufzeichnungen und schüttelte den Kopf. »Laut meiner Liste wurden fünf Dosen an unterschiedliche Leute verkauft. Ich kann mich an zwei ältere Männer und an eine junge Frau erinnern, die einen Schulrucksack trug – vermutlich eine Oberstufenschülerin.« Auch in den anderen Apotheken war von keinem höheren Verkauf die Rede, doch in jeder hatte eine junge Frau mit Rucksack eine Packung gekauft. Auch die Beschreibung schien identisch zu sein. »Glatte lange Haare, schmales Gesicht.«

Am nächsten Morgen berichtete Vera ihrem Assistenten von ihrer Recherche. Der zog die Augenbrauen hoch. »Ich muss weg«, rief er und stürmte los. Vera rannte hinter ihm her. Markus lief zur Apotheke um die Ecke und holte sein Smartphone aus der Tasche. »War das die junge Frau, die das Abführmittel gekauft hat?« Er deutete auf ein Foto, auf dem eine Gruppe von jungen Leuten zu sehen war, die alle einen blauen-weiß-gestreiften Winzerkittel anhatten. »Ja, das muss sie gewesen sein.« Markus Anselmaier wurde blass.

»Was hat es damit auf sich?«, wollte Vera wissen. »Das ist ein Foto der Landjugend – und darauf ist meine Schwester zu sehen«, erläuterte der Anwärter.

Eva Anselmaier ging in dieselbe Schule wie einst Vera. »Hier stand früher auch mein Vater, wenn er mich von der Schule abgeholt hat«, erinnerte sie sich und blickte zum immer noch blassen Markus hinüber. Die ersten Schülerinnen und Schüler kamen aus dem Gebäude.

»Da ist sie«, sagte er und winkte ihr zu. Eva kam über die Straße und umarmte ihren Bruder, der nur zaghaft ihre Umarmung erwiderte. »Du musst mit zur Wache.« Fragend schaute die junge Frau ihren Bruder an und trottete schweigend neben den Polizisten her.

Im Vernehmungszimmer übernahm Vera die Befragung: »Frau Anselmaier, ist es richtig, dass Sie in mehreren Apotheken Abführmittel gekauft haben?« Stumm schaute die Schülerin die beiden an. »Ist das etwa verboten?« »Das nicht, aber Abführmittel in Lebensmittel zu schütten schon.« Trotzig erwiderte die Schülerin: »Das müssen Sie mir erst einmal beweisen.«

Markus schaute seine Schwester streng an. »Ich kenne dich lange genug. Wenn du zu Hause nach einem Beweis verlangt hast, war es jedem klar, dass du etwas angestellt hast. Wie hast du es getan? Und: Hast du es wegen Papa getan?«

Eva schaute still vor sich hin. Markus fuhr fort: »Wir wissen, dass sich Papa heute noch ärgert, dass er nicht den Zuschlag für den Weihnachtsmarkt bekommen hat.«

Eva schüttelte den Kopf. »Nicht wegen Papa.« Vera lehnte sich zurück – das ist fast schon ein Geständnis. Aber wo führt das hin?

»Wenn nicht wegen Papa – wegen wem dann?«, hörte sie Markus sagen. Eva schüttelte wieder den Kopf. Markus erinnerte sich an das Foto der Landjugend auf seinem Smartphone. Das hatte ihm seine Schwester vor ein paar Wochen geschickt. Er hatte es nicht weiter beachtet, doch jetzt ahnte er etwas. Er öffnete die Bilddatei seines Smartphones und vergrößerte den Ausschnitt, auf dem seine Schwester zu sehen war. Plötzlich musste er lachen.

»Alles klar! Jetzt weiß ich wenigstens, wie du in den Wagen gekommen bist.«

Eva lief rot an. Vera schaute Markus fragend an. Der gab ihr das Smartphone. Eva Anselmaier sah auf dem Foto strahlend einen jungen Mann an, der sie liebevoll ansah: Christian Stollmann.

»Sie sind mit Christian Stollmann zusammen? Aber warum haben Sie in den Glühwein Abführmittel getan? Sie schaden damit doch der Familie Stollmann.«

Eva schluchzte und begann zu weinen. Während ihr Bruder sie in den Arm nahm, wusste Vera nicht, wohin sie schauen sollte. Nach rund drei Minuten sprach die junge Frau: »Christian und ich sind seit ein paar Wochen zusammen. Doch wirklich Zeit für uns haben wir nicht. Nach dem anstrengenden Herbst ist der Winter die einzige Jahreszeit, in der ein Winzer mal etwas Luft hat – außer er muss den ganzen Tag und die halbe Nacht auf dem Weihnachtsmarkt Glühwein verkaufen.«

»Mir ist immer noch nicht klar, warum Sie das getan haben«, sprach Vera.

»Christian will das mit dem Weihnachtsmarkt nicht. Sein Vater nervt ihn damit. Das Geschäft geht für den immer vor. Und er hat ihm sogar gedroht: Wenn er jetzt nicht spurt, dann enterbt er ihn. Christian ist aber leidenschaftlicher Winzer – das würde ihn kaputtmachen.«

»Wollte Christian, dass Sie das Abführmittel in den Glühwein schütten?«

Eva schüttelte den Kopf. »Das würde der nie tun. Aber einer muss ja in einer Beziehung das Heft in die Hand nehmen. Sonst wird das nie etwas.«

Heißer Wein

Zutaten:

1 l Dornfelder
2 Zimtstangen
2 Bio-Orange in Scheiben geschnitten
4 Gewürznelken
2 EL Rohrzucker
2 El Bio-Honig

Zubereitung:

Alle Zutaten in einen großen Topf geben und erhitzen (nicht kochen!) und mindestens eine Stunde ziehen lassen.

Wolfgang Burger

Mord in Maikammer

»Rumstätö, tätötätö ...«

Um ehrlich zu sein, ich schätze Volksfeste nicht. Mir behagt die Geräuschkulisse nicht, Blasmusik, Hits aus den Fünfzigerjahren, der Geruch nach Flammkuchen, Bratwürsten, Saumagen mit Sauerkraut, verschüttetem Wein und zu späterer Stunde gerne auch Erbrochenem. Die aufdringliche Nähe zu vieler fremder Menschen, die Enge, der Gestank, die alkoholbeseelte gute Laune allenthalben. Aber Beruf ist nun einmal Beruf, und wo sich ein Vorteil bietet, gilt es diesen zu nutzen.

Sie wollen wissen, worin der Vorteil eines Weinfests liegt? Dann erlauben Sie mir eine kleine Gegenfrage, die Sie gewiss leicht beantworten können: Wo versteckt man am besten eine Bierflasche? Richtig: In einem Bierkasten. Und wo kann man am leichtesten einen Menschen töten, ohne dafür belangt zu werden? Schon wieder richtig: mitten in einer großen Menschenmenge, im dichtesten Gedränge. Und so stehe ich nun also auf dem Maikammerer Maifest, das in Wirklichkeit ein aus der Zeit gefallenes Weinfest ist.

Abends, wenn es schon dunkel ist, wenn Riesling und Dornfelder strömen, die Würste triefen und die Volksseele überkocht, ist eine vortreffliche Zeit für meinen zugegeben etwas ausgefallenen Broterwerb. Sie haben es natürlich längst erraten, intelligent wie Sie sind: Mein Beruf ist, Menschen zu töten, gegen Geld. Schon seit siebenundzwanzig Jahren bin ich in diesem glücklicherweise nicht allzu verbreiteten Gewerbe tätig, verdiene recht gut daran und bin dabei noch nicht ein einziges Mal auch nur in die Nähe der Gefahr geraten, Schwierigkeiten mit der Polizei zu bekommen.

Verglichen mit dem gewöhnlichen Mörder ist der enorme Vorteil eines Spezialisten meines Schlages, dass keine Verbindung zwischen Täter und Opfer existiert. Die meisten Tötungsdelikte – das peinliche Wörtchen »Mord« vermeide ich, wo ich kann – sind ja bekanntermaßen Beziehungstaten. Der eifersüchtige Ehemann, der betrogene Geschäftspartner, der jähzornige Onkel, Sie kennen das. In diesen Fällen ist es für die Polizei kinderleicht, den Täter zu ermitteln. Bei mir dagegen ist es alles andere als leicht. Mein zweiter großer Vorteil liegt in meiner Erfahrung. Die Überlegenheit, die Übersicht über das Geschehen, die

Abgebrühtheit, auch wenn es einmal nicht ganz so glatt und störungsfrei abläuft, wie ich es gewohnt bin.

Zugegeben, ich habe auch heute noch jedes Mal Lampenfieber, auch nach so vielen Jahren noch. Aber das ist nicht schlecht, sondern im Gegenteil ebenfalls von Vorteil. Die alte Schauspielerregel, man sei in der Vorstellung nur wirklich gut, wenn man zuvor ordentlich aufgeregt war, gilt auch für mein Business. Deshalb sind meine Hände jetzt ein wenig feucht, mein Puls schlägt eine Spur zu schnell, mein Blick ist unruhig. Im Moment der Momente jedoch werde ich ruhig sein. Kalt wie Eis. Emotionen haben keinen Platz in meinem Geschäft. Emotionen wären der Tod. Nicht der erwünschte Tod meines Opfers, sondern mit einiger Wahrscheinlichkeit mein eigener.

Nur äußerlich entspannt stehe an einem der hohen Tische vor dem Stand des Weinguts Groß in Maikammer und halte mich an einer inzwischen lauwarm gewordenen Weißweinschorle fest. Auch Alkohol verträgt sich nicht mit meiner Tätigkeit. Er benebelt die Sinne, macht unvorsichtig, trübt die Wahrnehmung. Alles Dinge, die ich nicht brauchen kann. Von links scheppert mir der Radetzkymarsch ins Ohr, von rechts peinigt ein absolut talentfreier Frauenchor mein empfindsames Gehör. Wie schön und friedlich war dagegen mein Mittagsmahl im Deidesheimer Hof. Eine ruhige, kultivierte Atmosphäre, wenige, angenehme Gäste, und es versteht sich, dass ich nicht den aus unverständlichen Gründen gerühmten Saumagen mit Kastanien zu mir genommen habe, sondern ein wahrhaft göttliches Boeuf Bourguignon. Anschließend habe ich in meinem Zimmer geruht, ein Verdauungsschläfchen gehalten, ein wenig meditiert, zur Entspannung und Steigerung meiner Konzentration.

Heute ist Sonntag, und die Zielperson ist dieses Mal eine Frau. Dieser Umstand hat mich ein wenig überrascht, denn üblicherweise handelt es sich bei den Objekten meines Gewerbes um Männer. Missliebige Konkurrenten, verhasste Nebenbuhler, raffgierig gewordene Geschäftspartner, gerne auch ein in Ungnade gefallener Politiker. Selbstverständlich habe ich die Frau in den vergangenen Tagen einige Male in Augenschein genommen, aus der Ferne, versteht sich. Man muss ein Gespür entwickeln für seine Zielperson. Man muss wissen, wie sie sich bewegt, wo sie verwundbar ist, wie sie denkt, was sie mag oder hasst, dann läuft es am besten. Die Frau ist nicht mehr ganz taufrisch, fünfunddreißig plus, aber immer noch ein höchst aparter Anblick. Sie macht kein Geheimnis daraus, dass sie Geld hat. Beziehungsweise ihr Mann vermutlich, der sie nun vielleicht aus irgendeinem niederen Beweggrund aus der Welt haben möchte. Ich weiß nicht, in welcher Beziehung mein Auftraggeber zur Zielperson steht, und es ist mir auch gleichgültig. Es hat mich nicht zu interessieren, warum ich töte, denn das könnte Emotionen wecken. Dennoch rätselt man in Momenten wie diesen natürlich. Ist sie vielleicht die Geliebte eines anderen Mannes, die dessen Frau ein Dorn im Auge ist? Eine lästige Miterbin? Oder ist der Anlass meines Engagements wie so oft rein geschäftlich? Ich schüttele den Kopf, um die Gedanken zu vertreiben, die darin nichts verloren haben. Nein, es ist nicht gut, zu viel über sein Opfer zu wissen. Im Grunde ist schon das Wenige, das ich weiß, zu viel. Dass sie hier in Maikammer wohnt, in einer hübschen, ganz weiß gestrichenen Villa am Hang. Dass sie bei einer Bank arbeitet, in Neustadt, in leitender Stellung. Überhaupt nichts zu wissen, ist auf der anderen Seite auch nicht optimal. Bei diesem Italiener zum Beispiel, vor acht Jahren in Barcelona, da wäre es hilfreich gewesen, zu wissen, dass es sich bei dem kleinen, schwarzhaarigen Bürschchen um einen Killer der 'Ndrangeta handelte. Um einen Kerl, der niemals unbewaffnet das Haus verließ und mit seiner Waffe überdies vortrefflich umzugehen wusste. An der linken Schulter trage ich noch immer eine Narbe von dem Streifschuss, den er mir verpasste, dieser räudige Hund. Aber seine Waffe hat ihn letztlich auch nicht gerettet. Ich war aufgrund der Überraschung zwar langsamer als er, habe dafür aber präziser gezielt. Auch das ist etwas, was in meinem Geschäft früher oder später unweigerlich in die Katastrophe führt: Eile.

Meine für dieses Jahr letzte Zielperson – hübsches Wort übrigens in diesem Zusammenhang – wird unbewaffnet sein, dessen bin ich mir sicher. Sie ahnt nicht einmal, wie kurz die Zeit ist, die ihr noch bleibt. Sie freut sich zum letzten Mal auf den Besuch des Weinfests, heute ist ihr letzter Tag, und auch der ist nun schon fast zu Ende. Sie lächelt auffallend oft und gerne, ist mir aufgefallen. Und sie hat ein – nun ja – angenehmes Lächeln, um das es mir fast ein wenig leidtut. Ebenmäßige weiße Zähne, ein schön geschwungener Mund, immer sorgfältig, angemessen dezent geschminkt und aufs Beste gekleidet in feine Stoffe von Pariser oder Mailändern Schneidern. Ihre Schuhe kauft sie mit Vorliebe bei Prada. Unter anderen Umständen also durchaus eine Frau, in die man sich verlieben könnte.

Wie jeden Abend wird sie zu Fuß kommen, von ihrer nur wenige hundert Meter entfernten Villa, allein oder in Begleitung eines Kollegen, der einige Jahre älter ist als sie. Aber da ist nichts von Liebe zu spüren zwischen den beiden. Nicht einmal von Freundschaft. Vorgestern und gestern Abend war sie auch schon hier. Sie trifft sich immer mit einer Horde Einheimischer, die allesamt völlig unter ihrem Niveau sind.

Sie scheint diese Art primitiver Festivitäten zu lieben, sich heute jedoch zu verspäten. Acht Uhr ist schon vorüber, und eigentlich sollte sie schon seit einer halben Stunde hier sein. Jemand tritt an meinen Tisch, den ich bisher erstaunlicherweise für mich alleine hatte. Es ist eine Frau. Ein junges, süßes Blondchen in billigem Jeansanzug und mit Knabenfrisur. Sie lächelt mich scheu an, nippt an ihrem Schoppenglas, senkt den Blick der blaugrauen Augen. Sie sucht keinen Kontakt, kein Gespräch, was mich beruhigt. Vermutlich wartet sie auf eine Freundin, einen Freund, was geht es mich an? Ich wende ihr den Rücken zu. Je weniger Menschen sich später an mein Gesicht erinnern, desto besser.

Wieder sehe ich auf die Uhr: Schon zehn nach acht. Hoffentlich kommt sie noch. Sonst würde mein Vorhaben scheitern, und ich hasse nichts mehr als Umplanung im letzten Moment. Ich muss schlucken bei der Vorstellung. Ich mag es auch nicht, wenn Menschen unpünktlich sind, Termine nicht einhalten. Obwohl mein Termin mit der Zielperson selbstredend eine höchst einseitige Angelegenheit ist. Vermutlich wurde sie aufgehalten. Vielleicht hat sie Arbeit mit nach Hause genommen, die noch zu erledigen war, Bilanzen, Berichte, was weiß ich. Sie wird kommen. Es ist der letzte Tag des Maifests, ein letztes Aufbäumen der fröhlichen Raserei. An den meisten Tischen wird geschunkelt. Der Frauenchor hat freundlicherweise aufgegeben und sich im Gewühl verstreut.

Als ich mich wieder meinem Glas zuwende, ist Blondchen verschwunden. Aus den Lautsprechern plärrt jetzt Trude Herr: »Ich will keine Schokolade«.

An die Stelle der kleinen Blonden tritt jemand anderes. Wieder ist es eine Frau, in drei Worten zu beschreiben: groß, breit, laut. Schon weit jenseits der vierzig und unverhohlen auf der Jagd nach williger Beute. Sie grinst mich in einer Weise an, die sie vermutlich für verrucht hält.

»Auch allein an diesem wunderschönen Abend?«, gurrt sie. Sie hat schiefe Zähne. Und vermutlich auch Mundgeruch. Offenkundig hat sie sich schon kräftig Mut angetrunken.

Ich gebe mich mürrisch. Nicke in mein Glas, das immer noch zu drei Vierteln voll ist. Lauwarm schmeckt die Schorle noch ekliger als kalt.

»Nett hier, gell?«, meint die Frau mit neckisch schief gelegtem Kopf und hält mir ihr Glas zum Anstoßen hin.

Ich übersehe die aufdringliche Geste. Weiche ihrem Blick aus. Erwidere ihr schelmisch gemeintes, aber nur dümmlich wirkendes Grinsen nicht. Verhalte mich so abweisend, wie ich nur kann. Und das kann ich eigentlich ziemlich gut. Hier scheint es allerdings nicht zu fruchten. Sie ist nicht der Typ Frau, der rasch aufgibt.

»Schlimmen Tag gehabt?«, begehrt sie zu wissen, nimmt einen großen Schluck und leckt sich genießerisch die viel zu rot geschminkten Lippen. Auch ihr Kleid ist rot, wie auch die Stiefel. Das glatt fallende Haar dagegen ist schwarz. Ich gebe zu, ich habe schon hässlichere Frauen gesehen. Ich habe auch schon mit hässlicheren Frauen geschlafen. Aber heute ist definitiv nicht der Tag für amouröse Intermezzi.

Ich stelle mein Glas auf den Tisch und lasse die Frau im roten Kleid einfach stehen, denn ich sehe die Zielperson kommen.

»He, Süßer«, schreit die Schwarzhaarige in meinem Rücken, »dein Glas! Da ist Pfand drauf, zwei Euro!!!«

Ich gehe unbeirrt weiter, stelle mich taub. Aber da packt sie mich schon am Ärmel, hält mir vorwurfsvoll das billige Trinkgefäß hin, das nie im Leben zwei Euro wert ist.

Die andere Frau, die mir in diesem Moment entgegenkommt, noch etwa fünfundzwanzig Meter entfernt, ist dagegen fünfundzwanzigtausend Dollar wert. Mein Honorar, dessen zweite Rate nach Erledigung des Auftrags fällig wird. Von dem Stand, der sich jetzt links neben mir befindet, weht der Gestank nach gegrillten Würsten herüber, und Gitte will »'nen Cowboy als Mann«. Etwas entfernt grölt eine misstönende Männergruppe »Es gibt kein Woi auf Hawai«.

Die erste Hälfte meines Honorars steckt in einem prallen Umschlag in der linken Innentasche meines Burberry-Trenchcoats. Ein angenehmes, höchst befriedigendes Gefühl. Einmal hat mir ein solcher Umschlag sogar das Leben gerettet, weil das verflixte Messer dieses australischen Zuhälters darin stecken blieb, der eine halbe Sekunde später tot zusammenbrach, weil mein eigenes Werkzeug nicht auf Widerstand traf. Ich arbeite gerne mit dem Messer. Schusswaffen benutze ich nur, wenn es sich absolut nicht vermeiden lässt, wenn zum Beispiel die Umstände einen direkten Kontakt zur Zielperson nicht zulassen. Messer machen keinen Lärm und kein Aufsehen. Sie wirken zuverlässiger als Schüsse, weil die Unsicherheit des Zielens und Treffens entfällt. Wenn man geübt ist, macht man sich nicht einmal die Hände schmutzig. Eine einzige, tausendfach vor dem Spiegel geübte Bewegung, und schon ist es vorbei.

Jetzt ist sie nur noch zwanzig Meter entfernt. Es wird allmählich ernst, und die mannstolle Schwarzhaarige hängt an mir wie eine Klette und möchte mich partout um zwei Euro reicher machen.

»Süßer, komm. Ich geb dir das Geld, und geb das Glas für dich zurück. Obwohl du nicht aussiehst, als würden dich zwei Euro groß jucken. Aber Ordnung muss sein. Nicht, dass es am Ende noch heißt, ich hätte dich beklaut.«

Noch selten in meinem an Abwechslung wahrlich nicht armen Leben ist mir jemand in diesem Maße auf die Nerven gegangen. Aber ich werde jetzt nicht emotional werden. Ich werde weiterhin entspannt bleiben. Kontrolliert. Fokussiert. Kalt wie Eis. Noch fünfzehn Meter. Und die Klette lässt meinen Ärmel nicht los, so sehr ich auch zerre und zucke. Das Messer habe ich in der linken Manteltasche. Ich bin nämlich Linkshänder, was in manchen Situationen von Vorteil ist, weil die meisten Gegner mit einem Angriff von der anderen Seite rechnen. Falls sie überhaupt mit etwas rechnen.

Ein schwer Betrunkener vom Typ Früher-war-aber-mehr-Stimmung-Rentner mischt sich ein.

»Hör'n se mal, junger Mann«, lallt er und schmiert mir ein wenig Senf von seiner Bratwurst an den Mantel. »Se sollten ma nisch so unfreundlisch sein zu de hübsche junge Dame. Die meintsch nämlisch gut mit Ihn', nicht wahr!«

Noch zehn Meter.

»Oh, Vertscheihung!«

Er hat gemerkt, dass er mir soeben einen zwölfhundert-Euro-Mantel ruiniert hat. Jetzt ist nicht nur Senf am Ärmel, sondern auch Fett. Und die Klette mit dem Becher hält mich immer noch fest.

Es muss heute sein. Es muss jetzt sein. Eine zweite Chance wird es nicht geben. Und ich habe, verflucht noch eins, nicht die geringste Lust, mir einen neuen Plan auszudenken. Mein Hotel auf Barbados ist seit Wochen gebucht. Ebenso der non-Stop-Flug morgen früh um halb sieben ab Paris Orly. Das Ticket für den TGV nach Paris Est steckt in der rechten Innentasche meines Mantels.

Noch fünf Meter.

Sie sieht mich. Zieht die Brauen hoch. Stößt ihren Begleiter an, der derselbe ist wie vorgestern. Hat sie mich erkannt? Unfug, wie sollte sie. Sie hat mich nie zuvor gesehen. Wenn ich jemanden beobachte, dann bin ich unsichtbar, wechsle fast im Stundentakt meine Verkleidung. Werde zum Handwerker, zum Versicherungsvertreter, Taxifahrer,

Realschullehrer. Ein enormer Aufwand, zugegeben, aber er lohnt sich. Zudem war ich nie zuvor in diesem Dorf, und niemals werde ich es wieder betreten, insbesondere nicht nach dieser Erfahrung heute. Zum ersten Mal seit ich weiß nicht wie vielen Jahren steht kalter Schweiß auf meiner Stirn.

Eine Aktion im Gedränge hat einen entscheidenden Vorzug: Je mehr Menschen sich um einen herum tummeln, desto weniger Zeugen wird es später geben. Zunächst bleibt den meisten Umstehenden für erstaunlich lange Zeit unklar, was eigentlich geschehen ist. In den ersten, entscheidenden Sekunden wird jeder denken, die Frau sei gestolpert, kein Wunder bei ihren hohen Absätzen, oder habe schon zu oft vom Wein genippt. Niemand wird den Zusammenhang herstellen zwischen ihrem plötzlichen Niedersinken und dem gepflegt gekleideten Herrn mit schon leicht ergrauten Schläfen, der eben an ihr vorbeigeschlendert ist. Mit Augenzeugen ist nicht zu rechnen, da ich unterhalb des Sichthorizonts agiere. Das Messer aus der Manteltasche und mit einer einzigen, fließenden Bewegung von unten her ins Herz. Ich habe sogar – als berufliche Fortbildung, auch wenn ich es aus einleuchtenden Gründen nicht von der Steuer absetzen konnte – eigens zwei Semester lang die menschliche Anatomie studiert, in Stanford. Anschließend das Messer sofort wieder heraus, damit das Blut fließen kann, und fallen lassen. Es versteht sich von selbst, dass ich Handschuhe trage. Dass ich mein Werkzeug schon vor Wochen in einem schäbigen Kaufhaus in Istanbul erstanden habe. Dass ich es niemals, niemals mit bloßer Hand berührt habe. Auch jetzt noch, Sekunden vor der ersten und einzigen Nutzung steckt es in einem Kunststoffbeutel, so dass keinerlei Spuren meiner Haut oder meiner Kleidung daran zu finden sein werden. Einen Wimpernschlag nach vollbrachter Tat werde ich im Gewühl verschwunden sein. Vielleicht werde ich noch die ersten Schreie hören, wenn jemand das helle Blut bemerkt, das sich zügig am Boden ausbreitet.

Wenn irgendwann später endlich die Polizei am Ort des Geschehens erscheint und die fatale Angelegenheit in Augenschein nimmt, sitze ich vermutlich schon im Zug nach Karlsruhe, wo ich in den TGV umsteigen werde, und freue mich auf stille Tage auf Barbados und die zweite Rate, fünfzehntausend Dollar, die morgen auf den Namen eines nicht existierenden Amerikaners an Western Union in Bridgetown transferiert werden, dessen Pass sich nicht ganz zufällig in meinem Besitz befindet.

»Kann ich Ihnen behilflich sein?«, fragt SIE. Sie steht mir jetzt gegenüber, in einem Kleid, das todsicher von Dior stammt und einem Mantel, ich vermute von Valentino, bin mir jedoch nicht ganz sicher. Ich verabscheue billige Kleidung. Obwohl saubere Schuhe und ein gepflegter Mantel heutzutage, in Zeiten des Mittelmaßes und der allgemeinen Schludrigkeit, auffallen. Ein Minimum an Stil muss einfach sein. Sie hat mich mit einem Blick als Ihresgleichen erkannt. Der offene Trenchcoat, der leichte Schal mit passendem Schottenmuster, die handgearbeiteten Schuhe, das selbstsichere Auftreten.

»Werden Sie von diesen … Leuten hier belästigt?«, fragt sie kühl.

Die Schwarzhaarige lässt endlich meinen Ärmel los. Der Bratwurst-Rentner wendet sich der Zielperson zu.

»Hör'n se ma, junge Frau«, nuschelt er. »Dett hier geht se ma gar nüscht an, verstanne? Des hier is nämlisch ne Sache zwischen dem jungen Herrn hier und der schönen Dame und meiner Winzigkeit.«

Er lacht meckernd, versucht von seiner Bratwurst abzubeißen, was ihm jedoch nicht gelingt, da er sie immer wieder am weit geöffneten Mund vorbeischiebt.

Sie sieht ihren Begleiter an. Der hebt sein übergroßes Smartphone und beginnt, eine Nummer zu wählen.

Mein Auftrag ist mit einer klaren, einer glasklaren Bedingung verknüpft: Vor Montag. Der Name der Zielperson wurde mir nicht mitgeteilt. Lediglich ein Foto bekam ich (auf elektronischem Wege selbstverständlich) und die Anschrift der weißen Villa. Die Anzahlung kam gestern Abend per Bote in mein Hotelzimmer in Deidesheim. Mit der Mail kam auch die Deadline. Ein hübsches Wort übrigens, in diesem Zusammenhang. Oft ist es erfolgsentscheidend, dass ein Mensch einen bestimmten Tag nicht erlebt, einen bestimmten Termin nicht wahrnehmen kann. Und in diesem Fall lautete die harte, die unverrückbare Deadline: spätestens heute vor Mitternacht.

Vielleicht sollte zu diesem Zeitpunkt eine Schenkung rechtskräftig werden oder eine Erbschaft oder eine Scheidung. Es kann mir gleichgültig sein. Es ist mir gleichgültig. Wichtig ist, ich muss es jetzt tun, oder mein schöner Plan geht zum Teufel. Mein Flug nach Barbados verfällt, vielleicht sogar meine Hotelbuchung. Ich vermute, es geht um Geld. Um viel Geld. Und mir bleibt nur noch eine Wahl, auch wenn alle Umstehenden sich gerade höchst aufmerksam mein Gesicht einprägen …

Jetzt!

Ich zücke das Messer und …

Der Rentner mit der Bratwurst ist soeben über seine eigenen Beine gestolpert, fällt mir im wahrsten Sinn des Wortes in den Arm und liegt mir im nächsten Moment zu Füßen. Die Zielperson springt entsetzt zurück. Und das Messer ist verschwunden. Liegt jetzt vermutlich unter dem Rentner, der sich gerade mit einem großen Seufzer auf meine Siebenhundert-Euro-Schuhe erbricht.

Die Schwarzhaarige, die immer noch mein Glas wie eine Trophäe hochhält, hebt ein – Klischee hin, Klischee her - nicht anders als hysterisch zu bezeichnendes Geschrei an.

»Kommen Sie«, sagt SIE und packt mich nun ihrerseits am Ärmel. »Erst mal weg von diesem Gesindel hier. Den Mantel kriegen Sie wieder hin, da bin ich sicher. Burberry, das ist noch Qualität, da geht sowas raus. Die Schuhe, nun ...«

Der stumme Begleiter hat sein Handy wieder eingesteckt und hilft mir aus dem Gedränge. Mir ist ein wenig übel, wird mir bewusst, und überdies schwindlig. Als hätte ich nicht nur einige Schlucke Rieslingschorle getrunken, sondern einen halben Liter Wein.

Merkwürdigerweise sehe ich plötzlich alles doppelt.

Auch meine Beine ... wollen nicht ...

Ich muss lange und sehr tief geschlafen haben, denn ich bin ganz benommen, als ich wieder zu mir komme. Es ist völlig dunkel. Keine Spur von Licht, nirgends. Gedämpft höre ich Stimmen. Ich bin also nicht allein. Keine Ahnung, warum die Menschen sich im Dunkeln unterhalten. In meinen Ohren rauscht etwas wie ein großer Wasserfall. Dennoch kann ich einzelne Worte, sogar Teile von Sätzen verstehen.

»... Interpol ...«, verstehe ich. »... schon vor Wochen ... wussten bis zum Schluss nicht, auf wen er angesetzt war.« Jetzt erst erkenne ich die Stimme: Es ist die schwarzhaarige Klette im roten Kleid, die spricht.

Ich kann die Augen nicht öffnen. Vielleicht ist es gar nicht dunkel, sondern ich kann die Lider nicht heben. Merkwürdig. Auch die Beine, die Hände, kein Muskel meines Körpers scheint mir gehorchen zu wollen. Sehr merkwürdig. Ganz in der Nähe keucht und zischt eine Maschine im Rhythmus meiner Atmung.

Nun spricht eine Männerstimme: »... werden wir jetzt wohl auch nicht mehr rausfinden ... An den Scheinen keine Fingerabdrücke ... auf dem Handy auch nichts. Hat er wahrscheinlich erst vor einer Woche gekauft oder so. Unser Labor hat eine geschlagene Woche an dem Zeug rumexperimentiert, und das Einzige, was wir bisher haben, sind eine Fahrkarte nach Paris und zehntausend Dollar in Hundertern.«

»Die erste Rate«, vermutet die Schwarzhaarige ganz richtig. »Wir beim LKA denken, er war auf Frau von Seefeld angesetzt, die Chefin der Neustädter Filiale der Deutschen Bank. Wahrscheinlich geht's um irgendeine krumme Immobiliengeschichte. Aber die streiten natürlich alles ab. Ihr Laden ist angeblich picobello clean, macht nie krumme Geschäfte. Aber man weiß ja, was die Banken heutzutage so alles treiben.«

»Seine Klamotten sind alle aus England. Bis auf die Schuhe, die sind aus Italien. Das Messer hat er in der Türkei gekauft. Der Pass stammt aus den USA und ist gefälscht. Sonst haben wir nichts. Rein gar nichts. Der Kerl ist ein Gespenst. Doch, einen Schlüssel hat er noch bei sich gehabt. Für ein Schließfach am Karlsruher Hauptbahnhof. Da haben wir sein Gepäck gefunden. Noch mehr teure Schuhe, ein paar Klamotten vom Edelschneider aber nichts Persönliches. Absolut nichts.«

»Solche Auftragskiller verdienen halt besser als unsereiner«, seufzt seine Kollegin vom LKA. »Ich kann noch nicht mal sagen, ob er überhaupt Deutsch versteht. Er hat ja kein Wort gesagt. Nicht ein einziges Wörtchen hat er zu mir gesagt, dieser eingebildete Sack! Ich bin es eigentlich nicht gewohnt, dass die Kerle mich so abblitzen lassen wie dieses Arschloch da!«

»Ah, da kommt ja endlich der Herr Professor«, sagt der Mann mit plötzlich verhaltener Stimme. »Hoffentlich kann der uns mehr sagen als dieser Torfkopf von Assistenzarzt vorhin.«

Man begrüßt sich mit geschäftsmäßiger Freundlichkeit.

»Bringen Sie ihn durch?«, höre ich den Mann fragen. »Wir haben eine verdammte Menge Fragen an den Burschen.«

»Vergessen Sie es.« Der Professor spricht sehr leise und undeutlich. Ich verstehe ihn kaum. »Koma«, höre ich ihn sagen. »... Gehirn zeigt im EEG noch gewisse Aktivitäten ... irreparabel geschädigt ... unbekanntes, sehr starkes Nervengift ... in dem Becher, den Ihre Kollegin ... nur wenig getrunken ... sonst schon auf dem Fest tot umgefallen.«

Blondchen! Diese fiese kleine Hexe, zur Hölle soll sie fahren!

Eine Kollegin war sie also, vermutlich von einem Konkurrenten meines Auftraggebers auf mich angesetzt.

Die Maschine neben mir seufzt und zischt. Meine Brust hebt und senkt sich im Takt.

Der Wasserfall in meinen Ohren scheint mit jeder Sekunde größer zu werden. Plötzlich rieche ich Wein. Und Bratwürste. Mit Senf. Von weit,

weit her höre ich Musik. »Cowboy als Mann ...«

Dann ist die Stimme des Arztes plötzlich ganz klar. Vermutlich steht er jetzt neben meinem Bett, sieht auf mich herab wie ein Jäger auf seine gerade erlegte Beute.

»Möglich, dass er uns sogar hört. So was kommt vor. Aber verstehen wird er uns mit Sicherheit nicht.«

Blödmann! Dilettant, eingebildeter!

»Aus medizinischer Sicht kann sein Körper es noch einige Wochen machen. Das Herz ist praktisch das einzige Organ, das noch einwandfrei funktioniert. Aber er wird definitiv nie wieder das Bewusstsein erlangen.« Jetzt wird er wieder undeutlicher. »Verstehen Sie bitte, wenn ich jetzt diesen Knopf drücke und die Beatmungsmaschine abstelle, dann bleibt das Herz, das immer noch so tapfer schlägt, in fünf Minuten stehen.«

Sagte ich schon, dass ich Volksfeste aus tiefstem Herzen hasse?

Boeuf Bourguignon

Dieses klassische Gericht geht problemlos auch ohne Burgunder – ein guter Pfälzer Dornfelder tut's genauso. Spätburgunder dagegen eher nicht, weil er zu hell ist. Das folgende Rezept ist angelehnt an diverse »Original«-Rezepte. Ich neige dazu, beim Kochen jeden unnötigen Aufwand zu vermeiden, es ist also vielleicht das einfachste Rezept, das Sie finden werden. Da das Gericht bei uns immer Teil eines mehrgängigen Menüs ist, sind die Mengen eher knapp gehalten.

Zutaten für vier Personen:

600 g Rindfleisch (Hals oder Wade).
Am Stück kaufen und selbst schneiden, da die Fleischstücke größer sein sollen als bei einem klassischen Gulasch.
1 bis 2 mittelgroße Zwiebeln
6 mittelgroße Mohrrüben putzen und in daumengroße Stücke schneiden
1 bis 2 große Knoblauchzehen
250 g Champignons (wenn möglich braune)
Einige Thymian-Zweige
Einige Stängel glatte Petersilie
Tomatenmark
4 EL Olivenöl
½ l Rotwein
Salz, Cayennepfeffer (Chili)
Evtl. Crème fraîche

Zubereitung:

Die Fleischstücke in Olivenöl kräftig anbraten. Wenn das Fleisch angebräunt ist, grob geschnittene Zwiebeln dazu, die Mohrrüben jeweils in acht Schnitze schneiden und ebenfalls in die Pfanne werfen. Alles fünf Minuten bei reduzierter Hitze mitschmoren lassen. Dann den Rotwein hinein, gegebenenfalls noch Wasser, so dass alles schön bedeckt ist. Thymianzweige und Petersilie (mit Stielen) dazu, Temperatur runterdrehen, Deckel drauf. Und nun kommt das Wichtigste: Das Ragout soll mindestens zwei, besser drei Stunden bei niedrigster Hitze schmurgeln. Es soll nicht wirklich kochen, sondern lediglich friedlich vor sich hinsimmern. Hin und wieder nachsehen, ob noch genug Flüssigkeit vorhanden ist, gegebenenfalls Wasser zugeben. Das Fleisch wird so zart sein, dass Sie zum Essen kein Messer brauchen.

Kurz vor Ende zwei, drei Esslöffel Tomatenmark hinzu, grob geschnittene Knoblauchzehen, geviertelte Champignons ein paar Minuten mitköcheln lassen. Mit Salz und Cayennepfeffer abschmecken. Wer mag, darf gerne noch einen kräftigen Schlag Crème fraîche hineintun. Sie werden sehen, dass die Soße auch ohne Mehl oder Ähnliches wunderbar sämig geworden ist.

Als letztes nehmen Sie die Thymianzweige und Petersilienstängel heraus. Und dann: Lassen Sie es sich schmecken!

Als Beilage koche ich gerne Prinzessbohnen und Backofenkartoffeln oder auch, um das Glück vollkommen zu machen, ein Kartoffelgratin.

Klaus Maria Dechant

Anglerlatein

»Rüdiger!«

»Hmm.«

»Rüüüdiger!« Heike machte immer schon beim zweiten Rufen deutlich, dass sie es nicht tolerierte, ignoriert zu werden.

Rüdiger wusste das seit dreißig Jahren und er hasste das seit dreißig Jahren. Aber nicht genug, um der Bequemlichkeit abzuschwören, die das Sofa in entspannter Dreieinigkeit mit dem gedämpften Licht und dem ausgezeichneten Niederkirchner Sauvignon-Blanc generierte. In diesem Ambiente gelang es ihm sogar, die wie gewohnt wenig appetitlichen Gerüche und das Dröhnen der Dunstabzugshaube aus der Küche auszublenden. Nur Heikes Stimme ließ sich nicht einfach ausblenden.

»Mein Gott Rüdiger. Sitzt du auf deinen Ohren oder schläfst du schon wieder?« Das Odeur wenig gewürzter dafür stark verbrannter Frikadellen waberte mit Heikes blau-geblümter Küchenschürze in Richtung Rüdiger. »So hart kann die Arbeit in der Bank doch gar nicht sein, dass du jeden Abend halbtot hier zusammenbrichst. Übrigens, dein Anglermagazin ist gestern schon gekommen.« Geräuschvoll landete die Illustrierte auf dem Wohnzimmertisch. »Du solltest das teure Ding auch mal lesen, vielleicht gäbe es dann ja mal frischen Fisch!« Heike trottete wieder davon. Rüdiger sah ihr im Halbdunkel aus Sehschlitzen nach. Für ihre neunundvierzig ist ja gar nicht mal so unansehnlich, dachte er bei sich. Fülliger als in den 90ern, aber, auch an den richtigen Stellen. Rüdiger schickte ein verschmitztes Grinsen in den leeren Raum. Hässlich ist sie ja auch nicht. Bis auf diese Karin-Dor-Frisur aus den 60ern. Und die geblümten Schürzen natürlich. Rüdiger überkam ein kühler Schauer. Heike hatte es sogar mal mit einer dieser geblümten Küchenkitteln versucht. Der optische Gipfel ihrer konservativen Weltauffassung. In den USA wäre sie eine ausgezeichnete Republikanerin gewesen: häuslich, bibelfest und geradezu krankhaft homophob. Er erinnerte sich an diesen einschneidenden Tag. Daraufhin hatte er beschlossen, es wie einige seiner Kollegen zu machen und sich ein Liebchen zu suchen. Konnte doch nicht so schwer sein. Einsfünfundachtzig groß, mit zweiundfünfzig in den besten Jahren, volles Haar, leicht grau meliert und die Ausprägung des Feinkostgewölbes hielt sich dank Heikes Dilettantismus in der Küche in Grenzen. Rüdiger fand sich immer noch recht ansehnlich, während er lustlos in »Am Haken« blätterte, die seine Gattin ihm lieblos hingeworfen hatte.

Hach ja, morgen war es wieder so weit. Freitag. Wie jede Woche würde er um vierzehn Uhr dreißig aus dem Büro kommen. Heike hatte in dem Punkt schon recht. Die Arbeit ermüdete ihn nicht. Eher der exzellent bezahlte Müßiggang, den er sich als stellvertretender Abteilungsleiter eines großen Kreditinstitutes in Frankenthal in früheren Jahren hart erarbeitet hatte. Nach seiner Ankunft würde er eine Kleinigkeit essen. Irgendwas aus der Dose. Dann würde er den Kombi packen. Angeltaschen, Ruten, ein Stuhl, Zelt und Klappbett nicht vergessen, ebenso wie Eimer und Schirm. Von den meisten Gegenständen kannte Rüdiger nicht einmal deren Zweck. Abhakmatten, Bissanzeiger, Schnuraufspulhilfen ... Egal. Die Sachen waren teuer und zeigten seinen Willen, endlich ein Hobby gefunden zu haben, das ihn zum Wochenende von der Couch holte. Heike hatte schließlich lange genug genörgelt. Und sie war froh gewesen, dass die Suche nach einer sinnstiftenden Freizeitgestaltung nicht in gemeinsamen Aktivitäten mündete, wie Tennis oder Bowling. Jedenfalls, der Weg würde Rüdiger auch an diesem Freitagnachmittag keinesfalls an den Lambsheimer Weiher führen. Und er würde auch an diesem Wochenende keine Sekunde, geschweige denn die Nacht in dem obszön kostspieligen Daunenschlafsack auf dem Campingbett verbringen, um noch vor Sonnenaufgang dem frühen Fisch mit einer der drei verfügbaren Angelruten zu Leibe zu rücken.

Im Gegenteil! Gegen siebzehn Uhr dreißig würde er, wie jeden Freitag seit eineinhalb Jahren, in das schicke Neubaugebiet in Erpolzheim fahren. Die Garage würde wie immer geöffnet sein, so dass er unbemerkt einfahren könnte. Und in der Verbindungstür zum Haus würde sie stehen: Angela. Mit fünfundfünfzig sogar etwas älter als Rüdiger, aber, und das war das Entscheidende, der exakte Gegenentwurf zu Heike. Langes, wallendes, rotes Haar, die weiche Haut weiß wie Schnee und eine erklärte Gegnerin von zu viel Kleidung. Im Winter ließ sie einfach einen Mantel fallen, jetzt im Sommer funktionierte das auch wunderbar mit einem Hauch von Trägerkleid. Aber das Wichtigste: Angela konnte kochen. So sehr sich Rüdiger auf die sinnlichen Vergnügungen in der Waagerechten freute, der für morgen versprochene Rotbarsch in Weißweinsoße ließ ihn nicht minder frohlocken.

»Sag mal Rüdiger«, Heikes schrilles Organ holte ihn aus dem erregenden Spätnachmittagstraum. »Ich hab' heute unseren neuen Nachbarn kennengelernt. Werner. Ein ganz Netter. Verwitwet.«

»Hmmm.« Rüdiger schickte ein bestätigendes, aber weitgehend tonloses Lebenszeichen in die Küche des Klinkerbungalows, den Heikes Eltern als Hochzeitsgeschenk durch ihren Auszug freigemacht hatten. Er hatte diesen Werner in dieser Woche morgens mal gesehen. War vor vierzehn Tagen eingezogen und machte von außen betrachtet einen freundlichen Eindruck. Mehr Gedanken waren ihm Werner aber nicht wert. Stattdessen ließ er sie wieder um Angela kreisen, ebenso wie den Sauvignon im eleganten Glas. Ein Lächeln huschte ihm über das Gesicht. Fast zwei Jahre war es jetzt her, dass Angela, damals für ihn noch Frau Kindermann, als fleischgewordene Feuerwalze in sein Büro drang, um den Chef von diesen Trotteln in der Kreditabteilung zu filetieren. Seine mit dem Klammerbeutel gepuderten Hilfssheriffs hätten sich doch tatsächlich geweigert, der frisch geschiedenen, mittellosen Naturgewalt einen Kredit für das Kosmetikstudio im Keller des vom Ex-Gatten gesäuberten Hauses zu gewähren.

Rüdiger war vom ersten Moment an schockverliebt. Er hatte sofort eine Prüfung der Angelegenheit sowie Unterstützung bei der Erstellung eines Businessplans zugesagt und eine zeitnahe Besichtigung der betrieblichen Räume angeregt. Zwei Tage später schon sah sich Rüdiger hin- und hergerissen zwischen rheinischem Sauerbraten, in Butter geschwenkten goldgelben Spätzle und den entwaffnenden Reizen seiner Gastgeberin. Der Kredit geriet zur Formsache, zumal eine wöchentliche Überprüfung des Engagements der Bank schnell abgemacht war.

»Ich hab' mich übrigens lange mit diesem Werner unterhalten.« Der Sound aus der Küche ähnelte mehr dem eines arg ramponierten Saxofons, denn einer Stimme, passte aber zu dem unangenehmen Geruch nach alter Kneipe und abgetakelter Imbissbude. Kochte sie Turnschuhe zu den Frikadellen? »Werner hat mir erzählt, dass er auch so ein verrückter Angler ist, wie Du! Und auch jede Woche in Lambsheim am See. Wie Du.«

Rüdiger erstarrte. Der Wein lief ungebremst aus dem Glas in die Kehle. Nicht kühl und samtig wie noch vor wenigen Minuten. Der Saft der vergorenen Trauben schien zu transformieren. Zu Sand, der sich schmerzhaft und langsam vorarbeitete, um als Pfropfen auf Höhe des Zwerchfells festzustecken. Mit einem erstickten Husten befreite sich Rüdiger und versprühte einen feinen Nebel aus Sauvignon blanc. Nicht reagieren! Sowas musst du souverän aussitzen! Er hatte sich wieder gefangen.

»Ich hab Werner für nächsten Freitag eingeladen. Danach könnt ihr ja zusammen raus zum See. Er freut sich total drauf. Ich dachte, ich koche uns was, damit ihr nicht hungrig die Nacht verbringen müsst.«

Du kochst? Ich dachte, du magst ihn? Rüdiger war in Gedanken nur kurz abgelenkt, bis ihm der Ernst der Lage bewusst wurde. Werner, es tu mir leid, aber du musst weg! Du bist bestimmt ein ganz Netter. Angler sollen ja generell sehr nett sein, aber, du enttarnst mich nicht nur, du bringst mich auch um Rotbarsch. Ich meine richtig guten Rotbarsch. Du musst weg! Im Geiste sah sich Rüdiger schon mit dem Spaten in einem Waldstück ein Loch graben und Werner darin verschwinden. Wie würde er es machen? Gift? Ihn brutal erschlagen? Oder einfach warten, ob Heikes Küche des Grauens eine tödliche Wirkung entfalten würde? Sicher war Werner einer solchen Härte noch nie ausgesetzt gewesen und daher anfällig. Binnen Sekunden liefen auf seiner geistigen Leinwand alle Versuche aus Tatort- und CSI-Folgen ab, das perfekte Verbrechen zu begehen. Eine niederschmetternde Chronik des Versagens.

Und wenn er gar nicht Werner ans Leder ginge. Schlussendlich war ja nicht er das Problem, sondern ...

Rüdiger hatte sich noch einen kräftigen Schluck des Sauvignon Blanc eingeschenkt. Ein Haushaltsunfall. Beim Kochen. Heikes fatalistische Kochweise hatte den Boden der Küche sicher eh schon wieder derart mit altem Bratfett überzogen, da rutscht man fix aus ... Er stand auf. Das Weinglas vor sich her tragend schlurfte er in die Küche.

»Oh, es kann laufen.« Heike blaffte ihren Gatten hämisch an, während sie etwas, das aussah wie ein kriegsversehrter Blumenkohl, aus einem Topf in eine Schüssel bugsierte.

»Werner ist schwul!« Rüdiger lehnte mit dem Rücken lässig an der Arbeitsplatte neben dem Herd, die Füße über Kreuz gestellt, und sah Heike betroffen an. Alles für Angela. Alles für den Rotbarsch!

»Ach, es spricht auch.« Heike verdrehte die Augen. »Und wie kommst du darauf, unser Nachbar sei ... du kennst ihn doch gar nicht.«

»Ich wollte es dir eigentlich nicht sagen.« Allmählich kam Rüdiger in Fahrt. »Werner hat dich angelogen. Er hat mich letzten Freitag am See angesprochen. Wollte unbedingt ein Bier mit mir trinken. Daraus wurden zwei und drei ... Naja, wir sind dann in mein Zelt. Was soll ich sagen? Er ist ein schöner Mann und ich war betrunken.« Zufrieden mit sich legte Rüdiger den Kopf in den Nacken und leerte den Wein.

sHeike reagierte überraschend kühl und gelassen. Ihre rechte rosa Fellpusche schob sich unter die übereinandergeschlagenen Hacken von Rüdigers lederbesohlten Abteilungsleiter-Lloyds. Die ein Meter fünfundachtzig glitten in Zeitlupe dahin. Zwei dumpfe Schläge bildeten das Finale – Rüdigers Kopf zunächst auf der Arbeitsplatte und schließlich auf den grünen Florentinerfliesen.

Er sollte recht behalten. Man(n) rutschte fix aus.

Rotbarschfiltes in Weißweinsoße

Zutaten für zwei Personen:

2 Rotbarschfilets (altern. Seelachs)
150 ml Weißwein
1 Zwiebel
1 Karotte
1 Zitrone, Saft
2 Knoblauchzehen
2 Gewürznelken
1 TL Oregano, getrocknet
½ TL Salz
1 Prise Pfeffer
40 g Schalotten

Zubereitung:

Zuerst den Backofen auf 160 Grad Umluft vorheizen und eine Auflaufform mit etwas Öl befetten. Die Zitrone halbieren und auspressen.

Die Fischfilets unter fließend, kaltem Wasser abspülen, mit Küchenpapier trocken tupfen, anschließend mit Salz, Pfeffer und Zitronensaft würzen und die Filets in die vorbereitete Auflaufform legen. Nun die Karotte putzen und klein schneiden. Zwiebel Schalotten sowie Knoblauch pellen und fein hacken. Dann Möhren-, Zwiebel-, Schalotten- und Knoblauchstücke über den Fischfilets verteilen.

Anschließend den Weißwein mit Gewürznelken und Oregano vermischen und über den Fisch gießen.

Zum Schluss die Fischfilets in Weißweinsauce im vorgeheizten Backofen für 30 -35 Minuten dünsten.

Mit gebutterten Salzkartoffeln servieren!

Sandra Lode

Elwedritsche-Jagd

»Elwedritsche, was für ein Schwachsinn«, schimpfte Frank vor sich hin, während er sich schnaufend den steilen Waldweg hinaufkämpfte. Auf so eine bescheuerte Idee hatte auch nur Michael Wissing kommen können. Der war der Leiter der Firmenkundenberatung ihrer Bank und hatte ihnen vor zwei Wochen freudestrahlend verkündet, dass ihn der Vorstand damit beauftragt hätte, ein Teambuilding-Event für Firmenkundenberater und die Kreditweiterbearbeitung – Franks Abteilung – zu organisieren. Angeblich hätte er sich dafür etwas »ganz Besonderes« ausgedacht. Frank war da schon misstrauisch geworden, aber auf das, was ihn und seine Kollegen heute erwartete, war er nicht vorbereitet gewesen.

Wissing hatte beide Abteilungen allen Ernstes zu einer Elwedritsche-Jagd angemeldet! Das entsprach genau seiner Art von derbem Pfälzer Humor. Aber dem würde das Lachen schon noch vergehen. Frank dachte an die Unterlagen, die er in den letzten Monaten akribisch zusammengetragen hatte. Diese bewiesen zweifelsfrei, dass Wissing bei der Kreditvergabe an gewisse Großkunden mehr als nur ein Auge zugedrückt und in einigen Fällen sogar Geld dafür eingesteckt hatte, Kredite besser aussehen zu lassen, als sie waren. Das würde diesen Großkotz den Job und seinen guten Ruf kosten, dafür würde er höchstpersönlich sorgen.

Ein grimmiges Lächeln überzog sein von Anstrengung und Kälte gerötetes Gesicht und er nahm noch einen Schluck von dem süffigen Pfälzer Riesling, der in einer altmodischen Trinkflasche um seinen Hals hing.

Am späten Abend hatten sie sich alle in einer Neustädter Gastwirtschaft direkt am Waldrand einfinden müssen, wo sie mit Begrüßungstrunk und einer deftigen Pfälzer Keschdesupp empfangen wurden. Sodann hatte man ihnen eine Einführung in die traditionsreiche Elwedritsche-Jagd gegeben, die idealerweise in einer dunklen, kalten Neumondnacht wie dieser stattfinden sollte. Die scheuen Pfälzer Fabelwesen – der Sage nach eine Kreuzung von Hühnern, Gänsen oder Enten mit Elfen, Kobolden oder gar den legendären Pfälzer Drachen – waren keine leichte Beute. Es musste für die Jagd ein Fänger bestimmt werden, die restliche Jagdgesellschaft fungierte als Treiber. Diese sollten mit lauten »Tritsch, tritsch«-Rufen und Stockschlägen gegen Bäume und

Büsche die Elwedritsche aus ihren Nestern aufscheuchen, sodass der Fänger sie mittels eines zu einer Art Schlauch aufgestellten Sacks einfangen konnte.

Um sich vor Angriffen der Elwedritsche zu schützen, riet man ihnen, vor und während der Jagd reichlich Alkohol zu trinken – zur Tarnung des menschlichen Geruchs. Das hatte sich Frank nicht zweimal sagen lassen und dem Riesling schon in der Wirtschaft gut zugesprochen.

Das rächte sich nun allerdings, denn er hatte nicht damit gerechnet, dass der Weg durch den Wald derart anstrengend sein würde. Zusammen mit seinen gut zwanzig Kilo Übergewicht führte es dazu, dass er nun schon ein ganzes Stück hinter seine mit Stöcken klappernden und ausgelassen »Tritsch, tritsch« rufenden Kollegen zurückgefallen war. Wenigstens konnte er den Stock dazu benutzen, sich auf dem unebenen, mit Wurzeln durchzogenen Waldboden abzustützen. Die funzelige, kleine Laterne, von denen jeder Teilnehmer eine bekommen hatte, erhellte den Pfad mehr schlecht als recht. Hoffentlich verlor er nicht ganz den Anschluss an die Gruppe. Er hatte nicht die geringste Lust, mitten in der Nacht allein durch den Wald zu irren.

Während er Wissing in Gedanken ein weiteres Mal verfluchte, kam plötzlich von rechts aus dem Unterholz ein Schatten auf ihn zu. Vor Schreck wäre er beinahe rückwärts den Hang hinuntergestolpert, doch dann erkannte er Gabriele, eine der beiden Teamassistentinnen seiner Abteilung.

»Gott, Gabriele, du hast mich fast zu Tode erschreckt!«, stieß er hervor. Er leuchtete sie an und merkte erst jetzt, dass sie ziemlich derangiert aussah und bei jedem Schritt ihr Gesicht schmerzhaft verzog. »Was hast du denn? Fehlt dir was?«

Sie blieb keuchend neben ihm stehen. »Ich musste mal für kleine Mädchen und hab mich ein paar Meter in die Büsche geschlagen.« Sie deutete in die Richtung, aus der sie gekommen war. »Dabei hab ich wohl dieses blöde Loch im Boden übersehen und … autsch!« Es war offensichtlich, dass sie ihr linkes Bein nicht mehr belasten konnte. »Sicher nur verstaucht, aber es tut mörderisch weh.«

»Warte, ich helf dir!« Frank wollte ihr den Arm um die Taille legen, um sie beim Gehen zu stützen, doch sie wehrte ihn ab.

»Kannst du … kannst du erst noch nach meinem Rucksack schauen? Der hat sich beim Sturz irgendwo verfangen und ich hab ihn nicht losbekommen. Da ist alles drin: Geldbeutel, Handy, Führerschein, Papiere, Autoschlüssel …« Sie sah ihn bittend an. »Die Laterne hab ich auch verloren. Ist wohl dabei ausgegangen, ich konnte sie jedenfalls nicht mehr finden.«

Frank zögerte, aber er wollte vor Gabriele, für die er eine Schwäche hatte und mit der er in der Arbeit gerne das eine oder andere Schwätzchen hielt, nicht als Weichei dastehen.

»Na klar«, sagte er gönnerhaft und drückte ihr seine Laterne in die Hand. »Ich nehm meine Handytaschenlampe, mit der seh ich wahrscheinlich eh mehr als mit dieser Funzel.«

»Es ist direkt da drüben. Vielleicht zehn, zwanzig Meter.«

»Okay, bis gleich.« Mit diesen Worten schlug Frank sich ins Unterholz. Immer wieder blieb er an Ästen oder dornigen Ranken hängen. Warum war sie nur so weit vom Weg weggegangen? Mitten in der Nacht hätte sie doch keiner beim Pinkeln beobachten können. Versteh einer die Frauen, dachte er missmutig.

Nachdem er sich einige Meter vorangekämpft hatte, erkannte er im schmalen Strahl des Handylichts etwas Rotes zwischen den Büschen. Das musste ihr Rucksack sein. Er hing in den untersten Ästen eines niedrigen Baums, der extrem schief gewachsen war. Um ihn losmachen zu können, brauchte er beide Hände und musste das Handy kurz wegstecken.

»Verdammt, ist das finster hier«, grummelte er vor sich hin.

Frank beugte sich vor und nestelte an den Gurten herum. Seine Augen gewöhnten sich nur langsam an die Dunkelheit.

Als hinter ihm ein Knacken ertönte, fuhr er herum. »Gabriele? Du solltest doch auf mich …«

In dem Moment flammte vor ihm ein Licht auf, das ihn blendete, und aus diesem Licht kam etwas Großes auf ihn zugeschossen. Er erkannte vage einen langen, spitzen, weit aufgerissenen Schnabel, hervorquellende Augen mit schlitzförmigen Pupillen und bedrohlich ausgebreitete … Drachenflügel?

Das gibt's doch nicht, fuhr es ihm durch den Kopf und er stolperte ein paar Schritte rückwärts, um dem furienartigen Ding zu entkommen.

Zu spät bemerkte er die steil abfallende Felswand aus Sandstein hinter sich, über deren oberen Rand die windschiefe Kiefer hinausragte, an der immer noch der rote Rucksack baumelte.

»Moin herzlische Glückwunsch, die Herrschafte! Sie hänn erfolgreisch de Elwedritsche-Jagdschoin erworwe!«, tönte der Mann, der sie auf der Jagd geführt hatte. »Des misse mer mit ähm zünftische

Elwedritsche-Drobbe feiere! Proscht!« Er hob sein Dubbeglas und prostete der Gruppe zu.

»Sag mal, Gaby …« Ihre Kollegin Anja stieß sie mit dem Ellbogen in die Seite. »Wo ist eigentlich der Frank abgeblieben?«

Gabriele sah sie überrascht an und zuckte mit den Schultern. »Keine Ahnung. Als ich ihn das letzte Mal gesehen hab, musste er mal kurz austreten.« Sie setzte ihren Rucksack ab und nahm einen Schluck Wein. »Der kommt sicher gleich nach. Ist halt nicht der Schnellste mit seinen Extrapfunden.«

»Jetzt sei nicht so gemein.« Anja stieß sie erneut in die Seite. »Das ist doch ein ganz Netter.«

In dem Moment fing Gabriele den Blick von Michael Wissing auf. Sie nickte kaum merklich und er zwinkerte ihr verschwörerisch zu.

Was für ein Glück, dass Frank von ihrer heimlichen Beziehung nie etwas mitbekommen hatte. Sonst hätte er ihr gegenüber sicherlich nicht so offenherzig seine Meinung über Michael kundgetan – und sie hätte sich nicht veranlasst gesehen, nach Feierabend mal ein bisschen in Franks Unterlagen zu stöbern, in denen sich so manches pikante Beweismittel für Wissings dubiose Kreditvergaben gefunden hatte.

Und der arme, rechtschaffene Frank hatte auch nicht ahnen können, dass sie bei der letzten Fastnacht für den Umzugswagen ihres Fastnachtsvereins ein paar große, beeindruckend »lebensechte« Elwedritsche-Figuren gebastelt hatte. Besonders gut gelungen war ihr dabei die Drachen-Kampf-Dritsche.

Wie hatte es ihre Schwester so treffend ausgedrückt? »Vor demm Vieh kennt mer jo grad Ongscht kriesche!«

Deftige Pfälzer Keschdesupp zur Stärkung für Elwedritsche-Jäger

Zubereitungszeit: ca. 30 Minuten

Zutaten für vier Personen:

500 g Maronen
1 Zwiebel
250 g Möhren
700 ml Gemüsebrühe
100 g Saure Sahne
Kräutersalz, Pfeffer, etwas Muskatnuss
100 ml Riesling
etwas Petersilie oder Kerbel

Zubereitung:

Maronen kreuzweise einritzen und 15 Minuten in Wasser kochen. Heiß schälen.

Zwiebel, Möhren und Maronen klein schneiden und in der Gemüsebrühe 10 Minuten kochen, dann pürieren.

Saure Sahne unterziehen und mit den Gewürzen kräftig abschmecken. Kurz vor dem Servieren mit dem Riesling abrunden.

Suppe in Tassen füllen und mit den Kräutern verzieren.

Tipp:

Alternativ können auch gekochte Maronen aus dem Glas – oder eingeschweißt – verwendet werden. Damit ist die Suppe in 15 Minuten fertig.

Martin Meyer

Jagdszenen aus Edenkoben

Edenkoben, 23. September 1888.
Karl Georg Mayer, in Edenkoben im Allgemeinen der Schorsch, hatte sich ins Nebenzimmer seiner Weinstube zurückgezogen. Die Linsen, die ihm seine liebe Grete zubereitet hatte, dufteten verlockend, dazu kam ein Schoppen seines besten Weines im Keller. Trotzdem wollte es ihm nicht schmecken. Fieberhaft kaute er an seinem Bleistift; er brütete über einer Eingabe, die er möglichst Seiner Königlichen Hoheit, dem Herrn Prinzregenten persönlich, schicken wollte. Noch mehr graute es ihm vor der Reinschrift auf Büttenpapier. Schorsch war Wirt, Winzer und Jäger, kein Meister gedrechselter Worte. Und wie betitelte man den Prinzregenten korrekt? »Seine Majestät« oder »Königliche Hoheit«?

Seit einigen Tagen bereiste Prinzregent Luitpold vom Edenkobener Schloss Ludwigshöhe aus die ganze Pfalz. Er sei, das hatte Schorsch vernommen, ein Mann des Volkes. Was lag daher näher, als ihm die Sache Meinrad von First zu unterbreiten? Dieser Adelige führte die »Edenkobener Schützen-Gesellschaft«, der auch Schorsch als nicht-privilegiertes, also nichtadeliges Mitglied angehörte, wie ein Junker seinen Hof und schreckte auch vor Hochstapelei nicht zurück. Denn er nannte sich »Kgl. Bayr. Wildbret-Lieferant«, obwohl er dies, wie man in Edenkoben raunte, zu keinem Zeitpunkt gewesen war. Allenfalls Prinzregent Luitpold persönlich könnte, wie Schorsch vermutete, Meinrad von First diesen Titel aberkennen.

Das Dubbeglas war leer, die Kerze heruntergebrannt, auf Grete freilich war Verlass; wann immer es so weit war, steckte sie den Kopf in die Tür: »Magst noch einen Schoppen?«

Bevor sie mit dem Weinkrug zurückkehrte, klopfte es höflich an der Tür. Schorsch leckte den Löffel ab und fuhr mit dem Ärmel über den Mund. »Herein!«

Stadtarchivar Hermann Bestel trat ein und sah ihn vorwurfsvoll an. »Wo warst du denn?«

Schorsch versteinerte. Vor lauter Briefaustüfteln hatte er das Treffen verschwitzt. Die Schützen-Gesellschaft hatte für diesen Abend aus Anlass des Regenten-Besuchs zur Versammlung eingeladen, selbst ihn als nicht-privilegiertes Mitglied. Hier in der Pfalz sah man adlige Privilegien lockerer.

Grete kam mit dem Krug herein, schenkte nach, entzündete ihm eine neue Kerze. »Einen Schoppen, Herr Archivar?«

»Gern.«

Missmutig trank Schorsch von dem Wein und kassierte dafür einen Tadel seiner Frau: »Kannst du nicht abwarten, bis auch der Gast seinen Schoppen hat?«

»Ruhig Blut, liebe Grete.« Bestel kraulte seinen Bart. »Der Schorsch ist etwas verstimmt.« Er langte in seine Felltasche und nahm eine Mappe heraus. »Aber ich habe etwas für ihn dabei, was ihn aufheitern wird.«

»Was denn?«, fragte Schorsch erwartungsvoll.

»Im Stadtarchiv ist ein Schreiben aufgetaucht, wonach von First den Titel des Königlich Bayrischen Wildbret-Lieferanten widerrechtlich führt. Nämlich eine Note von Kurfürst Karl Theodor persönlich, in der er von Firsts Ahnen das Recht der Hofbelieferung aberkannte.« Vorsichtig nahm Bestel das Schriftstück aus der Mappe und breitete es auf dem Tisch aus, während Grete ihm Wein einschenkte und dann den Raum verließ. »Da schau.«

Im Schimmer der flackernden Kerze beugte sich Schorsch über das Dokument. »Was für ein verquastes Deutsch«, dachte er. Konnte der Kurfürst kein Pälzisch?

Zu Mannheim, im April 1771:

Wir indes halten hiermit fest, dass dero von First den Unterfertigten mit zähem, hosenledrigem Wildpret übervorteilet hat. Er schere sich deshalb zum Teufel!

»Passt«, entfuhr es Schorsch, denn somit stand fest: Die Vorfahren von Meinrad von First waren zwar Hoflieferanten gewesen, jedoch nicht bis hin zu Karl Theodors Berufung nach München. Und »königlich bayrisch« waren sie schon gar nicht.

Bald aber war Schorschs gute Laune verflogen, denn Bestel berichtete: »Stell dir vor, der Prinzregent war bei dem Treffen der Schützen-Gesellschaft dabei und er reist morgen nicht wie zuvor geplant nach Ludwigshafen, sondern er möchte sich mit allen Jägern, also auch mit allen Bürgerlichen, sowie unserm Herrn Bürgermeister am Mittag in Jagdmontur oben auf der Haardt treffen. Umso mehr tut es mir leid für dich, dass du das Treffen versäumt hast. Denn nun wirst du nicht mehr dazustoßen können.«

»Meinst du?«

»Ja.« Bestel strich Schorsch mitfühlend über die Schultern und erhob das Glas. »Zum Wohl. Nimm's nicht so schwer.«

»Zum Wohl, Hermann.« Traurig nahm Schorsch das nur halb fertige Schreiben aus der Tischschublade und legte es neben die Urkunde des Kurfürsten.

»Was ist das?«, fragte der Archivar.

»Ich saß soeben an einer Eingabe gegen von First.« Schorsch blickte traurig an Bestel vorbei. »Ich könnte mich ohrfeigen wegen morgen. Es wäre die Gelegenheit gewesen, dem Prinzregenten das Schreiben zuzustecken.«

Bestel stellte den Kopf schief. »Gewiss, Luitpold fühlt sich wie einer von uns«, gab er zu bedenken, »dennoch ist er kein Gegner adliger Vorrechte. Wenn du ihm also die Eingabe zukommen ließest, würde er sich für nicht zuständig halten und sie an die Regierung in Speyer weiterleiten, und dort würde sie wohl in einer Schreibtischschublade verschwinden.«

Zornig zerriss Schorsch den Brief. Durften sich Adelige hierzulande alles herausnehmen?

»Nimm es nicht so tragisch«, bekräftigte Bestel, plötzlich mit einem Lächeln, das den frustrierten Schorsch irritierte. Denn der Archivar hatte vor, die Note Karl Theodors dem Bürgermeister zukommen zu lassen, der auch mit auf die Haardt zog. Was Schorsch freilich nicht ahnen konnte.

In der Nacht schwoll Schorschs Zorn an, er fand keinen Schlaf. Kurz vor dem Morgengrauen stand er auf, zog sich kurz entschlossen die Joppe an und machte sich mit Säge, zwei Bögen Zeitungspapier und einem Beutel auf den Weg auf die Haardt. Sein Angriffsziel war ein Hochsitz, auf dem von First Hirschen auflauerte. Exklusiv natürlich, kein bürgerlicher Jäger durfte ihn besteigen.

Er war früh genug dran, weit und breit war kein Gendarm. Schorsch besah sich die Sprossen der Leiter; die oberste, bestehend aus krumm gewachsenem Holz, war bereits sichtbar angeknackst. So sägte er an dieser Stelle, fing die Späne mit dem ausgebreiteten Zeitungspapier auf, ließ sie in dem Beutel verschwinden und trat rasch den Heimweg an. Vorsichtshalber versteckte er Säge und Beutel in einem hohlen Baumstamm am Wegesrand.

Als Vortrupp erreichten, beide hoch zu Ross, Max Binner und Sepp Baldauf, Beamte der städtischen Gendarmerie, den Ort des Treffens.

Ihnen oblag es, die Stätte vorab zu inspizieren und vor ungebetenen Zaungästen oder gar Eindringlingen zu schützen.

Sie stiegen vom Pferd. Binner blieb bei den Rössern, Baldauf schritt zum Hochsitz und betrachtete ihn. Wilderer machten sich oft daran zu schaffen; auch Aktivisten antimonarchistischer Umtriebe wie der SPD waren ein ständiger Unruheherd.

Tatsächlich, die obere Sprosse dürfte angesägt worden sein! Baldauf winkte Binner zu, der mit den Pferden herbeilief und die verdächtige Stelle ebenfalls in den Blick nahm.

»Ob hier wirklich gesägt wurde?«, gab Binner zu bedenken. »Sieht eher so aus, dass die Sprosse von selber nachgegeben hat. Schau, wie schlecht gewachsen und morsch das Holz ist.«

»Stimmt. Aber melden müssen wir das. Von First wird es beurteilen können.«

Sie stiegen wieder auf und ritten Patrouille. Weit und breit keiner zu sehen, der Verdächtiges im Schilde führte oder sich gar versteckt zu halten schien.

Bald erreichte der Schützen-Zug den Hochsitz. Meinrad von First, in der Gala-Uniform des pfälzischen Regimentes, das er befehligte, ritt vorneweg; die anderen, auch Prinzregent Luitpold, waren zu Fuß auf die Haardt gezogen. Luitpold war bester Laune, zu gern war er unter den Leuten, die seine Passion, die Jagd, teilten; jetzt war er Jäger und kein Prinzregent. Mochte Ludwigshafen, das er heute hatte besuchen sollen, bis morgen warten.

Jäger, die ihre Scheu vor ihm, dem Monarchen, nun abgelegt hatten, wie unter ihresgleichen mit ihm redeten und dabei ihre Geschichten zum Besten gaben. Auch der Bürgermeister von Edenkoben war mit dabei, ebenfalls ein umgänglicher Mensch.

So bemerkte Luitpold zunächst nicht, dass Meinrad von First an dem Hochsitz stand, den sie eben erreicht hatten, und dort mit berittenen Gendarmen sprach. Bis der Adelige sich energisch einen Weg durch die Jäger bahnte und auf Luitpold zugelaufen kam.

»Königliche Hoheit!« Meinrad von First zupfte plakativ an seinem gezwirbelten Bart. »Unbekannte haben an meinem Hochsitz gesägt. Ein dreister Anschlag auf Zucht und Ordnung, auf die Obrigkeit, auf die Monarchie!« Er schlug die Hacken zusammen. »Ich habe einem der anwesenden Gendarmen Weisung erteilt, sofort nach Edenkoben zurückzukehren; er wird das Erforderliche veranlassen. Ich habe ein Mitglied der Gesellschaft in Verdacht; dieses Subjekt war bereits bei dem gestrigen Treffen nicht zugegen und hat sich der Mitgliedschaft endgültig als unwürdig erwiesen.«

»Oder ein Lausbubenstreich«, dachte Luitpold bei sich. Meinrad von First war ihm unsympathisch. Ein Adeliger mit goldenen Schulterstücken, aber ohne einen Funken Humor.

Luitpold bedankte sich bei ihm und wandte sich nun den Jägern zu, die von Firsts Meldung eher mit einem Kopfschütteln quittiert hatten. Bevor sie alle für eine Fotoaufnahme zu einem anderen Hochsitz zögen, würde er, ohne dass es von First mitbekam, die schadhafte Sprosse des Hochsitzes selbst in Augenschein nehmen.

Inzwischen hatte Gendarm Sepp Baldauf Edenkoben erreicht und in seiner Dienststelle Bericht erstattet. Worauf Obergendarm Bullinger mit zwei nachgeordneten Beamten Schorsch arrestierten und ihn wie am Nasenring an neugierigen Bürgern des Städtchens vorbei zur Wache verbrachten. Nach der Säge hatten sie freilich vergebens gesucht.

»Nun denn«, kam Bullinger bereits auf dem Korridor zur Arrestzelle zur Sache, »man sagt Ihnen hier mancherlei nach, etwa dass Sie mit der SPD sympathisieren. Einen Hochsitz anzusägen, auf den sich Seine Königliche Hoheit, der Herr Prinzregent, niederlassen könnte, grenzt schier an Hochverrat.«

»Unsinn. Ich bin ordentliches bürgerliches Mitglied einer Schützen-Gesellschaft«, entgegnete Schorsch, standhafter als ihm zumute war, denn Bullinger stieß jetzt die vergitterte Tür auf. »Ich habe mit dem Hochsitz nichts zu tun.«

»Warum waren Sie dann gestern nicht beim Treffen der Gesellschaft zugegen? Nun?«

Schorsch schwieg.

»Na schön.« Mit einem Schubs beförderte Bullinger Schorsch in die Arrestzelle, sodass dieser unsanft gegen die kalkweiße Wand prallte, und schloss die Tür. »Hier haben Sie Zeit, darüber nachzudenken, ob Sie nicht besser gestehen.« Fort war er.

Schorsch rieb sich die schmerzende Schulter. Zu seiner Rechten eine Pritsche, als Matratze gewalztes Stroh und ein Mehlsack als Decke. Bloß Meinrad von First konnte seine Inhaftierung angeordnet haben, also entgegen Bullingers Auffassung sicher nicht »Seine Königliche Hoheit, der Herr Prinzregent«.

Nur was half ihm das jetzt, da er hier einsaß?

In Windeseile verbreitete sich die Kunde von Schorschs Verhaftung in Edenkoben. Meinrad von First war in der Stadt nicht beliebt; viele Bürger ergriffen auf den Gassen und in den Wirtsstuben für Schorsch Partei. Bald zog ein erster Trupp zur Gendarmerie, dem sich rasch weitere Einwohner anschlossen. Einem von dort losgeschickten Ausscheller, der im Namen Seiner Königlichen Hoheit zu Ruhe und Ordnung aufrief, entriss man die Glocke. Noch gelang es den Beamten, die Dienststelle gegen die wütende Menge zu verteidigen. Aber deren Eroberung war nur mehr eine Frage der Zeit, zumal die Mannschaft dezimiert war. Mehrere Gendarmen sicherten Schloss Ludwigshöhe, wo Prinzregent Luitpold logierte, und Binner war noch auf der Haardt.

Obergendarm Bullinger beorderte Amtmann Held auf die Ludwigshöhe, um den Hof über den Aufstand zu unterrichten und dort Verstärkung zu holen.

Als Held dort Bericht erstattete, kamen die Mitglieder der Schützen-Gesellschaft und der Prinzregent von der Haardt zurück. Bald sprach sich die Revolte zu ihnen herum.

Prinzregent Luitpold kam vor dem Schloss auf Meinrad von First zu, der wie der Kaiser von China auf seinem Ross thronte, und forderte diesen auf, ihm den Weg zur Gendarmerie zu zeigen und ihn dorthin zu begleiten. Von First grollte über diesen knechtischen Auftrag, er fügte sich jedoch. Auch Amtmann Held und der Bürgermeister machten sich auf Luitpolds Bitte auf den Weg.

Zu Fuß lief Luitpold neben dem Pferd des Adeligen nach Edenkoben hinunter. Ehrerbietig machten die Leute auf den Gassen ihnen Platz, und selbst vor der Gendarmerie wichen die Aufrührer zurück, als sie den Prinzregenten erblickten. Luitpold sandte Amtmann Held zu Obergendarm Bullinger. Der kam heraus und schlug die Hacken zusammen. Dann berichtete er.

»Der Verdächtige ist also Jäger – und was ist er von Beruf?«, erkundigte sich der Prinzregent.

»Er ist von Beruf Gastwirt, Königliche Hoheit.«

»Ist er geständig?«

»Nein, Königliche Hoheit.«

»Ist bei ihm eine Säge gefunden worden? Bitte ohne den König und die Hoheit.«

»Nein, das haben wir nicht.«

»Führen Sie ihn bitte her; er hat das Recht, gehört zu werden«, ordnete Luitpold nun an. »Wie heißt er eigentlich?«

»Schorsch, nein, natürlich Karl Georg Mayer.«

Worauf Bullinger Schorsch nach draußen führte. Luitpold grüßte ihn mit Namen. Hierüber entging dem Prinzregenten nicht, dass Meinrad von First die Augen verdrehte. Dass auch ein Beschuldigter Rechte hatte, schien er nicht zu akzeptieren.

»Herr Mayer.« Luitpold sah Schorsch streng an. »An Hochsitzen sägen tut man nicht. Also?«

»So ist es, Königliche Hoheit.« Schorsch bot den nun auf ihn gerichteten Blicken Paroli. »Deswegen war ich es nicht.«

Was dem Regenten zu denken gab, er zögerte.

Schließlich wandte er sich Meinrad von First zu, der noch immer stolz zu Ross prangte, und erklärte: »Ich bin bekanntlich selbst passionierter Jäger und habe mir erlaubt, den Hochsitz in Augenschein zu nehmen. Das Holz der Sprosse war krumm gewachsen, war auch morsch, ferner gibt es an dem Hochsitz noch mehr altersschwache Stellen. Für mich ist deshalb unklar, ob diese Sprosse durch Sägen oder durch Verschleiß schadhaft geworden ist. Ferner könnte es sich um einen Lausbubenstreich handeln. Der Gefangene Mayer ist freizulassen; für die Inhaftierung ist der Verdacht zu vage.«

Vor der Gendarmerie war es mucksmäuschenstill, auch Meinrad von First, sonst nie um ein Wort verlegen, hatte es buchstäblich die Sprache verschlagen.

Schorsch fiel vor Luitpold auf die Knie. Der Regent half ihm zurück in den Stand und bedeutete ihm unter dem Raunen der Menge, am folgenden Abend nach seiner Rückkehr aus Ludwigshafen bei ihm in der Weinstube einkehren zu wollen. Danach kehrte er mit dem desavouierten Adeligen zurück auf Schloss Ludwigshöhe. Mit einem vielstimmigen »er ist halt ein echter Jäger und ein Freund des Volkes« zerstreuten sich die Menschen.

Tags darauf war Grete, Schorschs liebe Frau, schon frühmorgens auf den Beinen. Galt es doch, auf dem Markt edle Linsen aus Frankreich, neue Kartoffeln und frisches Gemüse und beim Metzger Geselchtes und nicht zu fetten Speck zu kaufen. Auch sollten die Hülsenfrüchte ausreichend lange einweichen. Für eine Prinzregenten-Linsensuppe gewissermaßen.

Nicht zu kaufen brauchte sie den Rotwein: drei Flaschen Pfälzer, für die Linsen eine, die anderen zwei auf dem Tisch.

Für Schorsch und Grete wurde es ein unvergesslicher Abend: Linsen und Wein mundeten dem Prinzregenten aufs Beste, denn er machte sich erst auf den Weg zurück ins Schloss Ludwigshöhe, nachdem der Nachtwächter zur elften Stunde gesungen hatte. Und er war nicht erneut auf die Missetat zu sprechen gekommen, wahrte also Schorschs Hochsitz-Geheimnis.

Vor allem aber erklärte Luitpold nach dem ersten Schoppen, er habe die Note Karl Theodors über von Firsts Urahnen vom Bürgermeister übergeben bekommen. Er werde jetzt das Nötige veranlassen, damit Meinrad von First den Titel eines »Kgl. Bayr. Wildbret-Lieferanten« nicht mehr unbefugt führe. Ein Adeliger müsse sich an seinen hehren Idealen messen lassen.

Linsensuppe mit Wein

Zutaten für vier Personen:

400 g Linsen
fein gewürfeltes Suppengrün
2 Lorbeerblätter
Gemüsebrühe, nach Belieben (Pfälzer) Rotwein oder Apfelmost
ggf. etwas Essig und / oder Senf
50 Gramm Butter oder Öl
2 EL Mehl
Salz und Pfeffer

Zubereitung:

Die Linsen einweichen und dann mit der ganzen Kochflüssigkeit, dem Suppengrün, dem Essig und dem Senf, den Lorbeerblättern und den Gewürzen zehn Minuten kochen lassen. Man kann lediglich Wein nehmen; verwendet man ausschließlich Gemüsebrühe, gebe man Essig oder Senf dazu, denn zu Linsen gehört Säure.

Das Fett separat erhitzen, alles Mehl hinzugeben und stetig mit einem Schneebesen rühren, bis die Masse ein wenig angebräunt ist und bröselig wird. Dann mit der Kochflüssigkeit ablöschen, weiter rühren, bis es cremig ist, und die fertige Mehlschwitze in die Suppe geben. Die Linsen zu Ende kochen lassen; man achte jedoch darauf, dass sie nicht zu weich werden. Man kann auch vorbehandelte Linsen mit kurzer Kochzeit nehmen, besser sind unbehandelte, weil das Gericht mit längerer Kochzeit an Geschmack gewinnt. Sodann nach Belieben mit weiteren Gewürzen abschmecken. Die Suppe ist fertig, wenn sie beim Abkühlen eine feine Haut bildet.

Selbstverständlich lässt sich dieses Grundrezept mit weiteren Zutaten nach persönlichem Gusto anreichern. Zum Beispiel mit Kartoffeln, Spätzle, mit Speck, Dörrfleisch und Würstchen, mit Preiselbeeren oder Gelee von Johannisbeeren oder mit Sherry oder Portwein. So wird daraus für jeden Geschmack eine wahrhaftige Prinzregenten-Linsensuppe.

Lilo Beil

Die Schwiegermutter

Südpfalz – 1957

Es war der Geruch der Hyazinthe, die vor mir auf dem runden Beistelltisch am Fenster stand.

Der süßlich-morbide Geruch, passend zur blasslila Farbe dieser Pflanze, die mich immer an Tod, Verwesung, Vergänglichkeit erinnert.

Eine Pflanze, die ich zum Geburtstag geschenkt bekam. Passend zum Jahrgang, unbeabsichtigt? Memento Mori, bedenke, dass du sterben musst. Ich habe keine Angst vor dem Tod, nur vorm Sterben, das möchte ich ausdrücklich betonen, und die geschenkte Blume hatte mir ja auch Freude bereitet, denn sie kam per Fleurop und mit einer angehängten liebevollen Karte von Isolde, einer Kindheitsfreundin aus Pfälzer Tagen.

Der Geruch der Hyazinthe erinnerte mich daran, dass ich nun so alt war wie mein Vater, als er starb. 1984, mit 74 Jahren, war er sanft entschlafen, wie man so sagt. Der Geruch der Hyazinthe erinnerte mich aber auch daran, dass meine Mutter vor elf Jahren, ausgerechnet an meinem Geburtstag, verstorben war. Ein makabrer Zufall oder eine Fügung mit höherer Bedeutung? Da Geburt und Tod nur zwei Seiten derselben Münze, genannt LEBEN sind, glaube ich immer mehr an die letztere Erklärung: Es war eine Fügung mit höherer Bedeutung.

Doch zurück zur Hyazinthe, zur Pfalz und zu Isolde.

Isolde und ich waren nicht nur alte Schulfreundinnen, wir hatten nicht nur die Schulbank geteilt: die Doppelbank mit der schrägen Tischplatte und dem eingelassenen Tintenfass. Das war in den vier ersten Jahren in der Grundschule, damals Volksschule genannt. Vier Klassen in einem Raum, betreut von einer einzigen Lehrerin, die, obwohl Witwe mit drei Söhnen, von uns beharrlich und in aller Unschuld »Frollein« genannt wurde.

Unser südpfälzisches Dorf nahe der elsässischen Grenze war ein Hugenottendorf mit vielen Familien, die noch die ursprünglichen französischen Namen trugen: Bevier, Corneille, Montillon, Petillon, zum Teil aber ihre Familiennamen germanisiert hatten.

Aus Defièvre wurde Defieber, Guémar wurde nun zu Gemar.

Isolde, meine beste Freundin, war eine Bauerntochter, und auch sie trug einen hugenottischen Namen: Disqué.

Wie bei Marcel Proust, in dessen weltberühmtem Roman »Auf der Suche nach der verlorenen Zeit« der Duft und der Geschmack des Biskuitgebäcks »Madeleine« den Protagonisten an seine Kindheit erinnern, so katapultierte der Duft der geschenkten Hyazinthe mich mit voller Wucht zurück in meine eigene Vergangenheit.

Eine Kindheitsepisode, die ich mit Isolde teilte, würde uns beide für immer verbinden.

Es war im Frühling 1957. Bald sollte ich nun von der Volksschule ins Progymnasium nach Bergzabern überwechseln.

Isolde, das war beschlossene Sache, würde auf der Dorfschule bleiben und für die letzten vier Jahre ihrer Schulzeit lediglich in den Raum überwechseln, in dem die »Großen« untergebracht waren, unterrichtet von dem »Herrn Lehrer«.

Isolde und ich ahnten mit dem untrüglichen Instinkt, der Kindern und Tieren zu eigen ist, dass unsere Tage als enge und »beste« Freundinnen gezählt waren.

Isoldes Eltern fehlte es schlicht und einfach an den finanziellen Mitteln, die einzige Tochter aufs Gymnasium zu schicken, denn der kleine Landwirtschaftsbetrieb warf nicht genug Gewinn ab für solche »Extratouren«, wie Isoldes Vater es nannte. Einige kleinere Felder für Kartoffeln, Mais und Zuckerrüben, fünf Kühe und etliche Hühner, aber nur ein einziger Weinberg und ein überschaubares Tabakfeld sorgten für den Unterhalt der Familie. Selbst die reichen Winzer und Tabakbauern des Dorfes taten sich schwer, ihre Kinder auf die »höhere Schule« zu schicken, denn solche »Spirenzchen« taugten wohl für die Kinder des Landarztes, des Apothekers, des Lehrers und des Dorfpfarrers, nicht aber für die »arbeitende Bevölkerung«.

So würde ich mich als Tochter des Pfarrers bald trennen müssen von meinen Freundinnen der Volksschule, vor allem aber von Isolde.

Jener Tag im Frühling 1957 begann damit, dass gleich drei Familienoberhäupter bei uns im Pfarrhaus den Tod von Angehörigen meldeten.

Mein Vater würde in den nächsten Tagen viel zu tun haben. Bei den Toten handelte es sich um ältere Menschen, denn eine unverhofft späte Grippewelle raffte vor allem die Schwächeren dahin. Isolde hatte an jenem Tag, dem 5. März, Geburtstag, und wegen der hohen Ansteckungsgefahr war ich als ihr einziger Gast eingeladen worden, vielleicht aber auch wegen der Sparsamkeit aus Not.

Die Grippewelle lieferte Isoldes Eltern einen Vorwand, die Zahl der Gäste klein zu halten. Sehr klein. Ich freute mich auf das »Fest«, denn Isoldes Mutter war eine wundervolle Bäckerin. Es gelangen ihr überraschende Leckereien, obwohl es kein Geheimnis war, dass ihr Mann sie knapphielt und beim Haushaltsgeld knauserte, wo es nur ging. Isolde hatte mir schon morgens in der Pause verraten, dass ihre Mutter heute etwas ganz Besonderes vorbereitet hatte, das eigentlich gar nicht für Kinder, sondern für Erwachsene gedacht war.

Ich platzte schier vor Neugier, als ich am kleinen, mit Reben bewachsenen Fachwerkhaus ankam, über dessen Eingang in verschnörkelter Holzgravur die Inschrift prangte: Adam und Elisabetha Disqué - 1807.

Als ich das schwere Eichentor öffnete, kam mir stürmisch der große Wuschelhund Hektor entgegengelaufen und hätte mich vor lauter Ungestüm und Liebe fast umgerannt.

Das Geburtstagspäckchen für Isolde fiel mir aus der Hand, doch zum Glück war nichts Zerbrechliches darin. Die Strickliesel, das Buch »Gisel und Ursel am Rhein« und die Tafel Schokolade, Marke Toblerone Trauben-Nuss, Isoldes Lieblingssorte, waren sorgfältig in Herzchenpapier eingewickelt. Die gute Stube, heute zu Isoldes Ehren mit einigen bunten Luftballons geschmückt, war sogar noch ein wenig geheizt. Ein Holzkranz mit zehn Kerzen darin stand auf dem etwas wackligen großen Weichholztisch, daneben eine lila Hyazinthe, die einen merkwürdigen Duft verbreitete, wie mir schien.

Isolde war hocherfreut über meine Geschenke. Als Kind großzügiger Eltern und als Pfarrerstochter hatte ich nie sparen müssen und nie sparen wollen. Ich schenkte gerne, und diese Eigenschaft ist mir bis auf den heutigen Tag erhalten geblieben, mir und anderen zur Freude.

Ich durfte als Gast auf dem Sofa Platz nehmen, das etwas abgewetzt war und dennoch gemütlich, drapiert mit bunt bestickten Kissen und Deckchen.

Isoldes Mutter war nicht nur eine begnadete Bäckerin und Köchin, sondern sie stellte auch wunderhübsche Handarbeiten her.

»Frau Disqué kommt aus der Batschka, da machen die Frauen so schöne Stickereien«, hatte meine Mutter mir einmal gesagt.

Das Wort »Batschka« fand ich lustig, und meine Eltern erklärten mir, dass Frau Disqué eine Flüchtlingsfrau war, die 1944 aus dieser Gegend, die im Osten lag, irgendwo bei Ungarn, vertrieben worden war und dann in den Bauernhof hineingeheiratet hatte.

Ich wollte Näheres wissen über die Flüchtlinge und die Gründe für ihre Vertreibung, aber meine Eltern lenkten ab, sahen sich sehr merkwürdig an und verstummten dann.

Das war wohl wieder eines dieser Erwachsenengeheimnisse, und ich spürte, dass es besser war, nicht länger nachzufragen.

Frau Disqué mochte ich sehr gut leiden: Sie war eine sehr hübsche junge Frau mit weizenblonden Haaren, die sie zu einer Art geflochtener Krone hochgesteckt trug. Ihre Augen waren hellblau und strahlend. Sie lachte oft, obwohl mein Vater einmal gesagt hatte, sie habe nichts zu lachen bei diesem Waschlappen von Ehemann, der unter der Fuchtel seiner herrschsüchtigen Mutter stehe, der »alten Disqué«.

Emil Disqué, Isoldes Vater, war ein seltsamer Mensch, der mir immer ein wenig Furcht einflößte. Seine schwärzlichen Augen unter dichten buschigen Augenbrauen blickten finster und vermieden jeglichen Blickkontakt, als habe er etwas zu verbergen.

Isoldes Mutter kam nun in die gute Stube, stellte einen Marmorkuchen auf den mit einer hübschen Stickereidecke geschmückten Wackeltisch und füllte uns Kindern Tee in die Sammeltassen, die zu Isoldes Ehrentag aus der Vitrine geholt worden waren.

»Die Überraschung kommt noch«, sagte Frau Disqué. »Mein fruchtiger Nachtisch.«

»Nicht für Kinder, sondern eigentlich für Erwachsene?«, fragte Isolde.

»Ja, genau, zur Feier des Tages, mein Liebes«, antwortete Frau Disqué mit einem Lachen.

Bei dem Wort »Überraschung« ging die Tür auf, und ich erschrak.

Isoldes Großmutter, »die alte Disqué«, wie sie im Dorf genannt wurde, trat polternd in die Stube.

»So, so, ein Nachtisch für Erwachsene, bestimmt mit Alkohol, und das an einem Kindergeburtstag?« Die Stimme der alten Frau überschlug sich fast vor Entrüstung. »Typisch. Was sind das für fremde Sitten?«, fragte sie mit einem vorwurfsvollen Blick in Richtung Schwiegertochter, deren hübsches Gesicht sich mit Schamesröte überzog. Sie nestelte nervös an den Schnüren ihrer bunt bestickten ungarischen Bluse und zupfte sich den gefältelten langen Rock aus schwarzer Seide zurecht.

Die Schwiegermutter, eine mächtige, unförmig dicke Frau mit schnabelförmiger Nase und einer dunklen Warze am Doppelkinn, ließ sich in den Armlehnsessel fallen, der unter der Last etwas knarrte. »Der

Überraschungsnachtisch wird dir auch schmecken, Mutter«, antwortete die junge Frau Disqué mit ihrer zarten Stimme und versuchte, dabei zu lächeln. »Du magst doch Löffelbiskuits und süße Cremes, und der Alkohol hat sich verflüchtigt, der wird den Kindern nicht schaden.«

Die alte Disqué, immer noch missbilligend dreinschauend, erwiderte voll unverhohlener Neugier: »Naja, dann wollen wir mal sehen, was man als Flüchtling alles so gelernt hat bei uns hier in der schönen Pfalz.«

Ich bemerkte, wie die Hände von Isoldes Mutter sich im bestickten Tischtuch festkrallten. Bis unter den blondgekräuselten Haaransatz stieg erneut eine Röte auf, und die junge Frau biss sich auf die Lippen, setzte sich betont langsam und ruhig hin und sagte:

»Ich habe viel gelernt von Euch, sehr, sehr viel.«

Sie lachte ein wenig nervös, zündete die Kerzen auf dem Holzring an und sprach ganz sanft: »Und nun fangt mal an mit dem Kuchen. Ich gehe derweil in die Küche und richte die Krönung her, den fruchtigen Nachtisch. Das heißt, ich muss ihn nur noch aus dem Bosch-Kühlschrank holen und verteilen. Hier ist schon mal dein Kaffee, ich brühe noch welchen auf für Emil. Ach, und für euch Mädchen gibt es nachher noch Libella-Limonade. Und hier euer Tee.«

Isolde, die mich während der vorangegangenen hässlichen Szene stumm angeschaut hatte, lachte befreit auf. Alles schien wieder in bester Ordnung zu sein.

»Und das Gebet für Kuchen und Tee und Kaffee?«, ließ sich die alte Disqué nun vernehmen, und sie faltete die dicken, fleischigen Hände und schaute lauernd zu ihrer Schwiegertochter hin, die ihre Handflächen gegeneinander hielt, wie es Katholiken beim Gebet tun. »Das musst du noch üben, Schwiegertochter. Das richtige Händefalten. Wir sind hier in einem protestantischen Dorf, nicht bei Euern Papisten aus der Batschka oder dem Banat, wo du herkommst.«

Zögerlich faltete die junge Frau Disqué die Hände, und dann sagte sie mit leicht zittriger Stimme und viel zu schnell: »Lieber Herr Jesus, sei du unser Gast, und segne, was du uns bescheret hast. Amen.«

Dann ging sie eilig in die Küche hinüber.

As sie kurz darauf mit dem neu aufgebrühten Kaffee zurückkam, waren ihre Augen rot und die Lider geschwollen.

Wir Kinder hatten mittlerweile unser Stück Marmorkuchen verzehrt. Die alte Disqué war schon beim dritten Stück angelangt. Die Tür ging auf, und Isoldes Vater trat in die gute Stube. Er ging direkt und freudig auf seine Mutter zu, die gerade dabei war, den Kuchen kritisch zu begutachten: »Der ist aber klotzig, hast du das Backpulver vergessen?«, sprach sie zu ihrer Schwiegertochter.

»Probier mal, Emil, da ist doch was daneben gegangen.«

Sie hielt dem lieben Herrn Sohn ein Stück, aufgespießt auf der Kuchengabel, hin.

»Ja, gar nicht locker«, pflichtete er seiner Mutter bei. »Was hast du da wieder gemacht, Irmtraud? Ein ungarisches Rezept? Oder ein rumänisches? Aus der Batschka oder dem Banat?« Er lachte laut schallend, und die Alte stimmte mit ihrer tiefen Stimme ein.

»Das ist dein Rezept, Mutter«, sagte Irmtraud Disqué zur Schwiegermutter gewandt »Ein pfälzischer Marmorkuchen. Ich hab ihn gemacht wie immer. Aber wenn euch der Kuchen nicht schmeckt, den Überraschungsnachtisch werdet ihr mögen.«

Sie verschwand flink in der Küche und kam bald darauf mit einem großen Tablett zurück, auf dem fünf Nachtischgläser aus verschiedenfarbigem Glas standen.

Die sahnige Masse, mit Löffelbiskuits und halbierten Weintrauben verziert, sah verführerisch aus und roch ein klein wenig nach Orangen.

»Orangen?«, rügte die Schwiegermutter. »Und die Trauben gibt es bei uns doch erst wieder im Herbst. So ein Luxius.«

Sie sagte tatsächlich Luxius, und ich musste mich zusammennehmen, um nicht zu grinsen.

»Das ist ein ganz klein wenig Orangenlikör und der Saft einer einzigen Orange, und die Trauben sind aus dem Einmachglas. Unsere Trauben vom letzten Herbst«, rechtfertigte sich Isoldes Mutter.

Ihre Stimme bebte dabei leicht, ganz leicht.

In strafendem Ton sagte die alte Disqué zu ihrem Sohn, der sich wand wie ein Wurm und der den Blicken seiner Mutter auswich:

»Du bist einfach zu großzügig mit der … der Hergelaufenen. Hergelaufen ohne Mitgift …« Sie holte kurz Atem und setzte noch eins drauf: »Ein Flüchtling halt.«

Sie hätte vielleicht noch weitergeredet, aber insgeheim schielte sie gierig auf das Tablett mit dem Überraschungsdessert.

Isoldes Mutter verteilte die bunten Gläser vorsichtig und langsam, und ich bemerkte ein leichtes Zittern in ihren Händen wie vorhin in ihrer Stimme.

Das hellblaue Glas stellte sie vor ihrem Mann ab, das rosafarbene vor Isolde und das rote vor mir, das grüne vor ihrer Schwiegermutter, und das gelbe Glas war für sie selbst.

»Grün, deine Lieblingsfarbe, Mutter,« sagte sie.

»Stimmt. Grün ist die Hoffnung.«

Ausnahmsweise gibt sie der armen Schwiegertochter mal recht, dachte ich.

Kein Wort des Lobes über den köstlichen Nachtisch kam über die Lippen der alten Disqué, aber auch kein Ton der Kritik oder des Protests. Keine Beleidigung. Doch ganz ohne Herummäkeln ging es dann doch nicht ab.

»Hoffentlich vertragen meine Magengeschwüre die schwere Kost«, bemerkte die Alte, löffelte dabei aber begierig den Nachtisch in sich hinein.

Schwer ächzend erhob sie sich aus ihrem Armlehnsessel, gestützt von ihrem Sohn.

»Ich leg mich ein wenig hin. Das üppige Essen ...«

Sie ließ sich hinüberführen auf ihr Altenteil, wo sie seit geraumer Zeit wohnte, in einem Zimmer oberhalb der Heuscheuer.

Isolde und ich atmeten erleichtert auf. Wir spielten Mensch ärgere dich nicht, und wir tobten mit Hektor, der sich die ganze Zeit über in der hintersten Ecke verkrochen hatte und sich erst jetzt wieder hervorwagte, nachdem der Bauer und seine Mutter hinausgegangen waren. Tiere spüren die Nähe böser Menschen und nehmen sich vor ihnen in acht.

Isoldes Mutter räumte den Tisch ab, und wir hörten es in der Küche scheppern und klappern. Nach einer Weile kam sie mit dem Tablett voller funkelnder Gläser, Tassen und Teller in die gute Stube und stellte alles zurück in die Vitrine.

»Und hier, die versprochene Libella-Limonade«, sagte sie und stellte die gelbe, geriffelte Flasche und zwei Gläser vor uns hin.

Wir waren begeistert. Libella gab es nur zu besonderen Anlässen für uns Kinder.

Sie setzte sich aufs Sofa neben uns: »Ein schöner Geburtstag«, sagte sie und seufzte dabei. Es klang irgendwie erleichtert und froh.

Hektor trottete zu ihr hin, legte seinen großen schweren Kopf in ihren Schoß und blickte sie aus seinen treuherzigen Hundeaugen an, während auch er einen tiefen Seufzer von sich gab.

Am nächsten Morgen fehlte Isolde in der Schule, der Platz neben mir in der Doppelbank blieb leer.

»Isoldes Großmutter ist heute Nacht gestorben«, sagte das »Frollein«.

Oh, die Magengeschwüre, dachte ich. Da hat sie das Essen doch nicht so gut vertragen.

Emil Disqué kam am Nachmittag zu uns ins Pfarrhaus, um den Tod seiner Mutter anzumelden.

»Wieder ein Opfer der Grippewelle«, sagte mein Vater.

»Ja, das hat der Arzt auch gemeint«, bestätigte Emil Disqué.

Ein paar Tage nach dem Begräbnis der alten Disqué fragte mich Isolde in der Pause, ob ich ein Geheimnis bewahren könne.

Sie habe mir etwas zu zeigen. Wir verabredeten uns nach dem Hausaufgabenmachen im Mühlhofer Wäldchen.

Ich wartete schon eine ganze Weile, als Isolde in Begleitung von Hund Hektor endlich, vom Bruch herkommend, auftauchte.

Wir setzten uns auf einen Baumstamm.

Isolde holte etwas Knisterndes aus ihrer Jackentasche.

Es war ein Zeitungsartikel aus der Rheinpfalz.

»Das hab ich in der Nachttischschublade meiner Mutter gefunden«, sagte Isolde. Ich hab Taschentücher gesucht, und da war das hier untendrunter gelegen.«

Der Artikel war einige Wochen alt, und die Überschrift stach mir in die Augen:

»Parathion, ein Modegift«.

Das im Wein-und Obstbau verwendete Pflanzengift zur Insektenbekämpfung – E 605 genannt – entwickelt sich laut der Polizeibehörde Rheinland-Pfalz zum Modegift.

Seit einigen Jahren sollen demnach Suizide und Morde mit diesem Gift begangen worden sein, da es optisch neutral und auch geruchsneutral und nicht nachweisbar ist. Es ist vor allem ein bei Frauen beliebtes Mordinstrument geworden und heißt daher auch »Schwiegermuttergift«.

Die Worte »Schwiegermuttergift« und »nicht nachweisbar« waren eingekreist.

Wir schauten uns stumm an, dann brach Isolde das Schweigen:

»Ob es der Kaffee war?«

»Dann hätte doch auch dein Vater ...«

»Der Kaffee für meinen Vater war extra aufgebrüht.«

»Oder aber ...« Ich hielt inne.

»Ja, grün ist die Hoffnung«, murmelte Isolde.

»Es bleibt unser Geheimnis, für immer. Ich versprech's«, sagte ich und legte meinen Arm um Isoldes Schulter.

Hektor, der gerade in der Erde buddelte, hielt inne und trottete zu uns herüber. Er blieb zu unseren Füßen liegen und gab einen tiefen Hundeseufzer von sich.

Ich schaue auf die Hyazinthe, die vor mir auf dem runden Beistelltisch steht. Vor meinem geistigen Auge sehe ich die Winzer, die im Dorf meiner Kindheit und Jugend, mit ihren Blechkanistern auf dem Rücken und auf ihren Traktoren sitzend, an unserem Pfarrhaus vorbeiratterten, hin zu ihren Weinbergen, wo sie

Ihrer Arbeit nachgingen. Das Modegift, es war in jedem Winzerhaushalt zu finden damals.

Ich nehme die Hyazinthe und trage sie hinaus. Ich kann ihren

Geruch nicht ertragen.

Fruchtiger Nachtisch: Weincreme mit Biskuits

Zutaten:

6 Blatt weiße Gelatine
4 Eigelb
75 g Zucker
Vanillezucker
½ l herber Weißwein (z.B. Riesling oder Grauer Burgunder)
Saft von 1 Orange und 1 Zitrone
2 Eiweiß
½ l Sahne
12 Löffelbiskuits
2 Schnapsgläser
Orangenlikör
250 g blaue Trauben

Zubereitung:

Eigelb mit dem Zucker in einer feuerfesten Schüssel schaumig rühren, den Saft und Wein zufügen, im Wasserbad cremig schlagen, die eingeweichte, zerdrückte Gelatine darin auflösen. Erstarren lassen. Eiweiß und Sahne steif schlagen. Erst den Eischnee, dann die Sahne kurz vor dem Festwerden unter die Creme ziehen. Löffelbiskuits mit Orangenlikör beträufeln. Die Hälfte der Creme in Gläser füllen, darauf die Löffelbiskuits legen, mit der restlichen Creme bedecken. Kühl stellen. Die Weintrauben waschen, halbieren und entkernen. Die Creme damit verzieren.

Ursula Schmid-Spreer

Ausgehungert

Wir leben mit einem Pubertier zusammen.

Ich konnte es irgendwie akzeptieren, ganz im Gegensatz zu meinem Mann, der sie lieber heute als morgen vor die Tür setzen wollte. Aber wir haben es meinem Bruder versprochen, dass wir uns um sein Kind, wie er immer betonte, kümmern. Eine Kur stand für ihn an und er konnte Sina nicht alleine lassen.

»Sie ist zwar gerade in der Pubertät, aber ihr bekommt das schon hin«, war sein Tenor.

Okay, ich gebe es zu, ich habe meinen Bruder erpresst. Ich würde Sina unter meine Fittiche nehmen, wenn er mir sein berühmtes Rezept für Weinschnitzel nach Pfälzer Art verraten würde. Mein Bruder willigte ein, kochte es sogar mit mir zusammen, damit ich alles richtig machte.

»Das Geheimnis liegt darin«, es fehlte gerade noch, dass er den Zeigefinger erhob, »dass du das Schnitzel dünn ausklopfst. Dann streichelst du das Fleisch, wirklich!«, er nickte bestätigend, »indem du Salz, Majoran und Pfeffer einreibst. Und nicht vergessen, das Öl mit einem Pinsel darauf verteilen.«

Ich übernahm natürlich die niederen Arbeiten, Zwiebelschneiden, Wein entkorken, während mein Bruder die Schnitzel vorsichtig in die Pfanne legte und von beiden Seiten, drei Minuten, anbriet. »Du kannst ruhig ein bisschen mehr vom Wein nehmen, das unterstreicht den Geschmack«, meinte er.

Mein Mann war so halb versöhnt, denn ich versprach ihm, die Weinschnitzel mindestens zweimal in der Woche für ihn zuzubereiten.

Wir fanden es beide nicht so gut, dass Sina abends das Haus verließ und oft erst morgens wieder auftauchte. Leise zwar, aber ich hörte sie trotzdem. Traf sie sich mit Freunden? Was trieb sie? Sie schwieg auf meine Frage, zog sich dann in ihr Zimmer zurück, verschlief den halben Tag. Gegen Mittag kam sie müde heraus, sah sich um, steckte ihre Nase in alle Töpfe und begab sich ins Bad. Wie konnte mein Bruder so etwas nur dulden? Er war doch verantwortlich für sie!

Im Regionalfernsehen berichteten die Reporter schon wieder über einen Mord. Der Tote war ein Student gewesen, hatte sein Salär durch Escortdienste aufgebessert. Vielleicht war es eine enttäuschte Frau gewesen?

Vielleicht wollte die Dame mehr, als er geben konnte oder wollte? Das Loch in seiner Stirn rührte von einem sogenannten Ladycolt her. Die Pistole passte in jede Handtasche, war klein und handlich. Wies das auf die Täterschaft einer weiblichen Person hin?

Mein Mann und ich sahen uns zweifelnd an. Sina tat so, als wenn sie der Fernsehbericht nicht interessieren würde. Sie saß sogar teilnahmslos neben mir. Starrte zwar gebannt in den Fernseher, keine Regung verriet ihren Gemütszustand. Nach einer Weile stand sie auf, sah uns eindringlich an, verließ mit erhobenem Haupt das Wohnzimmer. Sie würde doch nicht schon wieder …?

»So geht das aber nicht«, rief mein Mann. Aber Sina sah ihn nur hochmütig an, rollte sogar mit den Augen. Dann stolzierte sie aus dem Zimmer und wir hörten, wie die Tür zuklappte. Irritiert, aber doch irgendwie wissend, sahen wir uns an.

Eine Woche später – ich hatte meinem Mann sein Lieblingsessen, natürlich das Pfälzer Weinschnitzel serviert, als in der Tagesschau von einem weiteren Mord im Park berichtet wurde. Wieder war es ein Student, gutaussehend, ein Loch in der Stirn, selbes Kaliber. Die Polizei stellte eine Verbindung zum ersten Mord her. Sie verfolgten etliche Spuren, konnten aber noch mit keinen Ergebnissen aufwarten. Klar war nur, dass auch dieser junge Mann in dem Escort-Service gearbeitet hatte. Die Todeszeit wurde vom Rechtsmediziner auf weit nach Mitternacht zwischen zwei und drei Uhr morgens festgelegt. Die beiden Frauen, die die Dienste des Services in Anspruch genommen hatten, konnten zwar ein dünnes, aber doch ein Alibi vorweisen. Der Nachtportier in den jeweiligen Hotels hatte die Männer gesehen, wie sie das Haus verließen.

»Hübsch ist Sina schon«, sagte ich.

Und mein Mann fügte an: »Sie hat eine Stupsnase, Pausbäckchen, und diese Kulleraugen lassen die Herren der Schöpfung bestimmt nicht kalt.«

Und was machte Sina? Sie tat gelangweilt. Wahrscheinlich wusste sie, dass sie hübsch war. Sie ließ sich auf der Couch nieder, sah an diesem Abend mit uns fern. Am Pfälzer Wein, der Scheurebe, den ich uns eingeschenkt hatte, roch sie nur. Schwere Regentropfen prasselten an die Fensterscheiben. Die Stimmung passte zum Krimi, den wir uns ansahen. Sina verfolgte den Vorgang auf dem Fernseher, wobei ihre

Augen immer schwerer wurden. Kurz vor der Auflösung des Mordes schlief sie ein.

Drei Tage später hatte sich das regnerische Wetter in strahlenden Sonnenschein verwandelt. Die Kur meines Bruders neigte sich auch langsam dem Ende zu. Mit Sina hatten wir uns arrangiert, nahmen die Eskapaden eines Teenagers hin. Wir ließen sie weitgehend in Ruhe, tolerierten ihre Alleingänge.

Meine bessere Hälfte hatte sich eingebildet, ausgerechnet heute die Terrasse zu entrümpeln und zu säubern. Ich hätte ja lieber die Sonnenstrahlen ausgenutzt und eine Wanderung durch die Weinberge unternommen, aber wenn mein Ehegatte schon mal putzen …

Ein Schrei! Gellend!

Ich ließ vor Schreck die Gabel fallen, eilte zur Terrasse. Leichenblass war mein Mann. Seine Augen waren weit geöffnet. Mit dem Finger zeigte er zu den Campingstühlen.

»Wir leben mit einer Mörderin zusammen«, stotterte er.

Ich hob die Plane hoch, die unsere Gartenmöbel vor dem Regen schützen sollte. Auch ich erschrak, ging einen Schritt zurück. Sina hatte hier ihre gefangene Beute abgelegt. Unzählige Mäuse lagen herum, teilweise schon skelettiert.

Da kam sie auf ihren Samtpfoten herangeschlichen. Ein Mäuschen im Maul. Sie ließ es vor mir fallen, stupste mich an und schnurrte wie ein Rasenmäher. Dann begann sie sich ausgiebig zu putzen.

Bei der abendlichen Tagesschau, wir hatten beide eine Dornfelder-Traube im Weinglas vor uns stehen, berichtete der Sprecher, dass der Parkmörder gefasst worden war. Die Spur hatte zum Sekretär des Escort-Services geführt. Das älteste Motiv der Welt: Eifersucht. Er war einst ein beliebter Escort-Boy gewesen. Der Zahn der Zeit war auch an ihm nicht spurlos vorübergegangen. Das hatte er wohl nicht verkraftet, dass er bei den Damen nicht mehr gefragt war. Er wurde nicht mehr gebucht, war nur noch für administrative Dinge zuständig. Er wäre einfach zu alt. Wenn die Damen schon dafür bezahlen müssten, dann wollten sie etwas Jüngeres, etwas Knackigeres. Das hörte er oft. Er machte die Terminpläne, wusste daher immer, welcher der Escort-Gentleman gerade im Einsatz war. Er war beleidigt. Zählte die Jugend denn mehr als die Erfahrung? Nein, das machte er nicht mit. Diese jungen Schnösel mussten weg.

Sina, die zwischen uns saß, schnurrte zufrieden, als wir sie hinter den Ohren kraulten. Morgen würde mein Bruder von der Kur zurückkommen. Ich glaube, Sina wird uns fehlen.

Pfälzer Weinschnitzel

Zutaten:

4 Schweineschnitzel (à 125 g)
Salz
grober schwarzer Pfeffer
getrockneter Majoran
3 EL Öl
4 Zwiebeln
2 EL Tomatenmark
300 ml kräftiger Rotwein

Zubereitung:

Die Schnitzel trockentupfen und leicht klopfen. Auf beiden Seiten mit Salz, Pfeffer und Majoran bestreuen und mit 2 EL Öl bestreichen. Die Zwiebeln schälen und in Scheiben schneiden. Eine Pfanne erhitzen, die Schnitzel bei mittlerer Hitze 3 Min. pro Seite braten, herausheben.

Das restliche Öl in der Pfanne erhitzen, die Zwiebeln leicht bräunen. Tomatenmark und den Wein zugeben, kurz aufkochen lassen, abschmecken. Die Schnitzel in die Sauce legen, zugedeckt bei schwacher Hitze 10 Minuten ziehen lassen.

Uwe Ittensohn

Pfälzer Weinsoße nach Gutsherrenart

Doktor Carlo von Hardenburg trug wie üblich einen dunkelblauen Blazer mit Goldknöpfen. Den offenen Hemdkragen zierte ein akkurat gebundener Krawattenschal aus Seide. Aus der Brusttasche des Sakkos ragte leger ein passendes Einstecktuch. Der beidseitig leicht gebräunten Dampfnudel auf dem Teller aus Sèvres-Porzellan rückte er gewandt mit Messer und Gabel zu Leibe, anstatt sie aus der Hand zu essen, wie es in der Pfalz üblich war. Er vermied es grundsätzlich, Lebensmittel mit den Fingern anzufassen. Die Weinsoße war ihm und seinem Gast von seiner Köchin Constanze wunschgemäß in jeweils einem separaten Schüsselchen serviert worden. Er mochte es nicht, wenn sich die Soße auf dem Teller selbstständig machte und die dort ruhende Dampfnudel durchnässte. Daher träufelte er sich vor jedem Bissen sorgfältig mit einem Silberlöffel ein kleines Quantum Soße auf die Schnittstelle des Backwerks.

»Noblesse oblige - Adel verpflichtet«, war die Standardantwort, wenn jemand den Mut aufbrachte, ihn auf solcherlei Schrullen anzusprechen.

Ihm gegenüber - als einziger Gast - saß Berthold Keller. Der dickliche, rotbäckige Winzer war durch lebenslange harte Arbeit in den Weinbergen von gebeugter Statur. Er trug bequeme Cordhosen und ein grobkariertes Flanellhemd. Im Gegensatz zum Gastgeber hatte er die Dampfnudel zwischen die knorrigen Finger geklemmt und tunkte sie, bevor er davon abbiss, in das Weinsoßenschüsselchen neben dem Teller.

»Ich bin zu nix mehr zu gebrauchen. Im Wingert kann ich gar nicht mehr arbeiten. Wissen Sie, das Bücken geht nicht mehr. Nach drei Bandscheibenoperationen bin ich froh, wenn ich mich überhaupt noch einigermaßen bewegen kann«, sagte der Mann im für die Region typischen Pfälzer Hochdeutsch. Dieses merkwürdigen Mix' aus dem urigen hiesigen Dialekt und der deutschen Schriftsprache bedienten sich viele Einheimische, wenn sie den Bedarf sahen, sich wenigstens ansatzweise salonfähig artikulieren zu müssen.

Das geräumige Esszimmer, in dem die beiden ihr Abendessen einnahmen, war beeindruckend. Den Raum schmückte eine Vielzahl von Antiquitäten und Ölbildern. Allesamt entsprangen sie dem Zeitalter Louis Philippes, in dem auch das 1851 für pfälzische Verhältnisse feudale, am

Hang über der traditionsreichen Weinbaugemeinde Deidesheim thronende Gutsschlösschen erbaut worden war. Seitdem waren das Haus und die selbstbewirtschafteten 18 Hektar Weinberge drum herum in Besitz der Familie von Hardenburg.

Doch nicht etwa der Gutsherr selbst, dessen Passion zweifellos der Weinbau war, sondern ein angestellter Winzer und ein Diplom-Önologe bauten die erlesenen Rieslinge und Burgunderweine für ihn an beziehungsweise aus. Der Eigentümer oder Propriétaire, wie er sich gerne nannte, zog es vor, seine Tage mit handfesteren Themen zuzubringen und war im Vorstand eines Mannheimer Versicherungsunternehmens tätig.

»Wenn ich meinen Sohn nicht hätt, hätt ich längst hing'schmissen«, fuhr Keller zwischen zwei Bissen fort.

Von Hardenburg nickte nur. Aus seiner Sicht entwickelte sich das Gespräch in die richtige Richtung und er wollte seinen Gast und Nachbarn jetzt nicht unterbrechen.

»Er hat als Bester seinen Bachelor in Weinbau und Önologie an der Hochschule in Geisenheim abg'schlosse und ist ein sehr patenter, fleißiger Kerl.«

»Das muss er auch sein bei der vielen Arbeit«, bekräftigte von Hardenburg.

»Ich hoff nur, dass er das lang durchhält«, seufzte Keller. »Ich hab die Tage bei eurem Laden eine Berufsunfähigkeitszusatzversicherung für den Bub abg'schlossen.«

Von Hardenburg konnte sich nur mit Mühe ein Schmunzeln über Kellers bemüht korrekte Aussprache des Wortes Berufsunfähigkeitszusatzversicherung verkneifen.

»Schön, schön«, kommentierte er stattdessen mit gespielter Überraschung. Denn längst hatte er die eingescannten Antragsunterlagen, Gesundheitsfragebögen und Hausarztbefunde eingehend studiert. Es war eine seiner Neugier geschuldete Marotte, sich hin und wieder die Neuabschlüsse hier im Ort anzusehen. Und natürlich hatte er daraus seine Rückschlüsse gezogen.

»Wenn es ihm mal so geht wie mir, dass die Bandscheiben oder sonst ein Knochen nicht mehr mitmachen, soll er wenigstens sein sicheres Auskommen haben.«

»Sehr weitsichtig von Ihnen«, bestärkte ihn von Hardenburg. »Bestimmt läuft Ihr Weingut ähnlich gut wie meines. Da ist es sinnvoll, auch an die Zukunft zu denken.«

Trotz dieser Bestätigung senkte Keller den Blick. Es war, als würde sich ein dunkler Schatten über die markanten, sonnengegerbten Züge im Gesicht des urigen Winzers legen.

»Schon lang nimmer, das war einmal«, seufzte er schwermütig.

»Wieso? Seit die deutsche Gourmetszene den Pfälzer Wein entdeckt hat, werden uns doch die Flaschen aus den Händen gerissen. Unser 2019er Riesling war dieses Jahr nach fünf Monaten auf der Flasche schon im Juni ausverkauft.«

Keller schüttelte ungläubig den Kopf. »Und wir haben gerade 5.000 Liter unseres 2017er Rieslings an die Schnaps-Brennerei verkaufen müssen, weil kein Platz mehr im Tanklager war.«

Von Hardenburg tat überrascht und riss die Augen auf. »Dabei sind Sie mit 4,90 Euro für die Literflasche Riesling doch spektakulär günstig.«

»Unsere Kosten liegen aber bei 4,40 Euro die Flasche und die Differenz langt kaum für die Familie zum Leben«, klagte Keller mit trübsinnigem Gesichtsausdruck.

Von Hardenburg lachte gönnerhaft. »Sie müssen es halt so machen wie wir. Wir verkaufen die 0,7er Flasche Riesling für 29 Euro.«

Keller rollte genervt mit den Augen. »Kein Wunder, Designer-Etiketten, Werbeplakate mit Fernsehköchen und so eine neumodische rostige Vinothek aus Cortenstahl, oder wie das heißt, am Hang über dem Wingert.«

Von Hardenburg konnte sich ein Schmunzeln nicht verkneifen, genau diese Wendung ihrer Unterhaltung hatte er sich gewünscht. Es galt nun, das Eisen zu schmieden, solange es heiß war.

»Mal ehrlich, seit 50 Jahren unveränderte Etiketten mit dem Familienwappen auf den altmodischen Literflaschen und Weinverkostungen für die Kunden in der Kelterhalle ist eben auch nicht gerade das, was man eine Marketingoffensive nennt.«

Das saß. Das Gesicht des Winzers verfärbte sich rot.

»Wir konzentrieren uns halt auf das, was wir am besten können. Und das ist, hervorragende Weine zu produzieren.«

»Waren Sie damit schon im Feinschmecker, der Weinwelt oder im Falstaff?«, konterte von Hardenburg. »Wir sind es jedes Jahr - zum Teil mehrfach!«

Keller schnaubte abfällig. »Bei Blindverkostungen liegt unser Riesling regelmäßig vor eurer Bonzenbrühe.«

Von Hardenburg lachte gönnerhaft. »Nur dumm, dass nur ein minimaler Prozentsatz der deutschen Weintrinker blind ist.«

Keller verbiss sich jedwede Entgegnung. Wenngleich sich bei ihm der Zorn mittlerweile wie ein bissiges Tier in den Eingeweiden festgefressen hatte, kam er nicht umhin anzuerkennen, dass sein Nachbar mit dem Weingut die letzten 20 Jahre alles richtig gemacht hatte. Und das, obwohl ihre Ausgangsbasis nahezu gleich war. Fläche und Lage der Weinberge waren in etwa identisch und beide verstanden etwas vom Weinbau. Doch im Gegensatz zu ihm hatte von Hardenburg den Zeitgeist korrekt eingeschätzt und ins Marketing investiert. Er hatte sein Netzwerk bei den Großkopferten, der Top-Gastronomie und Presse erfolgreich genutzt, seinen Winzerbetrieb zu einem der Spitzenweingüter der Region fortzuentwickeln. Dabei war das Ausgangsprodukt nicht besser als der Riesling in Kellers altmodischen Literflaschen, den es zu einem Sechstel des Preises zu kaufen gab.

»Mein Lieber, verstehen Sie mich nicht falsch. Ich weiß Ihre und die Leistung Ihres Juniors sehr wohl zu schätzen - nein ich bewundere sie sogar. Auch was Ihren Wein angeht, bin ich mir dessen hervorragender Qualität durchaus bewusst«, begann von Hardenburg versöhnlich.

Keller reckte neugierig den Kopf. Er fragte sich, worauf sein Nachbar hinauswollte, tunkte die Dampfnudel in die fluffig aromatische Weinsoße und nahm einen herzhaften Biss, um nichts entgegnen zu müssen.

»Wissen Sie, mich treibt die Angst um Sie und Ihren Sohn um, wenn ich so was sage. Gestern Abend, als ich nach dem Abendbrot mit meinen Windhunden draußen war, sah ich Ihren Sohn noch um 21 Uhr mit der Stirnlampe im Weinberg Trauben schneiden. Und ich weiß, dass er, wenn er zu Ihnen nach Hause kommt, kurz etwas isst und dann noch ein paar Stunden im Weinkeller weiterarbeitet.«

Der alte Winzer nickte bestätigend. »Ja, das ist bei uns in den Herbstmonaten so.«

»Wie alt ist er jetzt?«, bohrte von Hardenburg unbarmherzig weiter.

»Dreißig«, brummte sein Gegenüber.

»Glauben Sie, dass er das noch 30 Jahre durchhält?«

Keller räusperte sich, verkniff sich aber eine Erwiderung.

»Wenn Sie es glauben würden, hätten Sie kaum diese Versicherung bei uns abgeschlossen«, gab sich von Hardenburg selbst die Antwort.

Der alte Haudegen schaute aus der Wäsche, als hätte man ihm einen Eimer Wasser über den Kopf gegossen.

»Wäre er nicht besser bedient mit einer Anstellung, bei der er um 17 Uhr Feierabend machen kann und ein hübsches Gehalt verdient, bei dem ein flottes Auto und jedes Jahr ein schöner Urlaub herausspringt? Wenn er sich dabei noch beim Ausbau von Topweinen selbst verwirklichen kann, würden wir ihm doch einen Riesengefallen tun?«

Keller blies hörbar die Luft durch die Lippen. »Ich hab's befürchtet, dass Sie wieder damit anfangen.«

»Mensch Keller! Mit Ihren Weinbergen, dem Können Ihres Sohnes und meinen Kontakten, meinem Marketing und meiner Vertriebsstärke. Wir könnten deutschlandweit unsere Weine absetzen.« Von Hardenburg lächelte schwärmerisch.

Der Winzer schwieg einen Augenblick, als würde er das Angebot überdenken.

»Sie können jederzeit unsere so hervorragenden Weine hinzukaufen, wenn Sie Bedarf haben«, erwiderte er schließlich schmallippig. Ihm schien die Diskussion gerade gehörig gegen den Strich zu gehen.

»Aber Keller, wenn jemand sieht, wie ihr Tankwagen bei uns einrollt, ist mein Premium-Image dahin.«

Der Alte schüttelte nur den Kopf.

»Lieber Nachbar, ich mache Ihnen einen sehr guten Preis für Ihr Weingut. Sie können sich zur Ruhe setzen und Ihr Filius wird mein neuer Kellermeister. Eine Win-Win-Situation für beide Seiten.« Bei den letzten Worten tätschelte er Kellers Unterarm.

»Das haben wir doch schon ein paarmal besprochen«, brummte Keller ärgerlich. »Sie kennen doch meine Antwort. Wäre ich alleine, würde ich auf Ihr Angebot eingehen. Aber es ist der Traum meines Sohnes, ein eigenes Weingut zu besitzen. Und den werde ich ihm nicht nehmen. Wir bleiben selbstständig, solange wir können.«

Von Hardenburg rieb sich zerknirscht das Gesicht. »Nichts für ungut. Ich wollte Ihnen nur helfen und uns nicht den schönen Abend damit verderben. Entschuldigen Sie! Natürlich haben Sie recht. Ich werde nicht mehr davon anfangen - versprochen.«

Keller nickte beruhigt.

»Darf ich Ihnen zur Versöhnung noch eine Dampfnudel und eine Kelle Weinsoße geben?«

»Gerne, die Soße ist wirklich hervorragend.«

»Das wird Constanze, meine Köchin, freuen. Sie sagt immer, es sei ein wohlgehütetes Familienrezept, das sie vor mir strikt geheim hält. Immer wenn ich danach frage, kriege ich nur zu hören, dass ein guter Koch nie seine Rezepte preisgibt. Und wissen Sie, was: Sie hat ihr Rezeptbuch in der Küche sogar vor mir weggeschlossen.«

Von Hardenburg umfasste mit der silbernen Vorlegezange eine der schönen braunkrustigen Dampfnudeln und ließ sie auf Kellers Teller plumpsen. Dann nahm er die Schöpfkelle und füllte Weinsoße in Kellers Schüssel und beobachtete, befriedigt, wie sich der alte Winzer die Lippen leckte. Wie einfach die Pfälzer doch gestrickt waren. Gab man ihnen etwas Anständiges auf den Teller, war jede Meinungsverschiedenheit sofort bereinigt.

Dann zog er die Weinflasche aus dem Kühler und schenkte, so wie in der Pfalz üblich, ohne nachzufragen, ein ordentliches Quantum Riesling in Kellers fettbeschmiertes Glas.

»Derselbe Riesling, der auch in der Soße ist. Das Einzige, was mir Constanze zu ihrem Geheimrezept verraten hat, ist, dass man für eine echte Pfälzer Weinsoße auf keinen Fall den Riesling mit Wasser verdünnen darf, wie es die Standardrezepte häufig vorsehen.«

Keller wischte sich die Lippen am Hemdsärmel ab, erhob das Glas und präsentierte es seinem Gegenüber. »Vertragen wir uns wieder?«, sagte er und schaute erwartungsvoll.

»Was sonst Berthold. Ich bin übrigens Carlo, lass das Siezen, das passt nicht in die Pfalz.«

Kellers Schweinsäuglein glänzten. »Gerne Carlo, sag einfach Bert zu mir.« Dabei stieß er das Weinglas so ungelenk an das seines neuen Duzfreundes, dass es zu zerspringen drohte.

So saßen sie noch zwei Stunden zusammen, zechten und aßen Dampfnudel um Dampfnudel. Das kleine Wortgefecht war längst vergessen, als Constanze ins Zimmer trat und grinsend ihren Blick über die stark dezimierten Dampfnudelbestände gleiten ließ.

»Es scheint Ihnen gemundet zu haben«, bemerkte sie mit leichtem Spott in der Stimme und musterte die sichtlich durch übereifrigen Rieslinggenuss Angeschlagenen.

»Jawohl, sogar sehr«, bekannte Keller militärisch.

Constanze lachte. »Wenn Sie Nachschub brauchen, in der Küche gibt es noch Weinsoße und Dampfnudeln.«

»Nein, ich bin am Ende«, entgegnete Keller und rieb sich den dicken Bauch, der noch mächtiger als sonst sein Flanellhemd blähte, und kicherte.

»Soll Ihnen Constanze noch was für Ihren Sohn einpacken, bevor sie Feierabend macht?«

Kellers Schweinsäuglein glänzten erneut.

»Wenn er wieder so lange im Wingert ist wie gestern, reicht es noch für ein verspätetes Abendessen«, fügte von Hardenburg an, während er auf die Armbanduhr schaute.

»Das wird ihn freuen«, sagte Keller weinselig grinsend.

Constanze huschte in die Küche, und wenig später kam sie mit zwei Plastikschüsseln zurück.

Keller stand schon, als sie das Esszimmer betrat. Er wollte auf keinen Fall riskieren, seinem Sohn die erbeuteten Köstlichkeiten nicht rechtzeitig servieren zu können. Kurzerhand klemmte er sich die Schüsseln unter den Arm und trollte sich dankbar mit Constanze zusammen, die den schwankenden Winzer noch pflichtbewusst am Nachbarhaus ablieferte.

Von Hardenburg hatte noch etwas zu erledigen. Er musste noch Constanzes Rezeptsammlung, ein von Hand beschriebenes und immer mit ihrer schwungvollen Schrift ergänztes Büchlein, zurück in jenes verschlossene Fach in der Küche legen. Sie glaubte fest daran, dass nur sie einen Schlüssel dazu besäße.

»Bevor Sie eine große Police abschließen, machen Sie sich unbedingt ein dezidiertes Bild über die individuelle Risikosituation beim Versicherungsnehmer!«, dozierte Doktor Carlo von Hardenburg mit einem ausladenden Habitus vor den Studenten an der Dualen Hochschule in Mannheim. Er war dort schon seit Jahren als Dozent tätig.

»Lassen Sie sich vom Versicherten eine Einverständniserklärung erteilen, und scheuen Sie sich nicht, die Patientenakten vom Hausarzt einzuholen. Wenn Sie das erste Mal eine Berufsunfähigkeitszusatzversicherung für einen Bäcker mit Mehlallergie oder für eine Friseurin mit Menschenhaarallergie abgeschlossen haben, werden Sie an meine Worte denken.«

Just in diesem Augenblick meldete sich sein Mobiltelefon. Die Studenten grinsten hämisch. Denn ansonsten war es Doktor von Hardenburg, der sie abkanzelte, wenn eines ihrer Handys mit einem enervierenden Klingeln oder einer schrägen Melodie die Vorlesung störte.

Am anderen Ende der Leitung war der völlig aufgelöste Bertold Keller. »… er hat sich gestern noch so über die Dampfnudeln und die Weinsoße gefreut … und heute Morgen fand ich ihn tot auf dem Boden des Weinkellers … angeschwollene Schleimhäute … Erstickungstod hat der Arzt gesagt. Wahrscheinlich die Gärgase wie so oft in unseren alten Winterkellern nach der Weinlese, meinte die Polizei. … Ach hätt ich nur das Geld dafür gehabt, eine anständige Lüftung einbauen zu lassen.«

»Bert, ich komme sofort zu dir«, sagte von Hardenburg, gab den Studenten eine knappe Erklärung und hastete davon.

Als er im Wagen Platz genommen hatte, machte sich ein überlegenes Gefühl in ihm breit. Wie einfach es doch war, die Dinge zu steuern, wenn man sie strategisch plante und über den nötigen Informationsvorsprung verfügte.

Hier das aufschlussreiche Rezept der mörderisch guten

Pfälzer Weinsoße nach Gutsherrenart

Zutaten:

0,7 Liter guter Pfälzer Riesling oder Weißburgunder
75 g Zucker
1 EL Kastanienmehl*
2 Eier

Zubereitung:

Den Wein in einen Kochtopf geben, erhitzen und durch Rühren den Zucker vollständig auflösen. Das Kastanienmehl mit etwas Flüssigkeit aus dem Topf gut verrühren, dann in den Topf hinzugeben und mit einem Schneebesen gut unterrühren und aufkochen lassen. Zwei Eier trennen und das Eigelb bei mäßiger Hitze unter ständigem Rühren unterziehen. Das Eiweiß zu Schnee schlagen und am Schluss unterheben.

* *Für Kastanienallergiker empfiehlt es sich, das Kastanienmehl durch einfache Speisestärke zu ersetzen.*

Kerstin Lange

Schwierige Zeiten

Er sehnte sich nach dem Meer. Niemals hatte er geglaubt, dass er voller Sehnsucht sein könnte, mit einem ungestillten Verlangen nach Wellen, Mövengeschrei und Salzgeschmack auf der Haut.

Was würde er darum geben, wenn er jetzt am Strand stände, egal ob am Atlantik oder an der Nordsee, mit dem Sand zwischen den Füßen und dem Wind im Haar. Er wollte weg. Verreisen in ein anderes Land, eine andere Sprache hören, andere Menschen sehen. Raus aus der Zweizimmerwohnung, raus aus den 75 Quadratmetern, raus aus der Pfälzer Kleinstadt.

Was für eine seltsame Zeit.

Zu dem ganzen alltäglichen Chaos kam hinzu, dass ihm die Auflagen des Infektionsschutzgesetzes die Ausübung seines Hauptberufes erschwerten.

In seinem Nebenjob, der eigentlich sein Alibiberuf war, gab es Kurzarbeit und auch die nur im Homeoffice. Er war allein, einsam und unleidlich. Wenn er länger über seine aktuelle Situation nachdachte, brachte es ihn an den Rand des Wahnsinns, des nicht mehr Aushaltens.

Das einzig Positive war, dass er nicht mehr die unendlich traurigen, weil nie erfüllten, Liebesgeschichten des Kollegen hören musste. In den regelmäßigen Onlinemeetings kam er damit einfach nicht zu Wort.

Ein weiterer Vorteil im Homeoffice: Es konnte dem fürchterlichen Gebräu entfliehen, den sein Chef Kaffee nannte. Das war gut. Doch alles andere war schwer zu ertragem: Ein Tag glich dem anderen, die Zeit verging, ohne dass er das Gefühl hatte, etwas geleistet zu haben. Die Wochen und Monate plätscherten dahin.

Er hatte wirklich alles probiert, um sich Ablenkung zu suchen. Als die Baumärkte noch geöffnet waren, hatte er zugeschlagen und Farbe, ein beruhigendes inselgrau-blau, für das Wohnzimmer und eine Tapete mit Ornamenten fürs Schlafzimmer gekauft. Eine Zeit lang war er mit ausräumen, ausmisten, renovieren beschäftigt, bis ihn wieder der Alltag einholte.

Nun galt seit ein paar Tagen auch noch eine Ausgangssperre. Was bedeutete, dass er seinen Hauptjob gar nicht mehr ausüben konnte, alle Aufträge stornieren und die Anzahlungen zurückzahlen musste.

Das Arbeiten war ihm unmöglich! Er kam nicht mehr über die Grenze. Vor der Ausgangssperre war es schon schwierig, jetzt beinah unmöglich. Auch wenn es dieses Wort in seinem Wortschatz nicht gab. Zu normalen Zeiten wenigstens. Er war es gewohnt, umzudisponieren, rasch zu handeln. Das war das Salz in der Suppe für ihn. Auf Unvorhergesehenes reagieren, in Windeseile einen neuen Plan erschaffen.

Wie ihm das fehlte.

Einkaufen oder Gassi gehen, waren die Ausnahmen, um die Ausgangssperre zu umgehen. Nur: Er hatte keinen Hund. Und Einkaufen lag ihm schon vor der Pandemie nicht. Meist aß er außerhalb, jetzt ließ er sich das Wenige, was er zum Leben brauchte, liefern.

Früher, dachte er und erschrak bei dem Wort. War es tatsächlich schon so weit, dass er früher dachte, wenn er die Zeit vor dem Virus meinte?

Früher war er essen gegangen. Es gab Sterneköche, die ihm sein Lieblingsessen zauberten. Pfälzische Küche modern interpretiert.

Wie er das vermisste! Ihm lief das Wasser im Mund zusammen, wenn er an die vielen schönen Abende in den Restaurants rund um Deidesheim dachte, die er nach einem gelungenen Geschäftsabschluss aufsuchte, um das erfolgreiche Vollbringen zu feiern. Er liebte es, alleine auszugehen, mit dem Sommelier über den Wein fachzusimpeln. Und mit dem Koch, der später zu ihm an den Tisch kam, über das Menü und die Zubereitung zu plaudern. Essen war seine Leidenschaft. Und da er nicht mehr ausgehen konnte, begann er zu Hause zu kochen. Das eine ging ohne das andere aktuell nicht. Als sein Heißhunger auf die sensationellen Rotweinzwiebeln zu groß wurde, versuchte er es selbst.

Zugegeben, die ersten Versuche, waren misslungen, obwohl das Rezept nicht so schwer war. Es kam auf die Qualität des Rotweins an. In seinen Selbstversuchen hatte er spanische, italienische und sogar chilenischen Weine probiert. Portwein kam selbstverständlich auch hinzu. Doch das beste Ergebnis bekam er mit den heimischen Produkten. Mit einem guten Pfälzer Spätburgunder und Portwein. Seit einiger Zeit gab es auch Pfälzer Portwein. Den durfte man natürlich nicht so nennen, aber was die Portugiesen konnten, konnten die Pfälzer Winzer erst recht. Innovativ, neugierig und erfolgreich war der Nachwuchs der alteingesessenen Winzer. Die jungen Wilden.

Er hatte das Rezept perfektioniert und war entzückt von seinen Rotweinzwiebeln. Er liebte sie zu allem: Als Frühstücksaufstrich, als Beilage zu Rindersteaks, zu Kartoffeln, selbst den Spaghetti gaben sie als

Soße den letzten Pfiff. Als Beilage zu Rohmilchkäse waren sie eine weitere Delikatesse.

Doch am schmackhaftesten waren die Zwiebeln auf selbstgebackenem Brot. Seine zweite Beschäftigung, um dem Albtraum Lockdown zu entfliehen: Brot backen.

Die Mehle ließ er sich aus einer naheliegenden Mühle liefern und probierte alles aus. Mit Sauerteigansatz, mit Hefe. Dinkel und Roggen. Allein beim Gedanken an ein fluffiges, leichtes mit viel französischer Butter gebackenen Brioche mit Rotweinzwiebeln garniert, meldete sein Magen lautstark, dass er Appetit verspürte.

Mittlerweile waren Brot und Zwiebeln perfektioniert. Der einzige Nachteil war, dass er alleine lebte und niemanden hatte, dem er seine Back- und Kochkünste anbieten konnte.

Kollegen fielen weg. Die Auftraggeber seines Hauptjobs liebten die Anonymität.

Jetzt drohte auch noch seinem Alibijob das Aus. Das letzte Onlinemeeting war unmissverständlich. Die Kunden blieben weg, man musste sich von Mitarbeitern trennen. Aufgrund der allgemeinen Situation verändere sich das Kaufverhalten der Menschen und darauf müsse man reagieren, so das Statement der Geschäftsführung.

Das verstand er. Er musste nur aus dem Fenster sehen und sah überall Veränderungen. Die Menschen igelten sich ein, die Fernseher wurden größer, das Paketaufkommen in der Nachbarschaft war riesig. Die Altpapiercontainer stets voll. Genauso wie die Container für das Altglas. Weinflaschen sollten auch in das Pfandsystem eingebunden werden, dachte er, wenn seine Flaschen keinen Platz mehr fanden. Er ging immer, um die Peinlichkeit zu vermeiden, im Dunkeln zu dem Glascontainer. War das Wegbringen von Müll ein wichtiger Grund, um die Ausgangssperre zu umgehen? Einen Hund würde er sich keinesfalls anschaffen, wie es seine Nachbarin vis-a-vis getan hatte.

Der blöde Köter bellte den ganzen Tag und es war offensichtlich, wie überfordert sie mit dem Tier war. Der andere Nachbar von gegenüber saß den ganzen Tag am Fenster, notierte Verfehlungen und informierte das Ordnungsamt. Die Amtsdiener und Polizisten tauchten ständig auf und kontrollierten Maskenpflicht und Abstandsregelungen. Die Maske war seinem alten Job noch zugutegekommen, das hohe Aufkommen der Ordnungshüter jedoch nicht.

Eins war klar: So konnte es nicht weitergehen. Er musste in seinem Leben etwas ändern.

Eine Überprüfung seiner finanziellen Anlagen zeigte, dass er zunächst ohne Sorgen leben konnte. Sein Gespartes reichte für eine lange Zeit. Doch das Nichtstun, das Loch, würde bleiben.

Welche Optionen gab es? Wer expandierte im Moment? Die Antwort war einfach. Alle Onlineläden. Er musste einen Geschäftszweig mit Internetlieferungen finden.

Tage und Nächte saß er an seinem Schreibtisch und überlegte hin und her. Welche Alternativen waren wirkliche Möglichkeiten und nicht nur Schnapsideen? Was war realistisch und machbar in diesen merkwürdigen Zeiten? Nach diversen Gläsern seines Lieblingsroten schien die Lösung ganz einfach.

Warum aus seiner Leidenschaft für Essen und Kochen nicht eine erneute Berufung kreieren? Das hatte mit seinem ersten Hobby doch auch geklappt und ihm finanzielle Freiheit gesichert. Je mehr er darüber nachdachte, umso besser gefiel ihm der Plan. Normalerweise wäre er mit dieser Idee in die nächste Buchhandlung gegangen, um alles zum Thema Gründen zu kaufen.

Die E-Book-Formate im Internet waren ein schwacher Trost, dennoch informativ. Wieder hing er am Bildschirm und las die einprägsamen Ratschläge der Ratgeber und war mit jedem Satz überzeugter, dass das genau sein Weg wäre. Wenn man das tat, für das man brannte, konnte der Erfolg nicht ausbleiben.

Er würde ein Start-up gründen und mit seinen Rotweinzwiebeln in Produktion gehen! Anfangs bliebe er in seiner heimischen Küche, um zuzubereiten, einzukochen und zu versenden und die benachbarten Supermärkte und Feinkostläden beliefern. Vielleicht auch die Winzer, die die Rotweinzwiebeln mit passendem Wein als Präsent anbieten konnten. Wenn es gut anlief, könnte er größere Produktionsstätten suchen und seine Ware in die ganze Welt versenden. Think big!, las er gerade die Überschrift des nächsten Kapitels seines Gründerratgebers.

Die Idee war geboren. Darauf erst mal ein Glas Roten.

In der Nacht träumte er von seinen Rotweinzwiebeln, die von noblen Hotelketten eingekauft und angeboten wurden. Das Etikett, verziert mit seinem Konterfei, ging um die ganze Welt.

Zum ersten Mal seit Monaten wachte er mit Elan und Tatendrang auf. Den Kaffee mit einem Hauch Milch brauchte er, um richtig wach zu werden. Dann legte er den Brotteig, der über Nacht gegangen war, in einen gusseisernen Topf, setzte den Deckel darauf und platzierte das

Ganze in den Backofen. Erst dann stellte er die Temperatur auf 260 Grad ein. In einer Stunde würde er ein leckeres, frisches Weißbrot aus dem Ofen holen, den glücklich machenden Geruch in sich aufnehmen. Er musste nur ein paar Minuten warten, bis er es anschneiden konnte und den Anfangsknerzel mit den Rotweinzwiebeln genießen. Um die Wartezeit zu verkürzen, setzte er sich wieder an den Computer und las weiter in dem Onlineratgeber.

Das Gelesene jagte ihm keine Angst ein. Sein Steuerberater war pfiffig und würde ihm weiterhelfen. Sorgen bereitete ihm, ob sein Produkt auch bei anderen gut ankam. Nicht, dass er selbst sein bester Kunde wäre.

Er besah sich seine Vorräte und ein Plan formte sich in seinem Kopf. Zwiebeln waren genug da, Wein ohnehin.

Er räumte seine Küche auf. Holte Stativ und Leuchtquelle aus dem Keller und suchte einen perfekten Platz für sein Smartphone zum Fotografieren und Filmen. Er musste an die Öffentlichkeit, sein Vorhaben kundtun. Der größte Unterschied zu seiner vorherigen Leidenschaft war, dass er nun nicht mehr im Geheimen arbeitete. Ansonsten war vieles ähnlich. Fotos schießen oder ein Gewehr bedienen – es kam auf den richtigen Moment an. Vielleicht gab es irgendwann wieder die Möglichkeit seinem alten Job nachzugehen, doch bis dahin ließ er sich auf das neue Abenteuer ein. Es bereitete ihm Spaß, seine Zutaten in Szene zu setzen, selbst in die Kamera zu sehen, die Zwiebelarten – Schalotten und rote Zwiebeln – zu erklären, zu schälen und zu schneiden. Er referierte über den richtigen Wein und natürlich den Port. Beim Betrachten des fertigen Films platzte er beinah vor Stolz. Sein Vorhaben konnte nur gelingen. Und mit einem kleinen Gläschen der frisch zubereiteten Rotweinzwiebeln ging er zu seiner Nachbarin im Haus nebenan. Vielleicht war es an der Zeit, Frieden zu machen und sich näher kennenzulernen. Es war schon früher so gewesen. In der Not hielten die Menschen zusammen und halfen einander.

Zumindest hatte das seine Oma immer aus den Nachkriegsjahren erzählt.

Die Nachbarin war nicht da. Er hätte es wissen können, denn es war außerordentlich ruhig, kein Gekeife und kein Geschrei und vor allem kein Hundegebell.

Er stellte das Glas vor die Tür. Sein beschriftetes Zettelchen reichte, damit sie wusste, von wem das Präsent kam. Ein Blick zur Seite zeigte ihm, dass der alte Herr von gegenüber wieder am Fenster hing und alles genau beobachtete.

Den Rest des Tages nutzte er, um seine Aufnahmen und das Video zu bearbeiten. Er war noch nicht zufrieden, probierte mit Kamera und Leuchtmittel neue Einstellungen, andere Perspektiven. Er schnitt den Film, versuchte Text einzufügen. Alles Neuland für ihn und die Zeit flog nur so dahin.

Als es an der Tür klingelte, stellte er verwundert fest, wie viele Stunden vergangen waren.

Seine Nachbarin von nebenan strahlte ihn an.

»Vielen Dank für das Probiergläschen«, sagte sie. »Was für eine Überraschung! Es schmeckt einfach wunderbar. Mir fehlen wirklich die Worte. Und das passiert mir selten. Damit können Sie das Geschäft Ihres Lebens machen.«

Er war geschmeichelt. Er hatte sich nicht getäuscht, ihm war etwas Großartiges gelungen. Die Frau war zwar unmöglich, aber sie teilte seine Begeisterung und befürwortete sein Vorhaben.

Sie drängte sich hinein, ihren Köter auf dem Arm. »Er ist ganz ruhig, sehen Sie?«

Er verkniff sich, zu bemerken, dass er Stille nicht sehen konnte, und ließ sie näher treten.

»Wir haben etwas Zeit gebraucht, um zusammenzukommen.« Bei den Worten kraulte sie den Hund am Ohr. »Es ist aktuell alles etwas schwierig, nicht wahr. So ein Tier hilft, über die Einsamkeit und Leere hinweg.«

Ohne seine Aufforderung abzuwarten, setzte sie sich auf das Sofa.

Den Hund immer noch auf dem Arm. Ungläubig sah er sie an.

»Schön, dass es Ihnen geschmeckt hat.«

»Geschmeckt ist gar kein Ausdruck. Ich bin be-gei-stert!« Sie sprang auf, der Hund erschrak und bellte. Was dann geschah, ließ ihn erstarren. Sie nahm sein Gläschen Rotweinzwiebel aus der linken Hosentasche, zog aus der rechten einen kleinen Holzlöffel hervor, steckte ihn in das Glas und hielt den gefüllten Löffel dem Hund hin, der ihn freudig schwanzwedelnd ableckte.

»Was soll ich sagen? Es wirkt. Ich habe es ausprobiert. Fiffi ist ja ein Sensibelchen. Wenn ihn etwas irritiert, bellt er und ist kaum zu beruhigen. Aber er war gar nicht wegzukriegen von ihrem Gläschen und da habe ich es versucht. Bei jedem Bellen gab ich ihm einen Löffel Ihres Muses. Er war sofort ruhig, hat gemacht, was ich sagte. Es ist das beste Leckerli, das ich kenne.

Sie müssen damit in Produktion gehen. Zuerst dachte ich, Sie sollten die Konsitenz verändern, doch mit einem Löffelchen ist es viel perfekter.

Damit treffen Sie eine Nische. Die Menschen geben Unsummen für ihre vierbeinigen Lieblinge aus. Und Hundefutter mit einem Löffelchen ist grandios. Man könnte verschiedene Ausführungen anbieten. Löffel aus Holz oder Edelstahl, die Luxuxedition vergoldet! Das wird der Renner. Mein Fiffi wäre die beste Werbeikone. Mit seinem Gesicht auf dem Etikett werden Sie ein Wahnsinnsgeschäft machen. Ich gebe mich auch mit einer kleinen Beteiligung zufrieden. Fünfundzwanzig Prozent?«

Fassungslos wechselte er den Blick von ihr zu dem Hund. Er öffnete den Mund, um etwas zu erwidern, blieb jedoch sprachlos.

Seine Rotweinzwiebeln als Hundefutter? Mit einem widerlichen Köter auf dem Etikett?

Er dachte an seinen Traum, an die Nobelhotelketten auf der ganzen Welt, an seine Pläne. Dann schaute er auf den Hund, stellte sich übelriechende Tierhandlungen vor und schüttelte den Kopf.

»Eigentlich ...« Weiter kam er nicht. Fiffi sprang herunter, lief durch die Wohnung und schnupperte überall. Als er gerade sein Bein hob, um an der Vorratstür zu markieren, eilte endlich seine Nachbarin herbei, um ihn einzufangen. Dabei drückte sie versehentlich die Klinke nieder und die Tür öffnete sich.

»Sind Sie Jäger? Ich habe Sie noch nie in Montur gesehen. Manchmal, aber das ist lange her, habe ich sie spätabends beobachtet, mit einer riesigen Tasche. Ich dachte immer, Sie gehen zum Sport. Aber da waren Sie wohl auf der Jagd.« Sie lachte. »Haben Sie denn überhaupt einen Waffenschein?«

Er war in einem Albtraum gefangen. Es konnte nicht real sein, was gerade passierte. Nicht nur, dass diese impertinente Frau seine weltbesten Rotweinzwiebeln als Hundefutter missbrauchte, sie hatte seine, wie er immer glaubte, perfekte Tarnung, aufgedeckt.

Lockdown und Ausgangssperre erschwerten seine herkömmlichen Lösungswege für außergewöhnliche Probleme. Er überschlug seine Möglichkeiten.

»Ich begleite Sie gerne nach Hause«, sagte er und lächelte. »Danke für Ihr Lob und Ihre Ideen.«

Er öffnete die Haustür.

Es musste wie ein Unfall aussehen.

Sein Nachbar von gegenüber saß am Fenster und nickte ihm zu.

Zwei Männer vom Ordnungsamt patrouillierten auf der Straße.

Er seufzte. Aktuell konnte er nichts tun, außer abwarten.

Die Zeiten waren für alle schwierig.

Brot aus dem Topf

Mein Standardbrotrezept

Zutaten:

500 g Mehl
1 Päckchen Trockenhefe
1 EL Olivenöl
500 ml Milch oder Wasser oder je 250 ml von beiden Flüssigkeiten

Zubereitung:

Die Zutaten mischen und kneten. Über Nacht gehen lassen.

Am nächsten Morgen den Teig zu einem Laib formen und in einen gusseisernen Topf legen. Die Ofentemperatur auf 260 Grad einstellen, Deckel auf den Topf setzen und in den kalten Backofen stellen. 1 Stunde backen lassen.

Vorsicht beim Herausnehmen! Dicke Topflappen nutzen, sonst droht Verbrennungsgefahr.

Rotweinzwiebeln

Zutaten:

250 g rote Zwiebeln
250 g Schalotten
100 g Zucker
1 l Rotwein
½ l Portwein
1 EL Butter
1 EL Öl

Zubereitung:

Die roten Zwiebeln schälen, halbieren und in Schreiben schneiden, die Schalotten schälen und halbieren. Die Zwiebeln in dem Gemisch aus Butter und Öl anschwitzen. Den Zucker in einem Topf karamellisieren, die Zwiebeln und Rot- und Portwein hinzugeben und alles bis zur Hälfte reduzieren.

Palzki und die Weißweinprobe in Duttweiler

Es hätte so ein schöner Tag werden können.

Man lernt nie aus. Ein Satz, der vor allem aus Sicht eines Kriminalbeamten immer wieder unterstrichen werden kann. Jahrelang fängt man die übelsten Verbrecher und denkt, sämtliche Abgründe und dunkle Seiten der Mitbürger beinahe blind zu erkennen, spätestens dann wird man mit einer weiteren, bisher unbekannten Absonderlichkeit der Gattung Homo sapiens konfrontiert.

In meinen Augen war die Tat durchaus begreiflich: Schließlich drehte es sich um meinen Chef Klaus P. Diefenbach, den wir alle nur KPD nannten. Doch erst einmal der Reihe nach.

Serienmörder sind vor allem eins: Hirngespinste von Krimiautoren, die ihren Lesern weiß machen wollen, wie raffiniert diese Kapitalverbrecher vorgehen und ihre jeweils nächsten Taten minutiös planen. Ein fiktiver Serienmörder tötet seine Opfer nach ihrem Beruf, weil es irgendwelche Parallelen zu Goethes Gedichten gibt, ein anderer tötet nach dem Kinderbuch »10 kleine Negerlein« und der dritte Serientäter tötet sämtliche Linkshänder, die an einem ungeraden Tag geboren wurden und blonde Haare haben.

Ich kann Ihnen versichern, dass es im Europa der letzten 200 Jahre niemals auch nur einen einzigen solcher Vorfälle gegeben hat. Alles, was Sie je über diese Sachen gehört beziehungsweise gelesen haben, ist der Fantasie eines mehr oder weniger begabten Autors entsprungen.

Ich will damit nicht sagen, dass es keine Serienmörder gibt. Man denke nur an Jack the Ripper. Selbst in Deutschland sind rund eine Handvoll solcher Fälle im 20. Jahrhundert aktenkundig geworden. Auch wenn die Täter im Gegensatz zu den fiktiven Geschichten in keinem Fall bewusst irgendwelche Spuren hinterlassen haben oder gar eine intellektuelle Schnitzeljagd mit den ermittelnden Behörden veranstalteten: Früher oder später hat man sie fast alle erwischt, und stets waren die Morde sexuell motiviert.

Dieses Motiv schied bei KPD natürlich aus.

Als unser Dienststellenleiter heute Morgen nicht zur Arbeit erschien, frohlockte ich innerlich. Vielleicht hatte er einen Unfall erlitten oder war erkrankt? Etwas wirklich Schlimmes wünschte ich KPD natürlich nicht, nur gerade so viel, dass eine dauerhafte Dienstunfähigkeit gegeben war.

Ganz schön fies, denken Sie? Das beruht auf Gegenseitigkeit. Auch KPD nahm schließlich jede Gelegenheit wahr, mich vor versammelter Mannschaft zu demütigen und mir mangelnde Berufsreife sowie Lebenstauglichkeit vorzuwerfen. Er oder ich, das war das unausgesprochene Gesetz zwischen uns beiden auf der Dienststelle der Kriminalpolizei.

Daher ist es sicherlich leicht nachzuvollziehen, dass es wenig motivationsfördernd ist, meinen Chef aus einer bedrohlichen Lage helfen zu müssen. Was musste er sich auch von einem Verrückten, nur um solch einen Täter konnte es sich handeln, kidnappen lassen? Dem nicht genug, verlangte dieser für die Freilassung des Schifferstadter Kripoleiters ein Lösegeld. Und das in einer exorbitanten Höhe. Hätte er stattdessen ein kleines Gipsfigürchen gefordert, hätte man auf seine Forderungen eventuell eingehen können. Aber so?

Der Staat darf sich nicht erpressen lassen, hatte in den siebziger Jahren ein Bundeskanzler gesagt, dessen Name mir gerade nicht einfiel. KPD war Beamter und damit war für mich alles klar. So lauteten jedenfalls meine Argumente in der großen Lagebesprechung, an der auch der Landrat und weitere Kriminalbeamte aus Ludwigshafen und Mainz teilnahmen.

Ich war wenig angetan, mich in Übermaßen für meinen Vorgesetzten einzusetzen. Womöglich würde ich selbst in Gefahr geraten? Das wäre unverantwortlich gegenüber meiner Familie.

Mit viel unterschwelligem Druck und letztendlich dem Androhen von dienstlichen Konsequenzen inklusive Pensionsverlust, wurde ich von den Anwesenden überzeugt, mich der Sache anzunehmen. Ich versprach, nach Möglichkeit den Verbrecher festzunehmen. KPD erwähnte ich dabei nicht, um mir ein kleines Hintertürchen offenzuhalten. Damit konnte mir niemand einen Vorwurf machen, falls ich versehentlich zu spät kam.

Einen Tag später, ich hatte bis dahin nicht den geringsten Ansatzpunkt gefunden, um den Täter zu fangen, hatte der Geiselnehmer offensichtlich genug von seiner Last: KPD wurde in leicht verwirrtem Zustand in der Nähe des Speyerer Kletterwaldes aufgefunden. Für mich ein untrüglicher Beweis, dass es niemand, nicht einmal ein verrückter Verbrecher längere Zeit mit meinem Vorgesetzten aushielt.

KPD machte mit seinem Bericht über seine heldenhaften Taten während seiner Geiselnahme Baron Münchhausen ernsthafte Konkurrenz. Nur weil er sich wie Superman gewehrt hatte, konnte er nach seiner Aussage schließlich fliehen. Um ebenfalls ein paar Lorbeeren abzubekommen, schmückte ich meinen Bericht über die Aufklärung des Falles zu meinem Vorteil aus. Eine Beförderung oder gar eine Geldleistung sprang für mich leider nicht heraus. Letztendlich musste ich mich mit einer Belobigung und einem Gutschein zu einer Weißweinprobe im Neustadter Ortsteil Duttweiler zufriedengeben.

Die meisten Pfälzer können sich mit maximal zwei verschiedenen Getränken über Wasser halten, wobei Wasser für einen Pfälzer natürlich nicht als Getränk zählt, höchstens als Zugabe für einen Schorle. Bezüglich des Pfälzer Nationalgetränkes gibt es zwei komplett gegensätzliche Antworten: Auf der einen Seite der Weinliebhaber, der oft anhand der Farbe des Rebensaftes zielsicher die Sorte und manchmal den Jahrgang erkennen will, auf der anderen Seite der Bierliebhaber, der den Geschmack einer Hopfen-Malz-Mischung jedem gegärten Traubensaft vorzieht. Doch egal ob Deutsche Weinstraße oder Kurpfälzer Bierstraße, der heimliche flüssige Bestseller ist in der Pfalz, wie mehrere Statistiken einwandfrei belegen, der Kaffee. Fakt ist, dass der Kaffeeverbrauch, in Litern gemessen, höher ist, als der Wein- und Bierverbrauch zusammen. Seltsam, dass noch niemand auf die Idee gekommen ist, an unser Klima angepasste Kaffeeplantagen in der Pfalz zu etablieren. Im ersten Moment mag das skurril klingen, aber auch die Weinreben wurden irgendwann einmal in unser Land importiert.

Vor noch nicht allzu langer Zeit zählte ich mich eindeutig zur Bierfraktion, doch nach meinen erfolgreichen Ermittlungen an der Weinstraße und der Rettung des Bad Dürkheimer Wurstmarktes kam ich auf den Geschmack. Seitdem leben in meinem Keller Wein- und Bierflaschen einträchtig nebeneinander.

Daher war es für mich absolut kein Problem, zu der Weißweinprobe in der Duttweiler Festhalle zu fahren. Dass dieser Abend schließlich im Chaos versank, konnte ich zu Beginn der Veranstaltung nicht ahnen. Die Fahrt von Schifferstadt nach Duttweiler ist etwas umständlich, aber schließlich musste ich ja nicht jeden Tag dorthin fahren.

Ich wollte gerade den Saal betreten, als jede Menge uniformierter Kollegen an mir vorbeirannten und den Saal stürmten. Nachdem ich mich bei passender Gelegenheit als Kollege geoutet hatte, erfuhr ich, dass die Abendkasse, beziehungsweise deren Inhalt, gestohlen worden war.

»Wir haben bisher drei Verdächtige ermitteln können«, sagte mir der Leiter der Truppe eine Viertelstunde später. »Wollen Sie bei den Befragungen dabei sein?« Natürlich wollte ich und begab mich mit ihm in ein Nebenzimmer.

»Mein Name ist Pierre Bottel«, stellte sich ein grauhaariger Riese vor, der über zwei Meter groß sein musste. »Ich arbeite als Kellermeister beim Weingut Hutzelbacher und wollte heute Abend unseren roten 2019er Spätburgunder vorstellen. Ich war nicht einmal in der Nähe der Kasse, auch wenn das andere Leute noch so fest behaupten. Schauen Sie, ganz dahinten im Saal, da ist unser Stand.«

Beinahe wäre ich in Versuchung gekommen, aus ermittlungstaktischen Gründen ein paar Flaschen des Spätburgunders zu beschlagnahmen, doch leider war ich nur Gasthörer.

Sybille Tilsyn war ein anderes Kaliber. Die robuste Mittvierzigerin kam wütend zu uns ins Zimmer und schlug sogleich mit der Faust auf den Tisch. »Was erlauben Sie sich eigentlich, mich zu verdächtigen? Mich, Sybille Tilsyn. Mein Mann ist im Ortsgemeinderat, lassen Sie sich das gleich sagen, meine Herren! Das wird Konsequenzen haben.« Nachdem sie sich wieder beruhigt hatte, erfuhren wir, dass die Dame die Aufgabe hatte, den ordnungsgemäßen Ablauf des Abends zu gewährleisten. Nach ihren Angaben hatte sie sich mehrere Male mit Agnes Gotowka unterhalten, die die Kasse führte und sogleich die dritte Verdächtige war.

»Ich war höchstens für fünf Minuten auf der Toilette«, erzählte uns Gotowka. »Sybille hatte in der Zeit die Kasse übernommen, wie wir es bereits in der Planung ausgemacht hatten. Ich kam gerade von der Toilette zurück, da gab es einen kleinen Tumult, weil irgendjemand Knallfrösche geworfen hatte. Aus Sicherheitsgründen mussten wir daraufhin den Vorraum verlassen. Als wir wieder zurückdurften, entdeckte ich die leere Kasse.«

Ich sah in das ratlose Gesicht meines Gegenübers. Eine kleine Hilfestellung konnte daher nicht schaden. »Ich weiß zwar nicht, wer den Inhalt der Kasse tatsächlich gestohlen hat, aber einer dieser drei Personen hat, warum auch immer, gelogen.«

Frage: Was war Reiner Palzki aufgefallen?

Rezept Buchteln mit Weinschaumsauce (von Doris Bruch)

Buchteln

Zutaten:

600 g Mehl
1 Würfel Hefe
150 g Zucker
1 Prise Salz
ca. 350 ml lauwarme Milch
150 g geschmolzene Butter
2 Eier
1 Glas Marmelade (bevorzugt rot: Erdbeere, Himbeere)
1 Ei
etwas Milch

Zubereitung:

Mehl mit dem Salz in einer großen Schüssel mischen. Eine Mulde formen, Zucker und zerbröckelte Hefe hineingeben. Milch nach und nach dazu geben, mit Hefe und etwas Mehl verrühren. Eier und geschmolzene Butter hinzugeben und mit dem gesamten Mehl verrühren. Falls der Teig zu fest ist, ggfs. noch etwas warme Milch dazugeben.

Abgedeckt ca. eine Stunde an einem warmen Ort gehen lassen. Den Teig aus der Schüssel nehmen, sehr kurz kneten und in zwei Hälften teilen. Jede Hälfte zu einer rechteckigen Fläche ausrollen und jeweils mit 1/2 Glas Marmelade bestreichen. Von der breiten Seite her aufrollen, jede Rolle in ca. 6 Stücke schneiden.

Danach senkrecht, so dass das Schneckenmuster erkennbar ist, in eine gebutterte Auflaufform setzen. Nochmals ca. 30 Minuten gehen lassen. Das Ei mit der Milch verrühren. Die Buchteln mit der Ei-Milch-Mischung bepinseln und ca. 45 Minuten bei 180 Grad im Backofen backen (Stäbchenprobe machen).

Auflösung: Spätburgunder ist ein Rotwein und hat daher bei einer Weißweinprobe nichts zu suchen.

Weinschaumsauce

Zutaten:

200 ml Wein
(Empfehlung: aromatische Sorte wie z.B. Morio Muskat,Muskateller oder Scheurebe)
100 g Zucker
(mehr oder weniger je nach Geschmack und Süße des Weins)
4 Eigelb

Zubereitung:

Alle Zutaten in eine Schüssel geben, mit dem Schneebesen im Wasserbad aufschlagen, bis die Sauce cremig ist (zur Rose abziehen).

Sofort servieren.

Ratekrimi von Harald Schneider

Palzki und die Weinrarität

Es hätte so ein schöner Tag werden können.

Sprechen wir über die Vorderpfalz: Eingekesselt zwischen dem rechtsrheinischen Baden-Württemberg auf der einen, und den Pfälzer Weinbergen auf der anderen Seite, gibt es in diesem dicht besiedelten Gebiet außerhalb der menschlichen Bebauung eigentlich nur eines: Felder, beziehungsweise Äcker. Ich kenne nicht einmal den Unterschied, falls es einen gibt. Hier wächst alles, was man als Kind im Regelfall und oft genug auch als Erwachsener verschmäht: Gemüse. Sogar verdammt viel Gemüse. Außer Kakao, Kaffee und Hanf wächst hier ziemlich alles, wobei ich mir bei Letzterem nicht so sicher bin. Sogar Wein gibt es in der Vorderpfalz, doch dazu später.

Wenn ein Landwirt mit schwerem Gerät sein Feld durchpflügte, passierte es immer wieder, dass alte Gegenstände ans Tageslicht befördert wurden. Nein, ich meine keine Weltkriegsbomben wie in Landau oder Ludwigshafen, sondern irgendwelche Gegenstände oder Knochen unserer Urahnen. Zum Beispiel römische Goldmünzen wie im Hortfund von Neupotz, der im Historischen Museum der Pfalz in Speyer zu bewundern ist. Oder etwas Bronzehaltiges aus der Keltenzeit, bis hin zu Teilen des legendären Nibelungenschatzes. Gut, da habe ich jetzt etwas zu dick aufgetragen, der Schatz der Nibelungen harrt zurzeit noch auf seine Entdeckung. Aber in Richtung Dannstadt ist bereits seit Jahrhunderten ein keltisches Gräberfeld bekannt. Damals gab es die Nibelungen überhaupt noch nicht.

Ebenso wertvoll ist der Goldene Hut von Schifferstadt. Das keltische Stück ist, wie der Name sagt, aus reinem Gold, und wurde im 19. Jahrhundert im Norden von Schifferstadt gefunden. Natürlich beim Pflügen eines Ackers. Oder Feldes.

Dieser Hut gehörte seit Jahren zur Schifferstadter Dreieinigkeit, die jeder Bürger und jeder Tourist gesehen haben muss: Goldener Hut, Altes Rathaus und die Leichenhalle am Waldfriedhof mit seiner schlichten Standardarchitektur der 70er-Jahre des 20. Jahrhunderts.

Damit war jetzt Schluss: Schifferstadt hatte seine Einmaligkeit im Rhein-Pfalz-Kreis verloren. Denn vor Kurzem wurde in wenigen Kilometern Entfernung auf der Gemarkung Fußgönheims ein weiterer Goldener Hut gefunden, der in Größe und Vollkommenheit dem

Schifferstadter weit überlegen war. Im Schifferstadter Stadtrat und in sämtlichen Ausschüssen beriet man seitdem in wilder Hektik, wie man diese Schmach wieder wettmachen könnte und Schifferstadt mit einem neuen USP, wie man klugscheißerisch zu einem Alleinstellungsmerkmal sagte, ausstatten könnte. Eine Bewerbung als Stadt der Kreisel, vorgebracht von einem Mitglied der Grünen, wurde aus Kostengründen abgelehnt. Hier galt bereits seit Jahren die Nachbargemeinde Limburgerhof mit ihrer Kreiselmania uneinholbar. Die zahlreichen Verkehrskreisel im Nordosten von Limburgerhof wirkten aus der Luft wie die olympischen fünf Ringe, auch wenn es in Limburgerhof auf engstem Raum einige mehr waren. Das war's dann aber mit dem Olympiabezug im Nachbardorf - Olympische Medaillen gab's nur in der Rettichstadt.

Der genaue Fundort des Goldenen Huts von Schifferstadt war inzwischen mit einer Schautafel markiert, wobei Historiker in alten Plänen zwei Alternativfundorte ausgemacht haben. Entweder wusste man es selbst nicht mehr genau, oder der tatsächliche Ort fiel vor ein paar Jahren der neuen ICE- und sogar TGV-Trasse zum Opfer, die die alte Gleisstrecke über den Bahnhof abkürzte und die Fahrt nach Paris um zwei oder gar drei Minuten verkürzte.

Ein gutes Stück der Straße nach Dannstadt folgend, lag rechterhand das etwa einen Hektar große Dannstadter Gräberfeld. Die meisten keltischen Gräber stammen aus der Zeit zwischen 850 v. Chr. bis 350 v. Chr. Von den ehemals bekannten 200 Grabhügeln konnte man heutzutage noch etwa 140 ausmachen. Spontan fiel mir das regional bekannte Lied ›Mei Mudder hot en Gutselstand do drowwe uff de Dannstadter Höh‹ ein. Wie immer, wenn ich hier entlangfuhr, suchte ich erfolglos die Dannstadter Höh. Hier gab es weder einen nennenswerten Hügel noch einen Bonbonstand, wie das Gutsel korrekt auf Deutsch übersetzt hieß.

Doch genug von alten Goldenen Hüten und den Kelten: Auch die Gegenwart hatte manch interessantes und wertvolles Stück zu bieten. Und in diesem Zusammenhang komme ich wieder auf den Wein zurück.

In den letzten Jahren hatte ich mehrere äußerst komplexe und brutale Verbrechen aufzuklären, bei dem die Zentrale des Getränkehandels Bruch Im Ludwigshafener Stadtteil Oggersheim eine große Rolle spielte. Die beiden Geschäftsführer Jochen und Helmut Bruch machten sich bei diesen Ermittlungen jedes Mal verdächtig und auch heute noch bin ich felsenfest davon überzeugt, dass dieses Unternehmen ein kriminelles, wenn auch bisher ungelöstes Geheimnis verbarg. Da mich ungelöste Fälle schon immer inspirierten, freute ich mich aus rein kriminalistischen Gründen über die Einladung zu der von den Gebrüdern Bruch jährlich im März ausgerichteten Kurpfalz-Wein, einer weit über die Grenzen hinaus etablierten Weinmesse.

Da ich mich am Sonntag nicht den familiären Pflichten entziehen konnten, beschloss ich, gleich am ersten Tag der zweitägigen Messe zur Festhalle in Oggersheim zu fahren. Die Parksituation vor Ort war ein kleines Manko, aber auch ich fand irgendwann einen Parkplatz.

»Hallo Herr Palzki«, begrüßten mich Jochen Bruch und seine Frau Doris, nachdem ich das Foyer der Festhalle durchschritten hatte und am Eingang der Halle meine Ehrenkarte vorzeigte, die mir freien Eintritt versprach. »Warum haben Sie Ihre Frau nicht mitgebracht?«

»Stefanie muss sich um die Kinder kümmern«, sagte ich, da ich den beiden ja schlecht sagen konnte, dass ich nicht aus privaten Stücken zur Weinmesse gekommen war.

Doris Bruch drückte mir ein Heft in die Hand. »Hier, Herr Palzki, nehmen Sie unseren Katalog. Dieses Jahr haben wir 600 Weine von rund 60 Ausstellern in der Halle. Die meisten sind aus den bekannten Anbaugebieten Deutschlands, aber auch die ausländischen Weine können sich sehen lassen. Wir haben wirklich für jeden Geschmack den passenden Wein.«

Ich nahm das Heft und war von den vielen unterschiedlichen Weinsorten überwältigt. Dies war eindeutig nicht meine Welt. Ich war froh, bei entsprechender Beleuchtung einen roten von einem weißen Wein unterscheiden zu können.

»Ich schau mich ein wenig um«, sagte ich zu Jochen und Doris Bruch und ergänzte, damit sie nicht auf die Idee kamen, mich zu begleiten: »Ich melde mich, wenn ich Fragen habe.«

»Sehr gerne, Herr Palzki. Nehmen Sie sich von dem Tisch ein leeres Glas mit, dann können Sie bei den Ausstellern die Weine probieren.«

Ich tat wie geheißen und schnappte mir ein Glas, was mich in der Menge hoffentlich unverdächtig machte. Die Ausstellertische hatte man in langen Reihen wie eine Perlenkette aneinandergereiht. Bei manchen Ausstellern standen große Menschengruppen und diskutierten mal laut, mal eine Spur leiser über die ausgeschenkten Proben. Ich drängelte mich durch die Ausstellerreihen und fragte mich, ob es tatsächlich jemanden gab, der die vielen Weine auseinanderhalten konnte. Sogar auf der Bühne des Festsaals schenkten Weingüter ihre flüssigen Waren aus. Zu meiner Freude gab es einen Essensausschank, an dem es neben dem obligatorischen Kaffee- und Kuchenangebot auch Fettreicheres wie Wurst und Frikadellen gab. Nachdem ich mein Kaloriendefizit beseitigt hatte, lief ich die restlichen Gänge entlang. Auf einmal spürte ich einen harten Schlag auf meiner Schulter.

»Herr Palzki«, begrüßte mich Helmut Bruch freundlich. »Ich hoffe, es gefällt Ihnen bei uns.« Er entdeckte mein leeres Glas. »Sie haben ja noch gar nichts probiert. Kommen Sie, ich zeige Ihnen ein paar Weine, die Ihnen garantiert schmecken werden.«

»Später«, wehrte ich mich. »Ich habe gerade meine Tabletten genommen. In der nächsten halben Stunde darf ich keinen Alkohol trinken.«

»Schade«, sagte Helmut Bruch, dann kam ihm ein Gedanke. »Herr Palzki, Sie sind doch bei der Polizei?«

Ich nickte.

»Vielleicht können Sie meinem Bruder und mir helfen. Es gibt da eine komische Sache, die uns beunruhigt. Eigentlich nur ein Gefühl, dass da etwas nicht stimmen könnte.«

Am liebsten hätte ich ihm geantwortet, dass ich dieses Gefühl schon seit Längerem hatte. Wahrscheinlich meinte Bruch aber etwas anderes.

Helmut Bruch trat näher und flüsterte: »Ein uns unbekannter Händler hat sich vorhin gemeldet, weil er bei der Messe im nächsten Jahr als Aussteller mitmachen möchte. Er bietet ausschließlich alte Weinraritäten von verschiedenen Weingütern an. Jochen und ich vermuten, dass nicht alles mit rechten Dingen zugeht. Er sitzt im Moment in einem Nebenraum und wartet auf unsere Entscheidung.«

Ich ließ mich überreden, mit ihm den mysteriösen Händler aufzusuchen. Jochen und Helmut Bruch hatten ihn in einer kleinen Kammer untergebracht, zu der Messebesucher keinen Zutritt hatten. Auf einem kleinen Tisch stand die Vorführware des Händlers. Probieren würde ich diese Weine bestimmt nicht, zumal es sich um alten Wein handelte, der bestimmt schon lange nicht mehr genießbar war.

Helmut Bruch machte mich mit dem Händler bekannt.

»Herr Mucks, das ist Herr Palzki, ein alter Bekannter von mir, der sich für ältere Weine interessiert. Was können Sie ihm empfehlen?«

Herr Muck gab mir die Hand, dann zeigte er auf eine Flasche mit einem Etikett, das irgendwie anders aussah als die heute üblichen. »Probieren können Sie diese exzellente Beerenauslese leider nicht, dazu ist die Flasche zu teuer. Dies ist ein 1983er Bergzaberner Altenberg Silvaner Beerenauslese.«

Ich tat interessiert und nahm die Flasche vorsichtig in die Hand. Auf der Rückseite las ich, dass der Wein vom Weingut Heinrich Lorch in 76887 Bad Bergzabern stammte. »Ein Weißwein«, riet ich und stellte die Flasche zurück. »Haben Sie nicht etwas süßer, äh, Lieblicheres?«

»Tut mir leid, Herr Palzki«, entschuldigte sich Muck. »Ich habe nur eine kleine Auswahl unserer Weine mit zur Messe genommen. Ich kann Sie aber nächste Woche anrufen und Ihnen entsprechende Angebote machen.«

Ich verabschiedete mich und sagte, dass ich es mir überlegen werde und ihm nachher Bescheid gäbe.

Ein paar Meter vom Stand entfernt, fragte Helmut Bruch: »Und, Herr Palzki, ist Ihnen etwas aufgefallen?«

»Ich kann Ihr Gefühl bestätigen, Herr Bruch. Der Mann ist eindeutig ein Betrüger.«

Frage: Was war Reiner Palzki aufgefallen?

Pilzcremesuppe mit Riesling (von Doris Bruch)

Zutaten:

20 g Butter
200 g Zwiebeln
1 Zehe Knoblauch
400g braune Champignons
2 EL Mehl, leicht gehäuft
200 ml Weißwein (Riesling)
400 ml Brühe (Hühnerbrühe, es geht aber auch Gemüse- oder Fleischbrühe)
200 ml Schlagsahne
Salz, Pfeffer, Worchester-Sauce
Essig
Champignonscheiben und gehackte Petersilie als Dekoration

Zubereitung:

Die Zwiebeln fein würfeln und in Butter glasig dünsten. Gepressten Knoblauch dazu geben.

Champignons putzen, in Scheiben schneiden, dazu geben und mit der Zwiebelmischung anbraten (evtl. einige Scheiben separat anbraten, mit Salz und Pfeffer würzen und als Dekoration auf die fertige Suppe geben)

Das Mehl dazu geben, gut unterrühren. Mit Weißwein ablöschen und gut verrühren.

Fond dazugeben und 20 Minuten köcheln lassen. Anschließend Sahne unterrühren.

Mit Salz, Pfeffer, Worchester-Sauce und einem kleinen Spritzer Essig abschmecken.

Zum Servieren mit Campignonscheiben und gehackter Petersilie dekorieren.

Auflösung: Die fünfstellige Postleitzahl gibt es erst seit 1993. Ein Wein aus dem Jahr 1983 kann daher unmöglich eine fünfstellige PLZ haben.

Hilde Artmeier, geb. 1964 in Oberbayern, diplomierte Fremdsprachenkorrespondentin und studierte Biologin, arbeitete lange u. a. in der Pharmaindustrie und als selbstständige Übersetzerin, lebt heute als Lektorin und freie Schriftstellerin in Regensburg und Karlsruhe. Schwerpunkt Krimis/Thriller, bisher zwölf veröffentlichte Romane, zuletzt »Stille Donau« (Emons, 2020), Band V ihrer Reihe um die temperamentvolle deutsch-italienische Privatdetektivin Anna di Santosa, und der zusammen mit Ehemann und Spiegel- Bestsellerautor Wolfgang Burger verfasste Action-Thriller »Schmutziges Gift« (Knaur, 2021).
www.burger-artmeier.com

Susanne Baumgärtel, in Mannheim geboren, lebt jetzt schon lange in Ludwigshafen. Ihr Beruf ist Industriemechanikerin, ihre Liebe das Zeichnen und Schreiben. Nach der Teilnahme an einem Mangazeichenkurs entstand vor einigen Jahren der erste Band einer kleinen Bilderbuchreihe für Kinder. Später folgten philosophische Cartoons, satirische Märchen und skurrile Kurzkrimis. Bisher wurden alle Bücher von der Autorin selbst herausgegeben.
susannebaumgaertel@yahoo.de

Lilo Beil (geb. 1947 in Klingenmünster) wuchs nach einem kurzen Abstecher in die Nordpfalz (Dielkirchen) hauptsächlich in einem südpfälzischen Pfarrhaus auf (Winden bei Kandel). Nach dem Studium der Anglistik und Romanistik in Heidelberg unterrichtete sie 36 Jahre lang an einem Odenwälder Gymnasium (Martin-Luther-Schule Rimbach). Die Mutter von drei Töchtern und Oma von drei Enkelkindern lebt mit ihrem Mann in Birkenau bei Weinheim.

Veröffentlichungen: 13 Kriminalromane, davon zehn um Kommissar Friedrich Gontard und drei um Charlotte Rapp. Fünf Erzählbände, davon zwei mit Kurzkrimis. Beteiligung an zahlreichen Kurzkrimi-Anthologien, die meisten im Wellhöfer Verlag erschienen. Vereinzelte Gedicht-Veröffentlichungen.

Inoffiziell textet und illustriert die Autorin Kinderbücher für ihre Enkel »und andere kleine Strolche«.

Mitglied des Syndikats und des Literarischen Vereins der Pfalz.
www.lilobeil.de

Wolfgang Burger, geb. 1952 im Südschwarzwald, promovierte an der Universität Karlsruhe (TH) zum Dr.-Ing. und war dort 35 Jahre lang als Wissenschaftler in leitenden Positionen tätig. Seit 1995 schreibt er Kriminalromane und kriminelle Kurzgeschichten. Die Gesamtauflage seiner Romane beträgt über 700.000 Exemplare. Zahlreiche davon standen über Wochen auf der Spiegel-Bestsellerliste. Seit einigen Jahren schreibt er auch gemeinsam mit seiner Ehefrau Hilde Artmeier Thriller.
www.burger-artmeier.com

Klaus Maria Dechant ist gelernter Journalist und Kaufmann. Sein Volontariat absolvierte er Ende der 1980er Jahre bei der Schwetzinger Zeitung und dem Mannheimer Morgen. Seine berufliche Laufbahn führte den Politikwissenschaftler 1992 erst als Redakteur nach Goslar und dann zum Süddeutschen Rundfunk (später SWR), wo er bis 2002 als Reporter und Moderator arbeitete.

Als Journalismus-Coach war Dechant danach für alle namhaften deutschen PR-Institute und als PR- und Marketingberater für zahlreiche mittelständische Unternehmen und Konzerne tätig. Heute arbeitet Dechant als Autor, Verleger, Hörbuchverleger und Sprecher.

Neben Texten in verschiedenen Anthologien, sind mit »Mordslust« und »Mordseier« bereits zwei Kriminalromane von Dechant erschienen.
www.klaus-maria-dechant.de

Markus Guthmann, 1964 in Pirmasens geboren, hat sich seit vielen Jahren der Krimischreiberei verschrieben, weil es ihm einfach mehr Spaß macht als das mühselige Schreiben von Fachartikel und Fachbüchern, mit denen er seine Schreibkarriere vor mehr als dreißig Jahren begonnen hat. Heute lebt er an der schönen Deutschen Weinstraße, der Toskana der Pfalz, und liebt nichts mehr, als historische Anekdoten mit Weingeschichten und skurrilen Kriminalfällen zu verweben. Dabei wird lustig rechts und links des Rheins gemeuchelt und es geht durchaus hart zur Sache, wobei allerdings das Gute immer irgendwie siegen muss. Die Reihe der erfolgreichen Weinstraßenkrimis stammt aus seiner Feder und viele seiner Kurzgeschichten sind im Wellhöfer Verlag erschienen.

Jochen Hamatschek, geboren 1954 in Heilbronn ist verheiratet und hat 2 erwachsene Kinder.

Der promovierte Lebensmitteltechnologe hatte das Fachgebiet Önologie als beruflichen Schwerpunkt. In zahlreichen Publikationen, Fachartikel, Fachbücher und Buchbeiträge, hat er sich zur Weinherstellung, der Lebensmittelverarbeitung allgemein, aber auch zu ethisch-gesellschaftlichen Themen geäußert. Weinkrimis hat er quasi zur Entspannung geschrieben.

Heute lebt er in Landau in der Pfalz, mitten im Weinbaugebiet.

Kontakt: jochham@online.de

Marcus Imbsweiler, aufgewachsen im Saarland, studierte Musikwissenschaft und Germanistik in Tübingen und Heidelberg. Er arbeitet als freier Musikredakteur und seit 2005 auch als Autor. Seine Krimireihe um den Heidelberger Ermittler Max Koller umfasst acht Bände. Im Wellhöfer-Verlag erschien u.a. 2012 der Kurzkrimiband »Heidelberg auf die kriminelle Tour«. Jüngste Veröffentlichung: der Erzählungsband »Kabinett der Grazien« (Conte, 2020).

www.marcus-imbsweiler.de.

Uwe Ittensohn lebt seit seiner Kindheit in Speyer und ist bekennender Pfälzer. Der Autor war seit seinem Studium der Betriebswirtschaftslehre lange Jahre in der Finanzbranche tätig und ist daneben schon viele Jahre als Lehrbeauftragter an der Dualen Hochschule in Mannheim aktiv. In seiner Freizeit beschäftigt sich Ittensohn intensiv mit der Pfälzer Geschichte. Er renovierte ein verfallenes denkmalgeschütztes Stadtanwesen und kümmert sich um einen historischen Klostergarten, in dessen schattigen Winkeln er auch die Muße zum Schreiben findet. Neben seiner erfolgreichen Krimireihe schreibt er aktuell an einem Vinotheken- und Wanderführer für die Pfalz.

www.ittensohn.de

Michael Landgraf, geb. 1961, lebt in Neustadt an der Weinstraße, arbeitet als Dozent in der Lehrerfortbildung und ist für seine Heimatstadt Kulturbotschafter für Literatur. Er schreibt Romane, Sachbücher sowie Regionalliteratur Pfalz. Beim Wellhöfer-Verlag erschienen ist u.a. sein historischer Roman »Der Protestant«. Der mehrfach auch international ausgezeichnete Autor ist im Vorstand des Verbands Deutscher Schriftsteller*innen Rheinland-Pfalz und wurde ins PEN-Zentrum Deutschland berufen.
www.michael-landgraf.de

Kerstin Lange, geboren in Bergneustadt, wohnt und arbeitet heute – nach Aufenthalten im Sauerland, am Niederrhein und in der Pfalz – in Düsseldorf. Sie ist als Autorin, Sprecherin, Dozentin, Schreibgruppenleiterin und Herausgeberin tätig.

Neben ihren Romanen sind mittlerweile über 70 Kurzgeschichten, von denen einige ausgezeichnet wurden, in verschiedenen Anthologien erschienen.

Ehrenamtlich engagiert sie sich für den Blinden- und Sehbehindertenverein Düsseldorf e.V. und gehört zum Sprecherteam, das die Hörzeitung Düsseljournal einspricht.

Sie ist Mitglied im Bundesverband junger Autoren e.V. (BvjA), dem Syndikat e.V. und den Mörderischen Schwestern e.V.
www.kerstinlange.com

Brigitte Lamberts ist promovierte Kunsthistorikerin, PR-Beraterin und Redakteurin. Drei Düsseldorf-Krimis sind bei edition oberkassel Verlag, Düsseldorf herausgekommen: »Ausgeweidet«, »Totgetanzt« und »Wutentbrannt«. Danach erschienen ihre Mallorca Kriminalromane der Reihe »El Gustario de Mallorca«, deren nächster Band 2022 auf den Buchmarkt kommt. Sie ist Mitherausgeberin etlicher Anthologien. Weitere Kurzkrimis von ihr sind in Geschichtensammlungen unterschiedlicher Verlage vertreten. Auf ihrer Homepage – Button NRWision – finden sich über 30 Hörfunksendungen über ihr Mallorca und Leseproben zu ihren Krimis und Kurzgeschichten. Sie ist Mitglied bei den Mörderischen Schwestern e.V, im Syndikat e.V. und im BVjA e.V., dem Bundesverband junger Autoren und Autorinnen.
www.brigitte-lamberts.de

Sandra Lode hat bereits mehrere Kurzgeschichten in Anthologien veröffentlicht und ist Mitautorin des skurrilen Regionalkrimis »Friesisches Roulette« (erschienen bei Weltbild unter dem Pseudonym Laura Beer). Sie arbeitet als freie Lektorin und lebt mit ihren beiden Katzen in Speyer.
www.textkontur.com

Martin Meyer, geb. 1967, früher Strafrichter, nun Romane, Kurzgeschichten und Lyrik. Außerdem spielt er Orgel und Posaune. So gilt sein Ohrenmerk stets dem Dreiklang von Sinn, Text und Wort. Sein juristisches Wissen gibt er heute als Dozent für »Strafrecht für Autor*innen« weiter.

Im Juli 2020 ist im Gmeiner-Verlag sein Romandebüt »Der falsche Karl Valentin« erschienen, ein Kriminalroman ist für Frühjahr 2022 vorgesehen.
www.sprachklangwelten.de

Claudia Schmid lebte in Passau, bevor sie sich ihren Traum erfüllte und an der Mannheimer Universität Germanistik und Betriebswirtschaftslehre mit Abschluss Magister studierte. Seit 30 Jahren wohnt sie in der Metropolregion Rhein-Neckar zwischen Mannheim und Heidelberg und schreibt Kriminelles, Historisches, Reiseberichte, Hörspiele und Theaterstücke. Neben mehreren Büchern hat die Ehren-Kriminalkommissarin der Polizei Mannheim-Heidelberg über fünf Dutzend Kurzgeschichten veröffentlicht. Die mehrfach ausgezeichnete Autorin ist auch als Redakteurin von »kriminetz.de« sowie als Kommunikationstrainerin tätig und übernimmt mit Vorliebe kleine Rollen in Fernsehkrimis.
www.claudiaschmid.de.

Ursula Schmid-Spreer: Viele Kurzgeschichten wurden in Anthologien, Fernseh- und Literaturzeitschriften veröffentlicht, die teilweise vertont wurden, eine Anthologie wurde als Theaterstück adaptiert, (Mit)Herausgeberin von über 25 Anthologien.

Irland hat sie mittlerweile zwei Krimis gewidmet. Sie führen mörderisch-kulinarisch durch den County Cork.

5 regionale Kriminalromane, Nürnberg.

Publikumspreis der Akademie für Autoren, Berlin. 2. Preis beim »Totentanz«, Wien.

Mitglied bei den Mörderischen Schwestern und beim BVjA, sie arbeitet beim online-newsletter »The Tempest« mit und organisiert Seminare und das Nürnberger Autorentreffen.
www.schmid-spreer.de

Harald Schneider, 1962 in Speyer geboren, wohnt in Schifferstadt und arbeitete 20 Jahre lang als Betriebswirt in einem Medienkonzern. Seine Schriftstellerkarriere begann während des Studiums mit Kurzkrimis für die Regenbogenpresse. Der Vater von vier Kindern veröffentlichte mehrere Kinderbuchserien. Seit 2008 hat er in der Metropolregion Rhein-Neckar-Pfalz den skurrilen Kommissar Reiner Palzki etabliert, der, neben seinem mittlerweile 21. Fall »Ordentlich gemordet«, in zahlreichen Ratekrimis in der Tageszeitung Rheinpfalz und verschiedenen Kundenmagazinen ermittelt. Schneider erreichte bei der Wahl zum Lieblingsautor der Pfälzer den 3. Platz nach Sebastian Fitzek und Rafik Schami.
www.palzki.de

Blutworschtblues

Kerstin Lange, Ulrich Wellhöfer (Hrsg.)

224 Seiten, 12,95 Euro

Neben Keschde, Blutworscht und Saumagen besticht die Pfalz durch traumhafte Landschaften, idyllische Städtchen, illustre Weinfeste und verwunschene Weinberge. Die Pfälzer sind freundlich, weltoffen und hilfsbereit – so scheint es zumindest. Doch hinter den Kulissen? Da treiben fiese Machos, bösartige Nach-barn und listige Auftragskiller ihr Unwesen. Das glauben Sie nicht? Dann folgen Sie den hier versammelten bekannten Krimiautoren aus der Region auf ihrer kriminellen Erlebnistour durch die Pfalz.

Wir wünschen Ihnen ein mörderisch spannendes Lesevergnügen und guten Appetit!